정글북

정글북

러디어드 키플링 지음 | 구자언 옮김

더클래식

| 차례 |

모글리의 형제들

바야흐로 솔개 칠은 밤을 둥지로 데려오고

박쥐 망은 밤을 놓아주는구나 –

가축들을 외양간과 오두막에 몰아넣는 이유는

동틀 때까지 우리가 활개 치며 다니기 때문이지.

지금은 힘과 긍지,

발톱과 송곳니가 지배하는 시간.

아, 저 외침을 들어라! 사냥에 행운이 따르기를!

정글의 법칙을 따르는 모두에게.

– 정글의 밤 노래

무더운 어느 날 저녁 일곱 시 시오니 언덕*, 아빠 늑대는 낮잠에서 깨어나 몸을 긁으며 하품을 했다. 그런 다음 앞발과 뒷발을 번갈아가며 뻗어 나머지 졸음까지 쫓아버렸다. 엄마 늑대는 커다란 회색 코로 낑낑거리는 네 마리 새끼들을 어르며 누워 있었다. 늑대 가족이 모여 사는 동굴 어귀에 달빛이 비쳐들었다. "아우우-! 이제 사냥을 나갈 때가 되었군." 아빠 늑대가 이렇게 말하고 언덕 아래로 뛰어내리려는 순간, 북슬북슬한 꼬리가 달린 작은 그림자가 동굴 입구를 들어서면서 애처로운 목소리로 말했다. "위대한 늑대시여, 행운이 따르기를 빕니다. 고귀한 새끼 늑대들도 하얀 이빨이 튼튼하게 자라고 앞길에 행운이 따르기를 빕니다. 세상에는 굶주린 자가 있다는 사실을 절대 잊지 않으면서 말이죠."

'접시 핥기'라는 별명에 걸맞게 다른 이들에게 빌붙어 사는 자

* 작품의 배경이 된 시오니(Seoni) 지역은 인도 중앙부의 마디아프라데시 주에 있으며, 사트푸라 산맥이 지나간다.

칼, 타바키였다. 인도의 늑대들은 타바키를 무시하고 경멸했다. 동물들 사이를 이간질하고 헛소문을 퍼뜨리며, 마을의 쓰레기 더미에서 찾은 넝마나 가죽 쪼가리를 먹고 돌아다녔기 때문이다. 하지만 늑대들은 한편으로 타바키를 두려워하기도 했다. 쉽게 광기에 사로잡혔고, 그럴 때는 평소에 두려워했던 상대들도 잊어버린 채 눈에 보이는 것은 무엇이든 닥치는 대로 물어뜯으며 정글을 헤집고 다녔기 때문이다. 미쳐 날뛰는 것은 야생동물에게 가장 수치스러운 일이라서, 호랑이마저도 타바키가 광기에 사로잡혔을 때는 도망가서 숨어버렸다. 우리 인간들이 광견병이라고 부르는 증상을, 동물들은 광기라는 뜻의 '드와니'라고 부르며 줄행랑을 놓는다.

"들어와서 봐라." 아빠 늑대가 차가운 목소리로 말했다. "여기에 먹을 것은 없다."

"늑대에게는 없겠죠." 타바키가 냉큼 대꾸했다. "하지만 저처럼 미천하기 짝이 없는 놈에게는 마른 뼈다귀 하나도 진수성찬이랍니다. 저희 같은 길더로그[자칼 족]가 고르고 자시고 할 게 있나요?" 그리고 종종걸음으로 동굴 뒤로 가서 아직 살점이 약간 붙어 있는 수사슴 뼈를 찾아내더니, 그 자리에 앉아 뼈다귀 끝을 신나게 물어뜯었다.

"이렇게 맛난 것을 주시다니 감사합니다." 타바키는 입술을 핥으며 말했다. "귀공자 아기 늑대들이 어쩌면 이렇게 예쁜가요! 두 눈망울은 또 얼마나 큰지요! 이렇게 어린데 말이죠. 아니지, 왕의 자

손들은 처음부터 다 자란 어른 같다는 사실을 제가 깜박했군요."

부모들 앞에서 자녀들을 칭찬하는 것만큼 볼썽사나운 일은 없다는 것을 잘 아는 타바키는 늑대 부부가 불편해하는 모습을 보자 내심 즐거웠다. 그는 이렇게 한 자리를 차지하고 앉아 못된 짓을 즐기다가 짓궂게 말했다.

"거구의 쉬어 칸*이 사냥터를 옮겼습니다. 다음번 달이 뜰 때에는 이 언덕에서 사냥을 하겠다고 하더군요."

쉬어 칸은 늑대 동굴에서 30킬로미터 남짓 떨어진 와인궁가** 강 근처에 사는 호랑이였다.

"쉬어 칸은 그럴 권리가 없어!" 아빠 늑대가 분노에 찬 목소리로 말했다. "정글의 법칙에 따르면 미리 적절한 경고를 하지 않았기 때문에 그가 사냥터를 옮길 권리는 없어. 반경 16킬로미터 안에 사는 사냥감들을 놀라 달아나게 할 텐데. 그리고 난, 요즘에는 두 몫을 사냥해야 한단 말이야."

"그 엄마가 괜히 그를 룬그리[절름발이]라고 불렀겠어요?" 엄마 늑대가 조용히 말했다. "태어날 때부터 한쪽 발을 절었으니까 그랬지요. 그래서 가축만 사냥하는 거잖아요. 와인궁가 마을 사람들이 자기에게 화를 내니까 이제는 여기로 오는 거죠. 곧 우리 마을 사람들을 화나게 만들겠군요. 사람들이 쉬어 칸을 찾아 정글을 샅샅이 뒤질 때, 정작 그는 멀리 도망가 있을 것이고 잔디에

---

* 쉬어는 인도 지역 방언으로 '호랑이'를 뜻하고, 칸은 '우두머리'라는 의미이다.

** 현대어로는 와인강가.

불이 붙으면 우리와 우리 아이들은 도망쳐야 해요. 세상에, 고마워서 눈물이 다 나네요!"

"쉬어 칸에게 엄마 늑대가 고마워했다고 전할까요?" 타바키가 빈정댔다.

"나가!" 아빠 늑대가 버럭 소리를 질렀다. "나가서 네놈이 모시는 쉬어 칸과 같이 사냥이나 해. 오늘밤 못된 짓은 이걸로도 충분하니까."

"그럼 갑니다." 타바키가 작게 대꾸했다. "잡목 숲 밑에서 쉬어 칸의 소리를 들을 수 있을 거예요. 제가 굳이 알려 드리지 않아도 괜찮았을 것 같군요."

아빠 늑대는 귀를 기울였다. 작은 강과 이어지는 골짜기 저 아래에서 쉰 목소리로 화가 나서 으르렁대며 우는 호랑이 소리가 들려왔다. 아무것도 잡지 못했다는 사실을 온 정글이 알게 되어도 상관없다는 태도였다.

"멍청한 놈!" 아빠 늑대가 말을 이었다. "밤 사냥을 저렇게 요란하게 시작하다니! 자기가 쫓는 정글 수사슴이 와인궁가에서 잡던 어린 수소처럼 가만히 있을 거라고 생각하나 보지?"

"쉿, 오늘밤 쉬어 칸이 잡으려는 것은 수사슴도, 수소도 아니에요." 엄마 늑대가 말했다. "바로 인간이죠."

쉬어 칸의 울음소리는 낮게 그르렁거리는 소리로 바뀌었고, 사방에서 들려오는 것 같았다. 바깥에서 자는 나무꾼과 집시들이 이 소리를 듣고 잠에서 깨어 갈팡질팡하다가, 놀란 나머지 정신을 잃고 호랑이의 입 속으로 뛰어 들어갈 판이었다.

"인간이라고!" 화가 난 아빠 늑대는 하얀 이빨을 전부 드러내면서 말을 이었다. "참나! 저수지에서 딱정벌레와 개구리를 잡아먹는 것도 모자라 이제는 인간을 잡아먹겠다고? 그것도 우리 영역에서?"

정글의 법칙 중 금기사항에는 반드시 그럴만한 이유가 있다. 정글의 법칙에 따르면 모든 짐승들은 인간을 잡아먹을 수 없다. 새끼들에게 사냥하는 법을 알려줄 때는 예외지만, 그런 경우도 자신이 속한 무리의 영역 밖에서만 가능하다. 이런 법칙을 정한 진짜 이유는 인간을 사냥하면 결국 조만간 총을 들고 코끼리를 탄 백인들이, 징을 울리며 횃불을 손에 든 수백 명의 흑인들을 데리고 하늘 높이 불꽃을 쏘아 올리면서 오게 될 것이기 때문이다. 그렇게 되면 정글에 사는 모든 동물들이 고통 받게 된다. 반면 짐승들이 생각하는 이유는 따로 있었는데, 인간은 살아 있는 모든 생명체 중에서 가장 힘없고 연약한 존재라서 인간을 사냥하는 것은 떳떳하지 못하다는 것이었다. 게다가 사람을 잡아먹으면 옴이 오르고 이빨이 빠진다고 했는데, 이는 사실이었다.

그르렁거리는 소리가 점점 커지더니 마침내 호랑이가 공격할 때 내지르는 가장 큰 울음소리가 들렸다. "어흥!" 그러더니 갑작스럽게 전혀 호랑이답지 않은, 낑낑거리는 울음소리가 이어서 들려왔다.

"먹이를 놓쳐버렸군요. 뭘 놓쳤을까?" 엄마 늑대가 말했다. 아빠 늑대가 몇 걸음 달려 나가자 쉬어 칸이 덤불에서 사납게 뒹굴면서 투덜거리는 소리가 들렸다.

"멍청하긴. 나무꾼이 피워 놓은 모닥불을 못 뛰어넘고 발을 데였군." 아빠 늑대는 마음에 안 든다는 목소리로 말을 이었다. "타바키도 저놈과 같이 있어."

"뭔가 언덕을 올라오고 있어요." 엄마 늑대가 한쪽 귀를 쫑긋하며 말을 이었다. "조심해요."

잡목 숲 덤불이 바스락거렸고, 아빠 늑대는 땅바닥에 배를 바짝 대고 엎드린 채 달려들 준비를 하고 있었다. 바로 그때, 여러분이 그 자리에 있었다면 세상에서 가장 놀라운 광경을 보았을 것이다. 바로 늑대가 뛰어들려다가 중간에 공중에서 멈춘 모습 말이다. 아빠 늑대는 그게 무엇인지 제대로 확인하기도 전에 덤벼들려 했지만, 그 순간 멈춘 것이다. 결국 아빠 늑대는 2미터 가까이 뛰어올랐다가 원래 자리에 다시 착지했다.

"인간이야!" 아빠 늑대가 소리를 질렀다. "인간의 새끼야. 저것 좀 봐!"

아빠 늑대 바로 앞에, 갈색 피부의 벌거벗은 아기가 낮은 나뭇가지를 붙잡고 서 있었다. 아기는 이제 겨우 걸음마를 할 정도였다. 어두운 밤, 늑대 동굴에 그처럼 부드러운 피부에 작은 보조개가 팬 아기가 찾아온 적은 처음이었다. 아기는 고개를 들어 아빠 늑대의 얼굴을 쳐다보더니 웃음을 터뜨렸다.

"저게 인간의 새끼라고요?" 엄마 늑대가 말했다. "난 처음 보네요. 이리 가져와 봐요."

늑대들은 새끼들을 물어서 옮기는 데 익숙해서, 만에 하나 달걀을 옮긴다고 해도 깨뜨리지 않을 수 있었다. 아빠 늑대는 아기의 등을 입으로 물었지만 새끼들 사이에 내려놓았을 때에는 아기 피부에 이빨 자국 하나 남지 않았다.

"세상에, 이렇게 작을 수가! 벌거벗었는데도 얼마나 씩씩한지!" 엄마 늑대가 부드럽게 말했다. 아기는 새끼들 사이를 비집고 들어가더니 따뜻한 곳에 자리를 잡았다. "아니! 다른 새끼들과 함께 젖을 먹고 있네. 그래, 인간의 새끼란 말이지! 여보, 지금까지 새끼들과 같이 인간의 새끼를 키운다고 자랑한 늑대가 혹시 있었어요?"

"이따금 그런 일이 있었다고 들은 적은 있지만, 우리 무리에서는 한 번도 없었지. 나도 처음이야." 아빠 늑대가 말했다. "몸에 털이라고는 하나도 없어서 내가 발로 건드리기만 해도 죽을 거야. 그렇지만 이것 봐. 눈을 들고 똑바로 쳐다보고, 우릴 전혀 무서워하지 않잖아?"

순간 동굴 입구를 비추는 달빛에 그늘이 졌다. 쉬어 칸이 거대한 머리와 양쪽 어깨를 굴 입구에 불쑥 들이밀었기 때문이다. 타바키가 그 뒤에서 일러바치고 있었다. "주인님, 주인님, 그게 이 안으로 들어갔습니다!"

"쉬어 칸이 여기에 다 오시다니 대단히 영광이군." 아빠 늑대는 말은 그렇게 했지만, 두 눈은 분노로 이글거렸다. "무슨 일이신지?"

"내 사냥감 문제지. 인간의 새끼가 이 안으로 들어갔다." 쉬어 칸이 말했다. “아기의 부모는 도망쳤다. 어서 내놔.”

아빠 늑대가 말했듯이 쉬어 칸은 모닥불에 뛰어들었다가 발에 화상을 입은 부위가 너무 아파서 무척 화가 나 있었다. 하지만 동굴 입구가 좁아서 호랑이는 못 들어온다는 것을 아빠 늑대는 알고 있었다. 지금도 쉬어 칸은 양쪽 어깨와 앞발이 비좁은 공간에 끼여 있었다. 사람으로 치면 둘은 통 안에서 싸우는 셈이었다.

“늑대들은 자유로운 종족이오.” 아빠 늑대가 말했다. “우리는 우두머리의 명령을 따를 뿐 가축을 사냥하는 줄무늬 짐승의 말은 듣지 않소. 인간의 새끼는 우리 것이니 죽이든 살리든 우리가 선택할 것이오.”

“선택! 선택이라, 도대체 무슨 얘기를 하는 거지? 황소를 잡아 죽이는 내가 사냥감을 얻으려고 너희 굴 안에 코를 들이밀고 서 있어야 한단 말이냐? 지금 누구 앞에서 말하고 있는지 아는가? 나는 바로 쉬어 칸이란 말이다!”

천둥처럼 커다란 호랑이의 울음소리가 동굴을 메웠다. 엄마 늑대는 새끼들에게서 몸을 떼어낸 뒤 앞으로 뛰어나왔다. 어둠 속에서 달처럼 푸른 엄마 늑대의 두 눈이 분노로 이글거리는 쉬어 칸의 두 눈과 마주쳤다.

"그에 대한 대답은 바로 나, 락샤[악마]가 하지. 저 인간의 새끼는 내 거야. 룬그리. 내 거란 말이야! 나는 저놈을 죽이지 않을 거다. 저놈은 살아서 무리의 늑대들과 함께 달리고, 사냥할 것이다. 나중에 한 번 보자고. 힘없는 작은 새끼들이나 사냥하고 개구리와 물고기도 잡아먹는 널 사냥할 테니까! 내가 사냥한 사슴 삼바를 걸고 말한다. (나는 누구처럼 굶주린 소는 먹지 않으니까.) 네 어미한테나 가버려! 정글에 사는 짐승이 칠칠맞게 화상이나 입고, 태어날 때보다 다리는 더 절면서 말이지! 썩 꺼져!"

아빠 늑대는 놀라서 쳐다보았다. 다섯 마리의 수컷들과 정당한 결투 끝에 엄마 늑대를 얻었던 날들을 거의 잊고 있었기 때문이었다. 그 당시 엄마 늑대는 다른 늑대들과 함께 달렸고, 악마라고 불렸는데 그냥 듣기 좋으라고 붙은 별명은 아니었다. 쉬어 칸은 아빠 늑대와는 붙어볼 수 있었지만, 엄마 늑대와는 도저히 싸울 수 없었다. 엄마 늑대가 굴속에서 유리한 위치에 있는데다가 목숨을 걸고 싸우려 한다는 것을 알고 있었기 때문이다. 그래서 쉬어 칸은 으르렁거리며 뒤로 물러났고, 동굴에서 완전히 빠져나오자 소리쳤다.

"개도 제 집 마당에서는 크게 짖는 법이지! 인간의 새끼에 대해 늑대 무리가 뭐라고 할지 어디 두고 보자. 새끼는 내 것이니까 결국 내 입에 들어오게 될 것이다. 이 털북숭이 도둑놈들아!"

엄마 늑대는 가쁜 숨을 몰아쉬면서 새끼들 사이에 축 늘어졌고, 아빠 늑대는 그런 엄마 늑대에게 진지하게 말했다.

"쉬어 칸이 한 말도 일리가 있어. 아기를 무리에게 보여줘야 해. 여보, 그래도 아기를 계속 키울 거요?"

"키워야지요!" 엄마 늑대는 숨을 헐떡이며 말했다. "아기가 한밤중에 벌거벗고 굶주린 채로 혼자 여기까지 왔어요. 그렇지만 전혀 두려워하지 않았다고요! 저길 봐요! 벌써 우리 새끼 한 마리를 밀치고 그 자리를 차지했네요. 저 절름발이 가축 사냥꾼이었다면 아기를 잡아먹고 와인궁가로 도망쳤을 테고, 그럼 마을 사람들이 복수를 하려고 우리 굴들을 모조리 뒤지고 다니게 되었을 거예요. 키울 거냐고요? 당연히 키워야죠. 아기 개구리야, 가만히 누워 있으렴. 아, 널 모글리, 개구리 모글리라고 불러야겠다. 쉬어 칸이 널 뒤쫓았듯 언젠가 네가 쉬어 칸을 뒤쫓을 날이 올 거야."

"하지만 늑대 회의에서 뭐라고 할지 모르겠군." 아빠 늑대가 말했다.

정글의 법칙에 따르면 수컷 늑대는 가족을 이루면 무리에서 떨어져 지낼 수 있다. 하지만 새끼가 태어나 혼자 설 수 있을 만큼 자라면 무리가 총회를 열 때 데려와야 한다. 회의는 보통 한 달에 한 번, 보름달이 떴을 때 열렸다. 이렇게 함으로써 다른 늑대들도 새끼들을 알아볼 수 있다. 이런 절차를 거친 뒤에는 새끼들도 원하는 곳에서 자유롭게 달릴 수 있었고, 새끼들이 처음 사슴 사냥에 성공하기 전까지는 무리의 성인 늑대들도 새끼들을 죽일 수 없었다. 만에 하나 새끼를 죽인 사실이 나중에 밝혀지면 그 대가로 죽음을 당해야 했다. 독자 여러분도 잠시 생각해본다면 이런 규칙이 꼭 필요하다는 사실을 알 수 있을 것이다.

아빠 늑대는 새끼들이 달릴 수 있을 정도로 자랄 때까지 기다렸다가 총회가 열리는 밤, 새끼들과 모글리를 데리고 엄마 늑대와 함께 회의가 열리는 바위로 갔다. 바위는 언덕 꼭대기에 있었고, 돌과 작은 바위들로 덮여 있어서 늑대 백 마리는 숨을 수 있을 정도였다. 힘과 지혜로 무리를 이끄는, 위대하고 고독한 회색 늑대 아킬라가 바위에 몸을 쭉 펼친 채 엎드려 있었고 그 발치에는 덩치와 털 색깔이 제각기 다른 늑대들이 마흔 마리 넘게 앉아 있었다. 그 중에는 수사슴 한 마리는 혼자 잡을 수 있을 정도로

노련한 오소리 색깔의 나이든 늑대들부터, 그 정도 사냥은 자기도 할 수 있다고 생각하지만 아직 어림도 없는 검은 털의 세 살짜리 어린 늑대들도 있었다.

아킬라가 무리를 이끈 지도 벌써 일 년이 지났다. 그는 어렸을 때 늑대 덫에 걸린 적이 두 번 있었고 두들겨 맞은 뒤 죽을 뻔한 적도 있었기에 인간들의 관습과 행동을 잘 알고 있었다. 늑대들은 조용했다. 새끼들은 부모들이 앉아 있는 원의 한가운데에서 서로 뒹굴면서 장난을 치고 있었고, 가끔씩 나이든 늑대들이 새끼들에게 다가가서 주의 깊게 살펴보고는 발소리조차 내지 않고 제자리로 돌아왔다. 가끔 어떤 엄마 늑대는 자기 새끼가 잘 보이도록 하기 위해 새끼를 달빛 아래 밀어 놓을 때도 있었다. 바위 위에서 아킬라가 외쳤다. "정글의 법칙을 잘 아는 여러분, 다들 정글의 법칙은 잘 알고 있을 거요. 늑대들이여, 똑똑히 지켜보시오." 그러자 불안해하는 엄마 늑대들이 그 외침을 이어받았다. "늑대들이여, 똑똑히 지켜보시오."

마침내 차례가 되어서 아빠 늑대가 '모글리 개구리'를 늑대 무리 한가운데로 밀었을 때, 엄마 늑대는 긴장한 나머지 목의 털이 곤두섰다. 모글리는 웃으면서 가만히 앉아 달빛에 반짝이는 조약돌 몇 개를 가지고 놀고 있었다.

아킬라는 고개를 전혀 들지 않은 채 단조로운 목소리를 이어갔다. "잘 보시오!" 그때 바위 뒤에서 숨죽이던 호랑이 소리가 터져 나왔다. 쉬어 칸의 목소리였다. "그 꼬마는 내 것이다. 이리 넘겨!

자유로운 늑대들이 인간의 새끼를 가지고 뭘 하려는 거지?" 그러나 아킬라는 눈도 깜짝하지 않고 같은 말을 반복했다. "똑똑히 보시오, 늑대들이여! 어떤 자유 종족이 다른 종족의 명령을 받는단 말이오? 잘 보시오!"

그러자 으르렁대는 소리들이 더욱 커졌다. 다만 네 살 된 젊은 늑대가 쉬어 칸의 질문을 이어받아 아킬라에게 물었다. "우리 같은 자유 종족이 인간의 새끼와 무슨 상관입니까?" 정글의 법칙에 따르면 이런 경우 새끼가 늑대 무리에 속하기 위해서는 늑대 무리 중 부모를 제외한 두 멤버가 새끼의 입장을 대변해야 했다.

"누가 이 새끼를 책임질 것인가?" 아킬라가 말했다. "자유로운 늑대들 중에서 누가 말하겠는가?"

아무도 대답이 없었고, 엄마 늑대는 때가 오면 최후의 결전이 될지도 모를 싸움을 하기 위해 마음의 준비를 단단히 하고 있었다.

그때 위원회에 있던 유일한 다른 동물이 그르렁대며 일어섰다. 졸린 눈을 반쯤 감은 갈색 곰 발루였다. 그는 새끼 늑대들에게 정글의 법칙을 가르치는 선생님이었는데 오로지 땅콩과 식물 뿌리와 꿀만 먹기 때문에 아무 때나 자기 마음대로 오고 갈 수 있었다.

"인간이라, 인간의 새끼라고?" 발루가 말했다. "인간의 새끼는 내가 대변하겠다. 인간의 새끼는 우리에게 아무런 해도 끼치지 않아. 나는 말주변이 없지만, 내 말이 틀림없다. 무리와 함께 지내고, 다른 이들과 함께 어울릴 수 있도록 하자. 내가 직접 가르치겠다."

"하지만 아직 하나가 더 필요해." 아킬라가 말했다. "발루가 인간의 새끼를 대변했고, 그는 우리 새끼 늑대들의 선생님이다. 발루 말고 또 누가 말할 것인가?"

모임 중앙에 검은 그림자가 드리워졌다. 흑표범 바기라였다. 잉크처럼 새까만 털에 새겨진 표범 무늬가 물에 젖은 것처럼 반짝였다. 다들 바기라를 알고 있었기에 아무도 그의 앞길을 감히 막으려 들지 않았다. 그는 타바키만큼 약삭빠르고, 야생 들소처럼 대담했으며, 상처 입은 코끼리처럼 성질이 불같았기 때문이다. 하지만 한편으로는 나무 위 야생 벌꿀처럼 부드러운 목소리를 지니고 있었고, 피부는 솜털보다 부드러웠다.

"아킬라여, 그리고 너희 자유로운 늑대들이여." 바기라가 낮게 그르렁거리며 말했다. "내가 너희들 사이에 끼어들 권한은 없지만, 정글의 법칙에 따르면 처음 보는 새끼와 관련하여 그 새끼의 목숨은 값을 치르고 살 수 있다고 했다. 더군다나 법은 그 값을 지불하는 자에 제한을 두지 않는다. 내 말이 맞는가?"

"맞아요! 맞아!" 어린 늑대들이 외쳤다. 그 늑대들은 항상 배가 고팠다. "다들 바기라의 말을 들어라. 그 새끼는 값을 치르고 살 수 있다. 그게 법칙이니까."

"내가 이 자리에서 말할 자격이 없다는 것은 알지만, 내 발언을 허락해주기를 요청한다."

"말하라!" 스무 마리가 넘는 늑대들이 외쳤다.

"벌거벗은 새끼를 죽이는 것은 수치스러운 일이다. 게다가 자라면 더 흥미로운 존재가 될 수도 있지. 발루가 그를 대변하겠다고 말했다. 이제 발루의 말에 내가 황소 한 마리를 더하겠다. 이곳에서 멀리 떨어지지 않은 곳에서 사냥한, 방금 죽인 커다란 놈이다. 만약 법에 따라 그 인간의 새끼를 받아들인다면 말이지. 어때, 그래도 어려운가?"

그러자 웅성거리는 소리가 들렸다.

"인간 새끼가 그리 대수인가? 겨울에 비가 내리면 죽게 될 것이고, 햇볕 아래에서 탈 것이다. 벌거벗은 개구리가 우리에게 무슨 해를 끼치겠는가? 무리와 함께 지내도록 내버려두자. 바기라, 황소는 어디 있지? 모글리를 무리에 받아들이겠다." 바로 그때 아킬라가 크게 짖었다. "잘 보시오. 잘 보시오. 오, 늑대들이여!"

모글리는 여전히 조약돌을 가지고 노느라 늑대들이 한 마리씩 와서 그를 쳐다볼 때 무슨 일이 벌어지고 있는지 알아채지 못했다. 마침내 늑대들은 죽은 황소를 가지러 모두 언덕을 내려갔고 아킬라와 바기라, 발루, 그리고 모글리네 늑대들만 남았다. 모글리를 넘겨받지 못해서 무척 화가 난 쉬어 칸의 포효가 밤공기를 뒤흔들었다.

"소리 한 번 엄청 크군!" 바기라가 낮게 중얼거렸다. "이 벌거벗은 아이가 너희들이 눈물 흘리며 더 큰소리를 지르게 만들 날이 올 거다. 아니면 내가 인간을 안다고 할 수 없지."

"잘됐군." 아킬라가 말했다. "인간과 그 새끼들은 매우 영리하지. 위기의 순간에 도움을 줄지도 몰라."

"그래, 필요한 순간에 큰 도움이 될 걸. 아무도 누군가가 무리를 영원히 이끌기를 바라지 않으니까." 바기라가 말했다.

아킬라는 아무 말도 하지 않았다. 그는 모든 무리의 우두머리가 직면하는 순간을 생각하고 있었다. 자신에게서 힘이 빠져나가고, 더욱 더 쇠약해져서 다른 늑대들에 의해 죽임을 당한다면 즉시 새로운 우두머리가 나타나게 될 것이다. 하지만 다음번 우두머리도 그의 차례가 되면 죽임을 당할 것이었다.

"아이를 데려가." 아킬라는 아빠 늑대에게 말했다. "그리고 그가 우리 자유로운 늑대들 속에서 살아갈 수 있도록 훈련시켜라."

이렇게 해서 모글리는 황소 한 마리와 발루의 지지 덕분에 시오니 늑대 무리에 들어가게 되었다.

이제 독자 여러분은 십년, 아니 십일 년을 한 번에 건너뛴 후의 이야기를 읽게 될 것이다. 그 동안 모글리가 늑대들과 멋진 시간을 보낸 자세한 내용은 여러분의 상상에 맡긴다. 그 사이에 있었던 일을 전부 다 적으면 책 몇 권 분량은 될 것이기 때문이다. 그는 늑대 새끼들과 함께 자랐다. 물론 모글리가 아직 어린아이일 때 새끼 늑대들은 이미 다 자랐지만 말이다. 아빠 늑대는 모글리에게 정글의 법칙을 가르쳤고, 정글에서 일어나는 모든 일을 알려주었다. 풀이 사각거리는 소리와 따뜻한 저녁 공기, 머리 위를 날아가는 올빼미의 울음소리와 박쥐가 잠시 앉아 있던 나무에 남긴 발톱 자국과 웅덩이에서 뛰어오르는 작은 물고기 주위의 물방울이 무엇을 뜻하는지 말이다. 이는 회사원이 직장에서 하는 일처럼 모글리에게 아주 중요한 것이었다. 모글리는 공부하지 않을 때에는 햇살 아래에 앉아서 잠을 자거나 음식을 먹고 다시 잠들었다. 몸이 더러워지거나 덥다고 느낄 때는 숲 속의 웅덩이에서 수영도 했다. 그리고 꿀이 먹고 싶을 때는 (발루는 모글리에게 꿀과 열매가 날고기만큼 맛있다는 사실을 알려주었다.) 나무 위를 기어 올라갔고, 바기라가 그에게 꿀을 얻는 법을 알려주었다. 바기라는 나뭇가지 위에 드러누워서 모글리를 불렀다. "동생, 이리 와봐." 모글리는 처음에는 나무늘보처럼 힘없이 매달렸지만, 나중에는 회색 원숭이처럼 대담하게 몸을 날려서 나뭇가지를 잡았다.

늑대들이 모일 때에는 모글리도 회의가 열리는 바위에 한 자리를 잡고 앉았다. 그리고 곧 새로운 사실을 알게 되었는데, 만약 그가 어떤 늑대를 뚫어져라 노려보면 어떤 늑대도 눈을 내리깐다는 것이었다. 그래서 가끔 모글리는 재미로 한 늑대를 정해서 빤히 노려보곤 했다. 가끔은 친구들의 발바닥에서 가시를 빼주었다. 늑대들은 가시에 찔렸을 때 무척 고통스러워했기 때문이다. 밤에 언덕을 내려가 밭으로 가서, 오두막에서 지내는 마을 주민들을 호기심 어린 눈으로 관찰하기도 했다. 하지만 모글리는 인간을 믿지 않았다. 바기라가 모글리에게 정글에 교묘하게 설치해 놓은, 들어가면 출입구가 닫혀버리는 사각 상자를 보여주었기 때문이다. 모글리는 하마터면 그 상자 안으로 걸어 들어갈 뻔했었다. 바기라는 모글리에게 그것이 '덫'이라고 알려주었다. 모글리는 낮 동안 늘어지게 자다가 어두워질 무렵 바기라와 함께 숲 한가운데로 들어가서 바기라가 사냥하는 모습을 보는 것을 가장 좋아했다. 바기라는 배가 고프면 마음껏 사냥했고, 모글리도 그를 따라했다. 한 가지만 제외하고 말이다. 모글리가 말을 알아들을 수 있을 정도로 자라자 바기라는 모글리에게 절대 소를 사냥하면 안 된다고 경고했다. 그 이유는 황소의 목숨으로 늑대 무리가 모글리를 샀기 때문이라는 것이었다. "정글 안에 있는 것은 모두 네 거야." 바기라가 말했다. "그리고 넌 뭐든지 죽일 수 있을 정도로 힘이 세지. 하지만 너 대신 바쳐진 황소를 기억하고 어떤 황소도 죽여서는 안 된다. 그게 정글의 법칙이야." 모글리는 이 말을 철저히 지켰다.

그리고 자신이 무엇을 배우고 있는지 깨닫지 못하고, 그저 먹고사는 데 관심을 두면서 건강하게 자랐다.

엄마 늑대는 모글리에게 쉬어 칸이 믿을만한 동물이 아니며, 언젠가 쉬어 칸을 죽여야 한다고 몇 번 일러주었다. 어린 늑대였다면 그 충고를 기억했겠지만, 모글리는 어린 소년이었기 때문에 그 말을 곧 잊어버렸다. 그래도 인간의 언어를 구사할 수 있었다면 자신을 늑대라고 불렀을 테지만 말이다.

쉬어 칸은 계속 모글리 주위를 어슬렁거렸다. 아킬라가 나이 들어서 쇠약해질수록 이 절름발이 호랑이는 무리의 어린 늑대들과 어울렸다. 어린 늑대들은 쉬어 칸이 먹고 남은 찌꺼기를 받아먹기 위해 그를 따라다녔다. 만약 아킬라가 젊은 시절처럼 힘이 있었다면 절대로 그런 행동은 허락하지 않았을 것이었다. 쉬어 칸은 이렇게 훌륭한 사냥꾼들이 왜 다 죽어가는 늑대와 인간의 새끼를 따르는 것에 만족하는지 모르겠다며 어린 늑대들을 부추겼다. "듣자 하니, 모임에서 다들 그의 눈도 못 쳐다보고 피한다고 하던데." 쉬어 칸이 이렇게 말할 때마다 어린 늑대들은 으르렁거리면서 털을 세웠다.

소식에 밝은 바기라는 이런 사실을 익히 알고 있었고, 모글리에게 언젠가 쉬어 칸이 모글리를 죽이려 할 것이라고 누누이 경고했다. 그럴 때마다 모글리는 웃으면서 대답했다. "내게는 늑대 무리와 바기라가 있어. 또 느리긴 하지만 발루가 날 위해서 한두 번 주먹을 날려줄 거야. 내가 겁낼 필요 없잖아?"

어느 무더운 날, 바기라는 문득 한 가지 생각이 떠올랐다. 전에 아마 고슴도치 사히가 말해준 사실일지도 몰랐다. 정글 깊숙이 있을 때 바기라는 그의 아름다운 검은 피부에 머리를 기대고 누운 모글리에게 말했다.

"동생, 쉬어 칸은 네 적이라고 내가 얼마나 자주 말했지?"

"손에 든 열매들만큼이나 많이." 숫자를 못 세는 모글리가 천연덕스럽게 말했다. "그래서 뭐? 바기라, 나 졸려. 쉬어 칸은 꼬리가 길고 목소리가 커. 공작새 마오처럼."

"지금 한가하게 잠이나 자고 있을 때가 아니야. 발루도 나도 알고 있다고. 늑대 무리들부터 멍청하기 짝이 없는 사슴들까지 아는 거야. 타바키가 너한테 말한 적도 있고."

"하! 하!" 모글리가 말했다. "타바키가 얼마 전에 와서 나보고 벌거숭이 인간 새끼라느니, 돼지 열매를 구하려고 땅도 못 팔 정도라느니 떠들어대서 꼬리를 붙잡고 야자나무에 힘껏 후려쳤어. 예의가 뭔지 알려주려고."

"그게 바로 어리석다는 거야. 비록 타바키가 못된 짓을 저지르고 돌아다닌다고 해도 타바키는 너한테 중요한 걸 말해주는 거라고. 이봐, 동생. 두 눈을 뜨고 똑똑히 봐. 쉬어 칸은 정글에서는 감히 널 죽이지 못해. 하지만 잊지 마. 아킬라는 늙었어. 곧 수사슴도 못 잡는 날이 올 거고, 그러면 그는 더 이상 우두머리 자리에 있을 수 없어. 네가 회의에 처음 왔을 때 널 살펴 받아준 늑대들도 이젠 나이가 많이 들었고. 반면 나이 어린 늑대들은 쉬어 칸이 꼬드기는 말을 곧이곧대로 듣고 있어. 무리에 인간의 새끼가 낄 자리는 없다는 거지. 머지않아 너는 다 커버릴 거고 말이야."

"자신의 형제들과 함께 달리지 못하는 인간이 도대체 무슨 소용이야?" 모글리가 말했다. "난 정글에서 태어났어. 정글의 법칙을 어긴 적도 없고, 내가 가시를 빼내준 적 없는 늑대는 한 마리도 없단 말이야. 틀림없이 그들은 내 형제들이야."

바기라는 몸을 쭉 펴고 눈을 반쯤 감고 말했다. "동생, 내 턱 아래를 만져봐."

모글리는 야무진 갈색 손을 천천히 들어 올렸고, 바기라의 부드러운 털 아래 강인한 근육 중 작게 튀어나오고 털이 없는 곳을 발견했다.

"나, 바기라에게 그런 흔적이 있다는 사실을 이 정글에서는 아무도 몰라. 목줄을 매었던 흔적이지. 동생, 나는 인간들 사이에서 태어났고, 내 어머니는 우데이포르에 있는 왕의 궁전 우리에 갇혀서 죽음을 맞이했어. 그랬기 때문에 나는 벌거벗은 갓난아기인 너를 위해 회의에서 값을 치렀어. 그래, 맞아. 나도 인간들 사이에서 태어났으니까. 난 정글을 본 적도 없었어. 인간들은 우리 안에 있던 내게 쇠그릇에 담은 먹이를 넣어주었고, 그러던 어느 날 밤 나는 내가 표범 바기라라는 사실을 깨달았지. 한낱 인간들의 장난감이 아니었던 거야. 그래서 곧바로 앞발을 휘둘러서 자물쇠를 부쉈고 멀리 달아났어. 그리고 인간의 방식을 배웠기에, 나는 정글에서 쉬어 칸보다 더욱 무서운 존재가 됐지. 그렇지 않나?"

"응, 맞아." 모글리가 말했다. "정글에 있는 모든 동물들은 바기라를 무서워하지. 모글리만 빼고."

"아, 넌 인간의 새끼잖아." 검은 표범은 상냥한 목소리로 말했다. "게다가 내가 정글로 돌아간 것처럼 너도 결국은 인간들에게 돌아가야 해. 인간들이 네 형제들이니까. 만약 네가 회의에서 죽지 않는다면 말이야."

"그런데 도대체 왜 날 죽이려고 하는 거지?" 모글리가 물었다.

"날 봐." 바기라가 말하자 모글리는 그를 똑바로 쳐다보았다. 큰 표범은 30초도 되지 않아 고개를 돌렸다.

"이게 바로 그 이유야." 발로 나뭇잎을 뒤적이면서 표범이 말했다. "사람들 사이에서 태어난 나조차 너를 사랑하면서도 네 눈을 똑바로 보지 못하잖아. 동생. 다른 동물들은 너와 눈을 마주치지 못하기 때문에, 네가 지혜롭기 때문에, 발에서 가시를 뽑아 주었기 때문에, 그리고 네가 인간이기 때문에 너를 싫어하는 거야."

"난 몰랐어." 모글리는 시무룩한 목소리로 말했고, 검고 굵은 눈썹을 찡그리며 인상을 썼다.

"정글의 법칙이 뭐지? 먼저 공격하고, 그 다음에 짖는 거지. 무심결에 네가 하는 행동만 봐도 다른 동물들은 네가 인간이라는 사실을 알아. 현명하게 행동해라. 아킬라는 점점 더 힘이 빠지고 있어. 그가 다음 사냥감을 놓치는 날이 오면 늑대 무리들이 네게, 그리고 그에게 반항할 거야. 그들은 바위에서 모일 테고, 그러면…… 아, 좋은 생각이 났다." 바기라가 벌떡 일어서면서 말했다. "지금 당장 저 골짜기 인간들이 사는 오두막으로 가서, 그들이 키우는 빨간 꽃을 가져와. 그러면 때가 왔을 때, 그게 네게 가장 큰 힘이 될 거야. 빨간 꽃을 가져와."

바기라가 '빨간 꽃'이라고 부르는 것은 바로 불이었다. 정글 안에 있는 어떤 동물도 불을 불이라고 부르지 못했다. 모든 야생 동물들은 불을 아주 무서워했으며, 불을 여러 가지 다른 방식으로 표현했다.

"빨간 꽃?" 모글리가 말했다. "오두막 밖에 자라고 있잖아. 밤에 가서 좀 가져올게."

"그래, 인간의 새끼라 잘 아는구나." 바기라는 자랑스러운 듯 말했다. "작은 항아리 안에서 자라고 있다는 거 잊지 마. 어서 하나 가져와서 필요할 때를 대비해서 곁에 둬."

"좋아!" 모글리가 말했고, 바기라의 목 주위를 끌어안고, 커다란 두 눈을 찬찬히 들여다보면서 물었다. "갈게. 그런데 바기라, 쉬어 칸이 이런 일들을 꾸미고 있다는 게 확실해?"

"난 그렇게 믿어. 내가 부수고 나왔던 자물쇠를 걸고 맹세하지.

동생."

"그때 나를 샀던 황소를 걸고, 나는 쉬어 칸에게 이 빚을 다 갚아주겠어. 오히려 더 갚아줄지도 모르지." 모글리는 그렇게 말한 뒤에 뛰어갔다.

"인간이구만. 완전히 인간이라니까." 바기라는 다시 드러누워서 혼잣말을 중얼거렸다. "아, 쉬어 칸, 십 년 전 네가 한 개구리 사냥보다 더 운 나쁜 사냥은 없을 거다."

모글리는 열심히 달려서 숲 속 깊은 곳으로 들어갔다. 심장이 뜨겁게 뛰었다. 그는 저녁 안개가 피어오를 무렵 동굴로 돌아왔고, 숨을 깊이 들이쉬며 골짜기 아래를 내려다보았다. 새끼들은 밖에 있었지만, 동굴 뒤에 있던 엄마 늑대는 모글리의 숨소리를 듣고 그 마음에 뭔가 불편한 점이 있다는 사실을 알아차렸다.

"얘야, 무슨 일이니?" 엄마 늑대가 말했다.

"어느 박쥐가 쉬어 칸에 대해 뭐라고 해서요." 모글리가 대답했다. "오늘밤엔 경작해 놓은 들판을 돌아다니면서 사냥할 거예요."

모글리는 수풀 속으로 뛰어들었고, 골짜기 가장 아래에 흐르는 개천까지 갔다. 그리고 순간 멈춰서 귀를 기울였다. 늑대 무리들이 사냥하면서 내는 소리를 들었고, 사로잡힌 큰 삼바의 울음소리를 들었던 것이다. 사슴이 궁지에 몰렸을 때 내는, 격렬한 콧김 소리까지 들려왔다. 그때 어린 늑대들의 악의에 찬, 격렬한 아우성 소리가 들렸다. "아킬라! 아킬라! 저 외로운 늑대가 어디 얼마나 힘을 쓰는지 한 번 보자고. 늑대 무리의 우두머리를 위한 자리다! 아킬라, 뛰어봐!"

외로운 늑대는 뛰어오른 게 분명했지만, 사슴은 놓친 것 같았다. 그의 이빨이 부딪치는 소리에 뒤이어 삼바의 앞발에 걷어차여 비명을 지르는 소리가 들렸기 때문이다.

모글리는 더 이상 머뭇거리지 않고 서둘러 달렸다. 마을 사람들이 사는 경작지에 모글리가 뛰어 들어갔을 때쯤, 비명소리도 점점 희미해졌다.

"바기라의 말이 맞았어." 모글리는 오두막 창가 옆의 가축 사료에 드러누워서 가쁜 숨을 몰아쉬며 말했다. "내일은 아킬라에게도 내게도 아주 중요한 날이 되겠군."

그런 뒤에 모글리는 유리창에 얼굴을 바짝 대고 난로가의 불을 바라보았다. 농부의 아내가 일어나서 검은 덩어리로 불을 더 지피는 모습이 보였다. 날이 밝아서 사방이 온통 안개로 가득할 때, 모글리는 인간의 아이가 안쪽에 흙이 붙여진 고리버들 냄비를 꺼내서 붉게 달구어진 석탄 덩어리를 담아 자신의 담요 아래 놓는 것을 지켜보았다. 아이는 우리에 있는 소들을 돌보기 위해 밖으로 나갔다.

"저게 끝이야?" 모글리가 말했다. "인간 아이가 할 수 있다면, 걱정할 필요가 없지." 그는 구석으로 성큼성큼 걸어가서, 공포에 질려서 비명을 지르는 소년의 손에서 단지를 빼앗아 안개 속으로 사라졌다.

"인간들은 나와 무척 닮았네." 모글리는 여자가 했던 것처럼 단지를 입으로 후후 불면서 말했다. "내가 먹을 것을 주지 않으면, 이건 곧 죽을 거야." 모글리는 나뭇가지와 마른 장작을 불 위에 떨어뜨렸다. 그리고 언덕 중간쯤 올라갔을 때 바기라와 만났다. 바기라의 털 위에서 아침 이슬이 월장석*처럼 빛나고 있었다.

"아킬라는 사냥감을 놓쳤어." 바기라가 말했다. "어젯밤에 늑대들이 그를 죽이려 했고 네 목숨도 노렸어. 그들은 언덕에서 널 찾고 있었다고."

"나는 경작지에 있었어. 준비는 다 됐고. 이것 봐!" 모글리는 불이 든 단지를 들어올리며 말했다.

"좋아! 인간들이 마른 나뭇가지를 저 안에 밀어 넣는 것을 봤어. 그러자 곧 빨간 꽃이 그 끝에서 피어났지. 넌 두렵지 않아?"

"아니. 내가 왜? 이제 기억나. 그게 꿈이 아니라면 말이지. 내가 늑대가 되기 전에 빨간 꽃 옆에 누워 있었는데, 따뜻하고 느낌이 좋았어."

그날 온종일 모글리는 불이 든 단지를 돌보면서 동굴에 앉아 있었고, 마른 가지를 여러 종류 단지 안에 밀어 넣고 어떻게 되는지 살펴보았다. 모글리는 만족스럽게 잘 타오르는 가지 하나를 발견했고, 저녁에 타바키가 동굴로 와서 그에게 모임이 열리는 바위로 오라고 건방지게 전했을 때도 크게 비웃어서 타바키를 멀리 쫓아버렸다. 모임에 참석한 모글리의 입가에는 여전히 미소가 맴돌고 있었다.

---

* Moonstone, 빛을 받아서 은은하게 빛나는 반투명한 보석의 일종.

고독한 늑대 아킬라는 바위 옆에 누워 있었다. 그것은 그가 무리의 우두머리 자리에서 물러났다는 표시였다. 그리고 쉬어 칸은 그가 먹다 남긴 것을 탐내는 졸개 늑대들과 함께 거들먹거리면서 어슬렁어슬렁 걸어 다녔다. 바기라는 무릎 사이에 불이 든 화로를 챙긴 모글리 곁에 붙어 앉았다. 늑대들이 전부 모이자 쉬어 칸이 입을 열었다. 아킬라가 우두머리 자리에 있었을 때에는 감히 할 수 없던 행동이었다.

"그에겐 그럴 권리가 없어." 바기라가 옆에서 소곤거렸다. "그렇다고 말해. 개자식이라고. 그럼 겁을 먹을 거야."

모글리는 벌떡 일어나 외쳤다. "자유로운 늑대들이여! 쉬어 칸이 우리 늑대 무리를 이끌었나? 어떻게 우리의 우두머리가 호랑이가 될 수 있는가?"

"우두머리 자리가 비어 있고, 그에 대해 말하기를 요청받았기 때문이다." 쉬어 칸이 대꾸했다.

"누가? 우리가 이 가축만 골라 잡아먹는 놈에게 살랑거리고 아부 떠는 자칼인가? 늑대 무리의 우두머리는 오직 늑대에게서만 나올 수 있다."

"인간 새끼는 입 닥쳐." 젊은 늑대들이 소리치자 "모글리가 말하게 내버려둬. 그는 우리의 법을 어긴 적이 없으니까." 무리 중에서 연장자가 호통을 쳤다. "'죽은 늑대'가 하는 말을 어디 한 번 들어보자." 무리의 우두머리가 사냥감을 놓쳤을 때, 그는 '죽은 늑대'라고 불린다. 얼마 못 가서 죽기 때문이다.

아킬라가 힘없이 머리를 들고 말했다.

"자유로운 늑대들이여, 그리고 쉬어 칸의 자칼들아. 열두 해 동안 나는 그대들을 이끌었고, 사냥을 하면서 한 명도 함정에 빠지거나 다치게 한 적이 없었다. 얼마 전 나는 사냥감을 놓쳤다. 이런 계략이 어떻게 만들어졌는지 그대들은 모두 알고 있다. 누가 나를 한 번도 공격받아본 적 없는 수사슴과 일부러 마주하게 해서 나의 노쇠함을 만천하에 드러냈는지, 그대들은 모두 잘 알고 있다. 영리한 계략이었지. 이제 그대들은 이곳 회의가 열리는 바위에서 나를 죽일 권리가 있다. 따라서 묻겠다. 누가 이 외로운 늑대에게 죽음을 고하겠는가? 정글의 법칙에 따르면 한 마리씩 나와서 차례대로 나와 싸워야 한다."

오랫동안 정적이 흘렀다. 아킬라와 죽을 때까지 싸우려는 늑대는 단 한 마리도 없었기 때문이다. 그러자 쉬어 칸이 고함을 쳤다. "젠장! 이런 날카로운 이빨도 없는 멍청이와 뭘 하는 거지? 어차피 이제 죽은 목숨이야! 인간 새끼도 주제에 너무 오래 살았어. 자유로운 늑대들이여, 저놈은 처음부터 내 먹잇감이었어. 이제 내게 넘겨라. 난 이 늑대 인간 새끼가 지긋지긋해. 그는 지난 십 년 동안 정글에 문제만 일으켜 왔다. 내게 넘겨. 그렇지 않으면 계속 여기서 사냥하면서 너희들에겐 뼈다귀 하나 주지 않을 테니까. 모글리 저놈은 인간, 인간의 새끼고, 나는 뼛속까지 놈을 증오한다!"

그러자 늑대 무리 중 절반 이상이 소리를 질렀다. "인간이라니!

인간! 인간이 왜 우리 일에 끼어드는 거지? 인간 무리로 꺼져라!"

"그러면 마을 사람들이 모두 우리를 잡으려고 들걸?" 쉬어 칸이 크게 외쳤다. "그러지 말고 그놈을 내게 넘겨. 그놈은 인간이라서, 우리 중에서는 아무도 놈을 똑바로 쳐다보지 못해."

아킬라는 한 번 더 고개를 들고 말했다. "모글리는 우리와 같은 음식을 먹고, 우리와 함께 잤어. 그 아이는 우리를 위해 사냥감을 몰아주었다. 게다가 지금까지 정글의 법칙을 어긴 적은 한 번도 없었어."

"더군다나 나는 모글리를 받아들이는 대가로 황소를 바쳤어. 그 가치는 보잘것없지만, 나 바기라는 내 명예를 지키기 위해 싸우겠다." 바기라는 그르렁거리며 한껏 부드러운 목소리로 말했다.

"십 년 전에 낸 황소 값?" 늑대 무리가 으르렁댔다. "십 년이나 지난 뼈에 신경 쓸 것 같아?"

"약속하지 않았나?" 바기라가 말했다. 하얀 이빨이 입술 아래로 드러났다. "그러고도 자유로운 족속이라 할 수 있나?"

"인간 새끼는 정글의 다른 동물 무리와 함께 지낼 수 없어." 쉬어 칸이 크게 울부짖었다. "내게 넘겨!"

"모글리는 우리와 피를 나눈 형제야." 아킬라가 말했다. "모글리를 여기서 죽이겠다는 거냐! 솔직히 나는 너무 오래 살았어. 너희 중 몇몇이 가축을 잡아먹고, 쉬어 칸을 따라 깊은 밤을 틈타 마을로 가서 문지방에 있는 아이들을 잡아온다는 얘기를 들었다. 따라서 나는 너희들을 겁쟁이로 취급할 것이며, 그런 겁쟁이들에게 내가 말한다. 나는 틀림없이 죽을 것이고, 내 목숨은 큰 가치가 없다. 그래도 얼마 안 되는 남은 목숨을 인간의 아이에게 바칠 것이다. 리더가 없어져서 너희가 명예 같은 하찮은 사항은 다 잊은 것 같지만, 늑대 무리의 명예를 걸고 약속하지. 만약 너희들이 그 아이를 원래 있던 곳으로 돌려보낸다면 너희들을 공격하지 않겠다. 나는 어떤 결투도 치르지 않고 죽음을 맞이할 것이다. 그러면 적어도 이 중에서 세 마리는 죽음을 면할 수 있을 거다. 그 이상은 나도 싸울 수 없으니까. 하지만 만약 너희들이 싸우겠다면, 적어도 너희들이 아무런 잘못도 없는 형제를 죽이느라 손을 더럽히는 수치에서 벗어날 수 있도록 내가 너희를 막을 것이다. 보호자도 있고, 정글의 법칙에 따라 무리에 들어온 형제를 말이지."

"저 놈은 인간, 인간, 인간이라고!" 늑대 무리의 대다수가 이빨을 드러내고 으르렁거리며 쉬어 칸 주위에 모여들기 시작했다. 쉬어 칸의 꼬리가 흔들렸다.

"이제 모든 일은 네 손에 달렸다." 바기라가 모글리에게 말했다. "싸울 수밖에 없게 됐어."

모글리는 불이 들어 있는 단지를 손에 든 채 똑바로 일어서서 기지개를 켜고 늑대들 앞에서 하품을 했다. 하지만 분노와 슬픔 때문에 마음이 늑대처럼 사나워져 있었다. 늑대들은 자신들이 모글리를 얼마나 미워하는지 한 번도 정정당당하게 말한 적이 없었던 것이다. "너희들, 잘 들어라!" 모글리가 소리쳤다. "이 짐승이 지껄이는 소리에 귀 기울일 필요는 없다. 오늘밤 너희들은 내가 인간이라고 계속 떠들어댔지. (너희들과 함께 죽는 날까지 늑대일 수 있었는데 말이다.) 나도 너희들의 말이 맞다고 생각한다. 따라서 나는 너희들을 더 이상 형제라고 부르지 않고, 그 대신 사람들이 부르듯 새그[개]라고 부르겠다. 너희들이 무엇을 하고 하지 않을 것인지는 너희들이 결정할 문제가 아니다. 그건 내가 결정할 문제다. 그리고 그 점을 더 분명히 하기 위해서, 인간인 내가 너희 개들이 무서워하는 붉은 꽃을 가져왔다."

모글리는 화로 단지를 바닥에 던져버렸다. 화로에서 흘러내린 석탄 때문에 마른 이끼에 불이 붙자, 늑대 무리들은 순간 겁에 질려 뒤로 물러났다.

모글리는 불길이 탁탁 소리를 내며 타오를 때까지 죽은 가지를 불 속에 계속 쑤셔 넣었다. 그리고 겁에 질려서 몸이 움츠러든 늑대들 사이에서 머리 위로 장작을 휙휙 돌렸다.

"네가 늑대들의 주인이다." 바기라가 낮은 목소리로 말했다. "아킬라를 구해줘. 그는 언제나 그랬듯 네 친구니까."

나이 든 늑대 아킬라는 살아오면서 자비를 구한 적이 한 번도 없었지만, 모글리를 애처롭고 간절한 눈길로 바라보았다. 벌거벗은 모글리의 어깨 위에서 흩날리는 검은 머리카락이 너울거리는 그림자를 드리웠다.

"좋아!" 모글리는 주위를 천천히 둘러보면서 말했다. "너희들은 진짜 개로구나. 잘 알겠어. 이제 나는 너희들을 떠나 사람들에게로 돌아가겠다. 만약 그들이 나와 같은 사람이라면 말이지. 나는 정글에서 쫓겨났고, 너희들의 말과 너희들과의 우정을 잊어버려야 한다. 하지만 너희들보다 더욱 자비를 베풀어주지. 왜냐하면 예전의 나는 너희들과 피를 나눈 형제였고, 사람들 사이에서 다시 인간 노릇을 해도 너희들과는 달리 너희들을 배반하지 않겠다고 약속했기 때문이다." 모글리는 발로 불을 걷어찼고, 불꽃이 공중으로 날아올랐다. "무리 안에서 우리끼리 전쟁하지는 않을 거야. 하지만 내가 가기 전에 갚아야 할 빚이 있다." 모글리는 바보처럼 눈을 껌벅이며 불꽃을 바라보는 쉬어 칸 앞으로 뚜벅뚜벅 걸어 나갔고, 쉬어 칸의 턱수염을 붙잡았다. 바기라는 만일의 경우를 대비해서 모글리를 급히 뒤따랐다. "일어나라, 개야!" 모글리가 외쳤다. "인간이 말하면 일어나. 안 그러면 털에 불을 붙일 거다!"

불붙은 가지가 코앞까지 다가오자 쉬어 칸은 양쪽 귀를 머리에 붙이고 두 눈을 질끈 감았다.

"이 가축 사냥꾼이 전체회의에서 날 죽일 거라고 했지. 내가 아기일 때 죽이지 못했으니까. 그래, 인간이 개를 어떻게 때리는지 보여주지. 룬그리, 어디 턱수염 한 올이라도 흔들어봐. 네놈의 뱃속에 불꽃을 쑤셔 넣을 테니까." 모글리는 나뭇가지로 쉬어 칸의 머리를 내리쳤고, 호랑이는 공포에 질려 끙끙거리며 울었다.

"하! 불에 덴 들고양이 같군. 이제 꺼져! 하지만 잊지 마. 내가 다음 회의 때 바위에 올 때는, 쉬어 칸의 가죽을 머리 위에 두르고 나타나겠다. 그리고 아킬라는 자기가 원하는 대로 남은 삶을 살 것이다. 아킬라를 해치지 마라. 왜냐하면 내가 허락하지 않았으니까. 또 너희들도 더 이상 여기 앉아 있지 마라. 혀를 축 내민 채로 마치 뭐라도 되는 것처럼 말이야. 나 때문에 밖으로 내쫓기는 개들 주제에. 꺼져!"

가지 끝에서 불이 맹렬하게 타오르고 있었고, 모글리는 그 가지를 휘둘렀다. 늑대들은 자신들의 털이 타들어가자 울면서 사방팔방으로 달아났다. 결국 아킬라와 바기라와 모글리 편을 들었던 열 마리 정도의 늑대만 남았다. 그때 모글리의 마음 안에서 상처가 벌어지기 시작했다. 그가 지금까지 한 번도 느껴보지 못한 아픔이었다. 결국 모글리는 숨죽여 울기 시작했다. 눈물이 모글리의 얼굴을 타고 흘러내렸다.

"이게 뭐지? 도대체 뭐야?" 모글리가 울면서 말했다. "정글을 떠나고 싶지 않아. 그리고 이게 도대체 무슨 일인지 모르겠어. 바기라, 내가 죽어가고 있는 거야?"

"동생, 아니야. 사람들이 때때로 흘리는 눈물이라는 거야." 바기라가 말했다. "이제 알겠어. 네가 그저 인간의 새끼가 아니라 진정한 인간이 되었다는 걸. 넌 이제 정글에서 쫓겨났어. 모글리, 눈물이 떨어지게 내버려 둬. 그냥 눈물이 흐르는 것뿐이니까." 모글리는 가슴이 무너져 내리는 것 같아서 털썩 주저앉아 엉엉 울었다. 이렇게 눈물을 흘린 적은 처음이었다.

"이제 나는 사람들에게 가겠어. 하지만 먼저 엄마에게 잘 있으라고 인사해야 돼." 모글리가 말했다. 그는 동굴로 가서 엄마 늑대의 털에 얼굴을 파묻고 계속 울었다. 네 마리 새끼들도 구슬픈 울음소리를 냈다.

"날 잊지 않을 거죠?" 모글리가 말했다.

"우리가 네 흔적을 찾을 수 있는 한, 절대로 그런 일은 없을 거야." 새끼 늑대들이 말했다. "네가 인간이라도, 언덕 아래에 오면 네게 말을 걸 거야. 그리고 밤에는 너를 보러 농경지로 찾아갈게."

"곧 돌아와라!" 아빠 늑대가 말했다. "아, 영리한 꼬마 개구리야, 얼른 돌아오거라. 우리는 이미 나이가 들었거든. 네 엄마와 난 말이다."

"그래, 어서 돌아오렴!" 엄마 늑대가 말했다. "우리 벌거숭이 어린 아들. 잘 들어두렴. 인간의 아이야, 나는 널 내 새끼들보다 더 사랑했단다."

"꼭 돌아올 거예요." 모글리가 말했다. "그때는 쉬어 칸의 가죽을 바위에 깔아놓겠어요. 절 잊지 마세요! 다른 이들에게도 저를 절대 잊지 말라고 전해주세요!"

새벽빛이 밝아올 때 모글리는 인간이라 불리는 신비스러운 존재를 만나기 위해 언덕을 혼자 걸어 내려갔다.

〈시오니 늑대 무리의 사냥 노래〉

날이 밝아올 때 삼바가 울었네.

한 번, 두 번, 또다시!

그러자 암사슴이 폴짝, 암사슴이 폴짝 뛰어올랐네.

야생 사슴이 홀짝홀짝 물 마시는 숲 속의 연못에서,

여기 홀로 정찰 나와 보았네.

한 번, 두 번, 또다시!

날이 밝아올 때 삼바가 울었네.

한 번, 두 번, 또다시!

그러자 늑대가 몰래 뒷걸음질, 늑대가 몰래 뒷걸음질 쳐서

기다리던 무리에게 그 소식을 전하네.

우리는 찾아냈고, 우리는 발견했고, 우리는 삼바의 뒤를 쫓아가네.

한 번, 두 번, 또다시!

날이 밝아올 때 늑대 무리가 울었네.

한 번, 두 번, 또다시!

정글에 흔적을 남기지 않는 발걸음!

어둠 속에서 - 어둠 속에서도 꿰뚫어보는 눈!

냄새를 - 냄새를 맡고 짖어라! 들어라! 오, 들어라!

한 번, 두 번, 또다시!

카아의 사냥

얼룩무늬는 표범의 기쁨, 뿔은 물소의 자랑.

몸을 깨끗이 해라.

털가죽의 광택을 보면 사냥꾼의 힘을 알 수 있으니까.

수송아지나 화가 난 삼바가 뿔로 들이받을 수 있다는 것을 알게 되어도

하던 일을 멈춰가며 우리에게 알리지 않아도 된다.

이미 오래 전부터 알고 있으니까.

낯선 이의 새끼들을 괴롭히지 말고, 형제와 자매로 맞아라.

작고 통통해도, 어미가 곰일 수 있으니까.

"나만큼 뛰어난 자는 없다!" 첫 사냥에 성공한 새끼가 잘난 체한다.

하지만 커다란 정글에서는 조그만 새끼에 불과하다.

그 점을 알려주고 진정시키자.

- 발루의 격언

여기에 적힌 일들은 모글리가 시오니 늑대 무리에서 쫓겨나기 전, 그리고 호랑이 쉬어 칸에게 복수하기 얼마 전에 일어난 일이다. 발루가 모글리에게 정글의 법칙을 가르칠 때였다. 나이 들고 현명한 큰 갈색 곰 발루는 제자를 두게 되어 내심 기뻤다. 왜냐하면 어린 늑대들은 자신들의 무리에 적용되는 정글의 법칙만 배우려 했고, 다음과 같은 사냥 시를 외우게 되자마자 내뺐기 때문이다. "소리 없는 발걸음, 어둠을 꿰뚫는 눈, 보금자리에서도 바람을 듣는 귀, 날카로운 하얀 이빨. 모두 우리가 형제라는 증거다. 우리가 싫어하는 자칼 타바키와 하이에나 빼고." 하지만 인간의 새끼인 모글리는 늑대들보다 훨씬 더 많이 배워야 했다. 때때로 흑표범 바기라가 와서 모글리가 얼마나 잘 하는지 보려고 느긋하게 누워 있곤 했다. 귀염둥이 모글리가 그날 배운 것을 발루 앞에서 암송할 때, 바기라는 자신의 머리를 나무에 가볍게 문지르면서 만족스러워했다. 모글리는 산도 잘 탔고, 달리기나 헤엄치는 데에도 뛰어났다. 그래서 발루는 모글리에게 숲과 물의 순리를 가르쳤다. 썩은 나뭇가지와 그렇지 않은 나뭇가지를 구분하는 법, 땅에서 15미터가 넘는 높이에 매달린 벌집에 다가갈 때, 벌들에게 공손하게 말하는 법, 대낮에 자고 있던 박쥐 망을 깨웠을 때 말하는 법, 웅덩이에 뛰어들기 전에 그 곳에 있는 물뱀에게 경고하는 법까지 말이다. 정글에 사는 동물들은 아무도 방해 받는 것을 좋아하지 않았기 때문에 다들 침입자에게 덤벼들 준비가 되어 있었다. 그때 모글리도 다른 존재들의 사냥 언어를 배웠다. 정글에 사는 동물들은 자신의 영역을 벗어나서 사냥을 할 때면 언제나 누군가 대답할 때까지 이 말을 외쳐야 했다. "배가 고프니 이곳에서 사냥할 수 있도록 허락해 달라." 그러면 대답이 돌아왔다. "먹기 위해 사냥하되 재미로는 하지 마라."

이 정도면 모글리가 얼마나 많은 것들을 배워야 했는지 알 수 있을 것이다. 결국 모글리는 똑같은 말을 몇 백 번이고 되풀이하는 일에 지쳐버렸다. 하루는 모글리가 손바닥으로 매를 맞고 화내며 도망가자 발루가 바기라에게 말했다. "인간은 인간일 뿐이야. 그래서 정글의 법칙을 전부 다 배워야 해."

"하지만 모글리는 아직 어려." 흑표범이 말했다. 흑표범이 자신의 방식으로 모글리를 가르쳤다면, 모글리는 아마 버릇없고 막돼먹은 존재가 되었을 것이다. "그대의 긴 설명을 모글리가 조그만 머리로 어떻게 다 받아들이겠어?"

"정글에 너무 작아서 죽음을 당하지 않는 것도 있어? 그렇지 않아. 바로 그래서 내가 모글리에게 이것들을 가르치는 거야. 모글리가 잊어버리면 때리는 거고. 살짝."

"살짝! 너처럼 돌덩이 같은 발을 가지고 있는 곰이 '살짝'이 무슨 뜻인지나 알아?" 바기라가 털을 세웠다. "오늘 보니까 네가 발길질을 살짝 해서 모글리는 얼굴이 온통 멍들었던데. 나 참."

"몰라서 불행을 겪는 것보다 차라리 모글리를 사랑하는 나에게 맞아서 머리부터 발끝까지 멍드는 편이 낫지." 발루는 매우 진지하게 대답했다. "나는 지금 모글리에게 정글 종족어를 가르치고 있어. 모글리를 새들과 뱀들, 늑대를 제외한 네발짐승들로부터 지켜줄 말들 말이야. 종족어를 잊어버리지만 않는다면 정글 어디에서든 보호해달라고 외칠 수 있어. 조금 혼나더라도 그 편이 낫지 않나?"

"뭐, 아무튼 죽이지 않도록 조심해. 모글리는 네가 평소에 뭉툭한 발톱을 날카롭게 갈던 그런 통나무가 아니라고. 그건 그렇고, 그 종족어라는 게 뭐지? 난 보호를 요청하기보단 도와줄 확률이 더 크지만 말이야." 바기라는 한 쪽 발을 뻗어 강철처럼 새파랗게 빛나는 끌 같은 발톱을 자랑스럽게 펴 보였다. "그래도 그게 뭔지는 궁금하군."

"모글리를 불러서 말해보라고 하지. 만약 하려고 든다면 말이야. 이리 와, 동생!"

"벌떼가 든 나무처럼 머리가 윙윙거려." 발루와 바기라 위로 시무룩한 목소리가 들려왔고, 모글리가 부루퉁하게 나무 몸통을 타고 미끄러져 내려와 땅을 디디고는 덧붙였다. "바기라 때문에 돌아온 거지 너 때문 아냐. 뚱보 영감탱이 발루!"

"날 뭐라고 부르든 상관없어." 상처 받은 것을 감추고 발루가 아무렇지도 않게 말했다. "바기라에게 오늘 내가 가르쳐 준 종족어를 말해봐."

"어느 종족어?" 모글리가 아는 것을 자랑할 생각에 들떠서 말했다. "정글엔 여러 가지 언어가 있잖아. 난 다 알아."

"네가 아는 것은 새 발의 피야! 바기라, 봤지? 고마워할 줄도 모른다니까. 늑대 새끼들은 가르침을 받아도 찾아와서 고맙다고 하는 놈이 하나도 없어. 그럼 위대하신 학자 양반, 사냥 종족어를 말해봐."

"너와 나, 우리는 피를 나눈 형제다." 모글리는 곰의 억양으로 모든 사냥 종족들이 쓰는 언어를 말했다.

"좋아. 이제 새 종족어."

모글리는 똑같은 말을 되풀이하며 끝에 솔개의 휘파람을 넣었다.

"이제 뱀 종족어." 바기라가 말했다.

돌아온 대답은 말로 표현할 수 없는 쉿 소리였다. 모글리는 자기 자신이 자랑스러워 발을 구르며 박수를 쳤고, 바기라의 등 위에 올라타서는 반짝이는 가죽을 발뒤꿈치로 두드리며 자기가 생각하기에 가장 흉한 표정을 발루에게 지어보였다.

"그래, 그거야! 멍이 좀 들어도 보람은 있군." 발루는 부드러운 목소리로 말했다. "언젠가 내가 생각날 때가 있을 거야." 그러더니 몸을 돌려 바기라에게 이야기를 늘어놓았다. 정글에서 쓰는 종족어라면 전부 아는 야생 코끼리 하티에게 얼마나 사정해서 뱀 종족어를 알아냈는지에 관한 이야기였다. 발루 자신은 뱀 종족어를 발음할 수 없어서 하티가 모글리를 웅덩이로 데려가 물뱀에게서 뱀 종족어를 배울 수 있게 해주었다며 그래서 이젠 뱀도, 새도, 그 밖의 다른 짐승들도 상처를 입힐 수 없기 때문에 모글리가 정글에서 무사히 지낼 수 있게 되었다는 것이었다.

"누구도 두려워할 것 없게 됐지." 발루는 이 말로 마무리를 지었고, 크고 털이 북실북실한 배를 뽐내듯이 손으로 두드렸다.

"자기 부족 빼고." 바기라가 속삭였다. 그런 뒤에 모글리에게 큰 소리로 말했다. "어이 동생, 내 갈비뼈 조심해. 내 위에서 춤이라도 추는 거야?"

모글리는 바기라의 양쪽 어깨 털을 잡아당기고, 발로 차면서 자기 말 좀 들어보라고 애를 쓰는 중이었다. 발루와 바기라가 귀를 기울이자, 모글리는 목청껏 소리쳤다. "나는 나만의 부족을 가질 거고, 그들을 이끌고 온종일 나무 사이를 돌아다닐 거야."

"이건 또 무슨 소리야, 잠꼬대 하는 거야?" 바기라가 말했다.

"그들이 발루에게 나뭇가지와 흙을 던질 거야." 모글리가 말을 이었다. "약속했거든!"

"뭐라고!" 발루가 큰 발로 모글리를 바기라의 등에서 떼어냈다. 모글리는 발루의 커다란 앞발 사이에 누운 채 올려다보았고, 발루가 화가 난 것을 알아차렸다.

"모글리," 발루가 말했다. "너 반달로그*와 어울렸어? 저 원숭이 무리 말이야."

---

* '원숭이 무리'라는 뜻의 힌두어.

모글리는 혹시 바기라도 화났나 싶어서 쳐다보았다. 바기라의 두 눈은 옥처럼 굳어 있었다.

“원숭이 무리와 함께 있었지? 저 회색 원숭이들. 법도 없고, 뭐든지 먹어치우는 놈들이랑. 너 창피한 줄 알아.”

“발루가 내 머리를 때렸을 때,” 여전히 바닥에 누운 채로 모글리가 말했다. “나는 멀리 도망쳤어. 그때 회색 원숭이들이 나무에서 내려와서 날 위로해줬어. 아무도 신경 쓰지 않았는데 말이지.” 그러면서 코를 약간 훌쩍였다.

“원숭이 무리들이 위로해줬다고?” 발루가 콧방귀를 뀌며 말했다. “차라리 산의 개울이 고요히 흐르고, 한여름 태양이 시원하다고 해라! 인간이란! 그래서?”

“그리고 말이지, 원숭이들은 내게 땅콩과 맛있는 것들도 줬어. 그리고 나를 두 팔로 안아서 나무 꼭대기로 데려갔고, 내가 단지 꼬리만 없을 뿐이지 그들과 같은 형제라고, 언젠가 그들의 지도자가 될 거라고 했어.”

“원숭이들은 우두머리를 뽑지 않아.” 바기라가 말했다. “거짓말한 거야. 그것들은 항상 거짓말을 하거든.”

“원숭이들은 정말 친절하게 작별인사를 하면서 또 보자고 했어. 도대체 왜 나는 원숭이 무리에 들어가지 못했지? 원숭이들은 나처럼 두 발로 설 수 있어. 발로 날 때리지도 않아. 그리고 온종일 놀러 다녀. 날 놔줘! 나쁜 발루, 일어날 거야! 원숭이들한테 가서 놀 거야.”

"잘 들어, 인간의 새끼야." 발루가 말했고, 그 목소리는 뜨거운 여름날 밤 내리치는 번개 같았다. "네게 정글에 사는 모든 이들에게 통하는 정글의 법칙을 다 알려주었다. 저 나무에 사는 원숭이 부족만 빼고 말이지. 원숭이들은 법이 없어. 추방된 존재들*이지. 자기 언어도 없고 어디서 엿들은 말을 가져다가 훔쳐 사용해. 우리와 살아가는 방식이 달라. 저들은 우두머리가 없어. 아무것도 기억하지 않고. 정글에서 뭔가 대단할 일을 하는 위대한 부족인 척 떠들지만 땅콩이 떨어지기만 해도 낄낄대면서 다른 모든 일들은 잊어버리는 놈들이야. 정글 족속은 저들과 아무 관계도 맺지 않아. 우리는 놈들과 다른 곳에서 물을 마시고, 다른 길로 다니며, 다른 곳에서 사냥을 하고, 다른 곳에서 죽는다. 지금까지 내가 반달로그에 관한 얘기를 한 번도 한 적 없지?"

"응, 없어." 모글리는 속삭이듯 작은 목소리로 말했다. 발루가 말을 마치자, 숲에는 고요한 정적이 흘렀다.

"정글 족속은 원숭이 이야기를 하지도 않고 생각조차 안 해. 원숭이들은 너무 많고, 사악하고, 더럽고 파렴치해. 그리고 정글의 다른 동물들이 자신들을 인정해주길 바라지. 하지만 우리는 저들이 우리 머리 위에 땅콩과 쓰레기를 던질 때도 아는 체하지 않아."

발루가 말을 마치자마자 땅콩과 나뭇가지들이 나무들 사이로

---

* 원문은 outcaste, 인도의 카스트 제도에서는 최하층 신분인 불가촉천민을 뜻하기도 한다.

후드득 떨어졌다. 가느다란 나뭇가지 위에서 기침하는 소리, 외치는 소리, 화가 나서 뛰어다니는 소리까지 들려왔다.

"원숭이 무리와 관계를 맺는 일은 금지되어 있어." 발루가 말했다. "정글에 사는 모든 것들은 절대로. 기억해 둬."

"금지되어 있고말고." 바기라가 말했다. "하지만 난 발루가 네게 미리 경고했어야 한다고 생각해."

"내가? 모글리가 저 더러운 놈들과 놀아날 줄 어떻게 알았겠어? 원숭이 무리와 말이지! 나 참!"

셋의 머리 위로 땅콩과 나뭇가지들이 소나기처럼 퍼부었고, 발루와 바기라는 모글리를 데리고 멀리 피했다. 발루의 말은 틀림없는 사실이었다. 원숭이들은 주로 나무 꼭대기에서 지냈고, 정글의 동물들은 위를 올려다보는 경우가 거의 없었기 때문에 원숭이들과 마주칠 일은 없었다. 하지만 병든 늑대 또는 부상을 당한 호랑이나 곰을 발견할 때마다 원숭이들은 그들을 괴롭히려 들었고, 재미로 나뭇가지들과 열매들을 던져서 관심을 끌려고 했다. 그런 뒤 말도 안 되는 노래를 꽥꽥대며 부르고는 정글에 사는 동물들을 나무 위로 올라오도록 유인한 뒤에 싸우기도 했다. 아무것도 아닌 일로 자기들끼리 치열하게 전투를 벌이곤 했고, 죽은 원숭이의 시체를 정글 동물들이 보도록 아무렇게나 던져두었다. 원숭이들은 항상 우두머리를 세우고 싶어 했고, 자신만의 법률과 관습을 만들려 했지만 그럴 수 없었는데 그 이유는 그들의 기억력이 하루를 넘기지 못했기 때문이다. 결국 그들은 "반달로그가 지금 생각하는 것을 정글은 나중에 생각할 것이다."라는 격언을 지어냄으로써 타협을 했고, 이는 원숭이들에게 큰 위안이 되었다. 원숭이들에게 손을 대려는 짐승은 하나도 없었고, 어떤 동물들도 원숭이들을 주목하지 않았다. 그래서 원숭이들은 모글리가 자신들과 함께 놀고 이 사실을 안 발루가 화내는 광경을 보면서 즐거워했던 것이다.

사실 원숭이들은 더 이상 일을 꾸미지 않았다. 반달로그가 어떤 일을 일부러 꾸민다는 것은 불가능했기 때문이다. 하지만 그중 한 원숭이가 아주 좋은 생각을 해냈다며, 모글리를 잡으면 매우 쓸모 있을 것이라고 말하고 다녔다. 모글리가 나뭇가지들을 엮어서 바람을 막을 수 있으니 그를 붙잡아 와서 자신들을 가르치게 하자는 이야기였다. 모글리는 나무꾼의 아들이었기 때문에 그와 관련된 온갖 재능을 물려받았다. 모글리가 땅에 떨어진 나뭇가지들로 아무렇지도 않게 작은 오두막을 만드는 것을 나무 위에서 지켜보며 원숭이 부족은 놀라워했다. 원숭이들은 지금이야말로 자기들이 우두머리를 뽑을 기회고, 그러면 정글에서 가장 현명한 무리가 되어 다른 종족들의 시샘을 받을 것이라고 생각했다. 결국 그들은 발루와 바기라와 모글리를 몰래 뒤쫓았다. 낮잠 시간이 되자 자기가 한 행동이 부끄러웠던 모글리는 다시는 원숭이 무리와 엮이지 않겠다고 다짐하면서 바기라와 발루 사이에서 잠들었다.

그런 뒤 모글리가 기억하는 것은 작지만 딱딱한 손들이 자신의 팔과 다리를 붙잡고 있는 것이었다. 나뭇가지가 얼굴에 세게 부딪혀 오는 것을 느낀 모글리는 깜짝 놀라 눈을 뜨고 움직이는 나뭇가지들 아래를 내려다보았다. 잠에서 깬 발루가 크게 울어서 정글을 깨웠고, 바기라는 이빨을 모두 드러낸 채 나무로 뛰어오르고 있었다. 반달로그는 바기라가 올라가지 못하는 위쪽 나뭇가지들로 빠르게 움직이면서 승리감에 차서 외쳤다. "우리를 봤다! 바기라가 우리를 알아봤어. 정글에 사는 동물들은 이제 우리의 재주와 지혜를 우러러 보게 될 것이다!" 그렇게 말한 뒤에 원숭이들은 공중을 날기 시작했다. 숲을 가로질러 원숭이 부족들이 비행하는 모습은 말로는 묘사할 수 없는 장관이었다. 그들은 자신들만의 길과 교차로가 있었고, 언덕을 위아래로 오르내렸다. 모든 길은 15미터 내지 20미터 정도로 높았으며, 개중에는 30미터 높이에 이르는 것도 있었고 필요한 경우 밤에도 이동할 수 있었다. 가장 힘이 센 원숭이 두 마리가 모글리를 잡고 6미터도 넘는 나무 꼭대기를 휙휙 날았다. 모글리가 없었다면 두 배는 빠르게 갈 수 있었을 것이지만, 모글리의 무게 때문에 그만큼 속도를 내지는 못했다. 모글리는 어지러워서 토할 것 같으면서도 내심 흥분했다. 하지만 저 아래 땅 밑의 모습 때문에 무서웠고, 아무것도 없는 허공에 몸을 날릴 때는 심장이 입으로 튀어나올 것 같았다. 모글리를 잡고 가는 두 원숭이는 나무 꼭대기까지 몸을 날렸다. 제일 위 가장 가느다란 나뭇가지가 휘어지고 부러질 것 같으면, 고함을 지르며 허공으로 뛰어올랐다가 아래로 떨어지며 두 손이나 발로 다음 나무의 더 아래쪽 가지를 붙잡았다. 마치 바다 위 떠 있는 배의 돛대 끝에서 멀리 내다볼 수 있는 것처럼, 모글리의 눈에 푸른 정글 너머의 풍경이 비쳤다. 그때 나뭇가지와 잎사귀들이 모글리의 얼굴을 때리면 모글리와 두 원숭이는 다시 거의 땅에 닿을 정도로 곤두박질쳤다. 그렇게 뛰어오르다 부딪히고 소리를 질러대며, 반달로그 무리들은 모글리를 붙잡아 나무 사이를 휩쓸고 지나갔다.

잠시 동안은 떨어질까 봐 겁이 나고 화도 치밀어 올랐지만, 곧 모글리는 저항해도 소용없다는 것을 알아채고 탈출할 궁리를 하기 시작했다. 가장 먼저 든 생각은 발루와 바기라에게 소식을 전하려는 것이었다. 원숭이들의 속도가 워낙 빨랐기 때문에 친구들이 매우 뒤쳐져 있다는 사실을 알고 있었기 때문이다. 아래를 내려다보니 나뭇가지들만 눈에 들어올 뿐이었다. 그래서 모글리는 위를 쳐다보았고, 하늘 저 멀리에서 먹잇감을 찾아 원을 그리며 나는 솔개 칠을 발견했다. 칠은 원숭이들이 뭔가 옮기는 것을 보자 먹을 만한 것인지 알아보기 위해 수백 미터 아래로 날아오고 있었다. 그러다 잡혀가던 모글리가 솔개 언어로 외치는 구조 요청을 듣고 깜짝 놀랐다. "너와 나, 우리는 피를 나눈 형제다." 나뭇가지들이 파도처럼 모글리의 온몸을 덮었지만, 칠은 모글리를 찾으려고 다음 나무에 자리 잡았다. 이내 모글리의 조그만 갈색 얼굴이 보였다. "내가 가는 길을 봐줘!" 모글리가 외쳤다. "그걸 시오니 늑대 무리의 발루와 모임을 여는 바위의 바기라에게 알려줘."

"형제여, 누구라고 할까?" 칠은 모글리에 관한 이야기를 들은 적은 있지만 한 번도 본 적은 없었다.

"개구리 모글리야. 인간의 새끼라고 해. 내가 가는 곳을 알려줘!"

모글리가 공중으로 다시 휙 올라가는 바람에 마지막 말은 거의 비명에 가까웠지만, 솔개 칠은 모글리의 말을 알아듣고 고개를 끄덕였다. 그리고 하늘의 한 점처럼 보일 때까지 날아오른 뒤 망원경처럼 밝은 눈으로 모글리를 데리고 가는 원숭이 무리들의 움직임을 지켜보았다.

"그리 멀리 못 갈 거야." 칠은 킥킥 웃으면서 말했다. "원숭이들은 애초에 하기로 했던 일을 제대로 한 적이 없으니까. 반달로그는 항상 새로운 것만 찾거든. 지금 내가 본 게 틀림없다면 원숭이들은 제 무덤을 판 셈이야. 발루는 신출내기가 아닌데다 바기라도 힘이 장사니까."

칠은 발을 모으고 날갯짓을 하며 기회를 엿보았다.

한편 발루와 바기라는 분노와 슬픔으로 제정신이 아니었다. 바기라는 전에 올라가보지 않은 높이까지 나무를 탔지만, 가느다란 나뭇가지들이 바기라의 체중을 이기지 못하고 부러졌다. 바기라는 나무에서 미끄러져 내렸고, 두 발톱은 나무껍질로 가득했다.

"왜 저 인간 새끼에게 경고하지 않았지?" 바기라는 원숭이를 따라잡으려고 뒤뚱거리며 안타깝게 발걸음을 재촉하는 발루에게 고함을 질렀다. "경고도 하지 않았으면서 반쯤 죽일 정도로 패는

게 무슨 소용이야?"

"서둘러! 서두르라고! 우리—우리가 아직 따라잡을 수 있어." 발루가 헐떡이며 말했다.

"그 속도로? 다친 소도 그 정도는 걷겠다. 정글의 법칙을 가르친다고 애 잡는 선생님, 1킬로미터도 못 가서 뻗을걸. 가만히 앉아서 생각 좀 해봐! 계획을 세우라고. 지금은 뒤쫓아 갈 때가 아니야. 너무 바짝 뒤쫓으면 원숭이들이 모글리를 땅에 떨어뜨릴지도 몰라."

"아룰라! 후우! 벌써 싫증이 나서 이미 떨어뜨렸을지도 몰라. 그놈들이 어떤 놈들인데! 나한테 죽은 박쥐들을 던져. 먹을 것으로 썩은 뼈를 주고. 벌에 쏘여 죽도록 벌집에 밀어버려. 내가 죽거든 하이에나 뒷자리에 묻어줘. 난 비참하고 한심한 곰이니까. 아룰랄라! 와후아! 모글리, 모글리! 네 머리를 쥐어박지 말고 원숭이 무리에 대해 경고했어야 했는데. 종족어도 잊어버려서 정글에 혼자 떨어지면 어떡하지."

발루는 앞발로 두 귀를 움켜쥐고 흐느끼면서 앞뒤로 뒹굴었다.

"그래도 모글리는 얼마 전까지도 온갖 종족어를 정확히 말했어." 바기라는 참지 못하고 말했다. "발루, 넌 기억도 못하고 자존심도 없지. 흑표범인 내가 고슴도치 사히처럼 온몸을 둥글게 말고 울고 있으면 정글에서 뭐라고 할까?"

"무슨 상관이야! 모글리는 지금쯤 죽었을지도 모르는데."

"원숭이들이 장난삼아 모글리를 나뭇가지에서 떨어뜨리거나 심심해서 죽이지 않았다면, 나는 그 아이 걱정은 안해. 갠 똑똑하고 교육도 잘 받았어. 그리고 무엇보다도 정글에 사는 다른 동물들이 무서워하는 눈을 가졌지. 하지만 지금은 최악의 상황인데 모글리는 반달로그의 손에 있고, 그놈들은 우리 정글 족을 조금도 두려워하지 않는단 말이지." 바기라는 생각에 잠긴 채 한쪽 발을 혀로 핥았다.

"난 바보야! 아! 뚱뚱하고 뿌리나 캐는 바보 갈색 곰!" 발루가 벌떡 일어나며 말했다. "코끼리 하티 말이 맞아. '각자 두려워하는 게 다르다'고 했지. 반달로그 원숭이들은 바위뱀 카아를 무서워해. 카아는 원숭이들처럼 나무를 잘 오르고 밤에 어린 원숭이들을 훔쳐가니까. 카아의 이름만 들어도 겁에 질려서 덜덜 떨면서 꼬리를 말지. 카아한테 가자."

"카아가 뭘 하겠어? 발이 없어서 우리 무리에 속하지도 않잖아. 그리고 그렇게 사악한 눈을 하고 있는데." 바기라가 말했다.

"카아는 나이가 많고 무척 영리해. 무엇보다도 항상 배가 고프지." 발루는 기대에 찬 목소리로 말했다. "염소를 여러 마리 주겠다고 약속하면 돼."

"카아는 한 번 배불리 먹으면 한 달은 자. 지금쯤 자고 있을지도 몰라. 그리고 혹시 깨어 있다 해도 자기가 직접 염소들을 잡겠다고 할 수도 있잖아?" 카아를 잘 모르는 바기라는 의심이 들었다.

"그러면 나이 든 사냥꾼인 너와 내가 힘을 합쳐 카아가 우릴 돕도록 만들어야지." 그러면서 발루는 자신의 빛바랜 갈색 어깨를 바기라에게 비볐다. 결국 둘은 바위뱀 카아를 찾아 나섰다.

발루와 바기라가 카아를 찾았을 때, 카아는 선반처럼 튀어나온 절벽 바위에 몸을 펴고 자신의 아름다운 새 껍질을 감상하고 있었다. 지난 열흘 동안 허물을 벗느라 휴식을 취하고 있었던 것이다. 그는 크고 뭉툭한 코처럼 생긴 머리를 세우고 15미터 가까이 되는 몸을 꼬고서 저녁거리를 생각하며 혀를 날름대고 입맛을 다시는 중이었다.

"아직 밥을 안 먹었네." 발루는 갈색과 노란 점이 아로새겨진 카아의 아름다운 껍질을 보자 안도의 한숨을 내쉬며 말했다. "바기라! 조심해. 카아는 허물을 벗고 나면 앞을 잘 못 보고, 바로 공격하거든."

카아는 독사가 아니었으며 독사들을 겁쟁이라고 무시했다. 카아의 꽉 죄는 힘은 당해낼 자가 없었고, 일단 카아가 거대한 몸통으로 누구든 휘감으면 누구든 아무 소리도 못 내고 죽음을 맞이했다.

"사냥에 행운이 따르길!" 발루가 카아의 엉덩이에 앉아서 외쳤다. 다른 뱀들처럼 카아도 소리를 잘 못 듣는 편이라서 처음에는 발루의 목소리를 알아차리지 못했다. 카아는 경계 태세로 몸을 둥글게 말고, 머리를 아래로 숙였다.

"그래, 사냥하는 우리 모두에게 행운이 따르기를!" 카아가 대답했다. "호오, 발루, 무슨 일로 여기까지 왔지? 바기라도 사냥에 행운이 따르기를. 우리들 중 하나는 그래도 먹이가 있어야지. 쫓고 있는 사냥감 있나? 암사슴이든, 하다못해 어린 수사슴이라도 좋아. 나는 지금 뱃가죽이 등가죽에 달라붙었어."

"우린 먹이를 쫓고 있어." 발루가 태평하게 말했다. 그는 카아를 재촉해서는 안 된다는 것을 알고 있었는데, 카아의 몸집이 너무 거대했기 때문이다.

"그래? 함께 가고 싶은데." 카아가 말했다. "너희들이야 사냥할 때 한두 번 더 공격하는 건 별 거 아니겠지만, 나는 몇날 며칠을 숲길에서 기다리거나 기껏해야 어린 원숭이 새끼 한 마리 잡으려고 하룻밤을 꼬박 견뎌야 해. 제길! 내가 어렸을 때 보던 나뭇가지들이 아니야. 온통 썩고 말랐어."

"아무래도 네 몸이 너무 커서 그런 거 같은데." 발루가 말했다.

"내 몸 길이는 딱 좋아. 정말로." 카아가 자랑스럽게 말했다. "새로 자라난 나무가 문제지. 지난번엔 사냥하다가 거의 떨어질 뻔했어. 정말 하마터면 큰일 날 뻔했지. 그때 내가 꼬리를 나무에 꽉 감지 않은 바람에 미끄러지면서 낸 소리가 반달로그를 깨웠고, 그 뒤로 원숭이들이 내게 가장 흉측한 별명을 붙였어."

"'발 없는 노란 지렁이'" 바기라가 일부러 상기시켜 주려는 듯 속삭였다.

"<u>스스스스스</u>! 원숭이들이 날 그렇게 불렀다고?" 카아가 말했다.

"지난밤에 들었는데. 하지만 신경 쓰지 않았어. 그놈들은 무슨 말이든 일단 해버리니까. 카아는 이빨이 몽땅 빠졌다느니, 숫염소 뿔이 무서워서 새끼만 잡으려 든다느니 하면서 말이지. 반달로그

놈들은 부끄러움을 모르거든." 바기라가 한껏 부드러운 목소리로 말했다.

뱀은, 특히 카아처럼 신중하고 큰 뱀은 자기가 화났다는 티를 거의 내지 않는다. 하지만 발루와 바기라는 카아의 목 주변 근육이 울룩불룩 부풀어 오르는 것을 알아차렸다.

"반달로그가 사냥 구역을 옮겼어." 카아가 말을 이었다. "오늘 아침 해가 뜰 때 원숭이들이 나무 꼭대기에서 외치는 소리를 들었지."

'지금 우리가 쫓는 게 바로 그 반달로그야.' 발루는 이 말을 하려다 삼켰다. 그 말을 하면 정글 동물로서는 처음으로, 원숭이들이 하는 일에 관심이 있다는 사실을 인정한 꼴이 되기 때문이었다.

"정글 대장격인 두 동물이 반달로그를 쫓는 것은 보통 일이 아닌 것 같은데." 카아는 정중하게 말하고서 호기심으로 몸을 부풀렸다.

"사실 말이지," 발루가 말했다. "난 시오니 늑대 새끼들을 가르치는 나이 든 선생님에 불과해. 여기 바기라는—"

"그냥 바기라지." 흑표범 바기라가 말하고 입을 다물었다. 지금은 겸손할 때가 아니라고 판단했던 것이다. "카아, 사실 문제가 있어. 열매를 훔치고 야자수 잎을 따가는 원숭이들이 우리 인간-아이를 납치했어. 인간-아이 얘기는 아마 들어본 적 있을 거야."

"가시 믿고 까부는 사히에게서 늑대 무리에 인간이 들어갔다는 소식을 전해 들었지. 사실 믿진 않았어. 사히는 이야기를 정확하게 듣거나 말하질 못해서."

"하지만 사실이야. 모글리는 예전에는 한 번도 본 적 없던 아이야." 발루가 말했다. "인간의 새끼 중에서 가장 뛰어난데다 지혜롭고 용감해. 내 수제자이기도 하고. 언젠가 정글에 발루라는 이름을 알리게 될 거야. 그리고 나는, 아니 우리는 모글리를 사랑해. 카아."

"쯧쯧!" 카아는 고개를 절레절레 흔들면서 말했다. "나도 사랑이 뭔지 알지. 그에 대해 해줄 이야기들도 있고-"

"그 얘긴 일단 배를 채운 뒤 맑은 밤에 듣기로 하지." 바기라가 재빨리 말했다. "아무튼 우리 인간-새끼는 지금 반달로그에게 붙잡혀 있고, 우리가 알기로 원숭이들이 두려워하는 건 오직 카아뿐이야."

"원숭이들은 나를 무서워하지. 그럴 만도 하고." 카아가 말했다. "시시한 이야기들을 지껄이며 어리석게 우쭐거리고, 또 우쭐거리며 시시한 이야기들을 어리석게 지껄이고, 그게 원숭이들이지. 원숭이들에게 붙잡힌 그 아이는 아무 희망이 없어. 원숭이들은 자기들이 딴 열매에 싫증나면 곧 던져버려. 한나절 동안 가지를 들고 다니며 뭔가 대단한 일을 할 것처럼 하다간 두 동강 내버리지. 그 아이 처지가 딱하게 됐네. 원숭이들이 날 또 뭐라고 불렀다고? '노란 물고기'였나?"

"지렁이, 지렁이, 땅지렁이라던데." 바기라가 말했다. "다른 말들도 있지만 입에 담기조차 부끄럽군."

"원숭이들이 그 주인에게 어떻게 예의를 갖춰야 하는지 가르쳐 줘야겠어. 정신 차리게 해주는 거지. 걜 데리고 어디로들 갔지?"

"그건 정글만 알겠지. 내 생각엔 해 지는 쪽으로 간 것 같아." 발루가 말했다. "우리는 카아, 당신이 알 거라 생각했어."

"내가? 어떻게? 난 원숭이들이 내 쪽으로 올 때만 잡는데. 반달로그나 모글리-개구리든, 물웅덩이의 초록 이끼든 잡으러 가는 법이 없어."

"위를 봐! 위를 보라고! 힐로! 일로! 일로! 시오니 늑대 무리의 발루, 위를 봐!"

발루는 소리가 어디에서 들려오는지 알아보려고 고개를 들어 위를 올려다보았다. 솔개 칠이 아래로 미끄러지듯이 내려왔다. 칠의 두 날개 너머 태양이 지고 있었다. 칠은 이제 잠자리에 들 시간이었지만, 지금까지 온 정글을 뒤지며 커다란 나뭇잎 사이로 곰을 찾던 참이었다.

"무슨 일이야?" 발루가 말했다.

"반달로그가 모글리를 끌고 가는 걸 봤어. 모글리가 날 보고 이 사실을 전해달라고 부탁했고. 원숭이들은 모글리를 데리고 강을 넘어 콜드레어로 갔지. 거기서 얼마나 머물지는 몰라. 한 시간이 될 수도, 하룻밤 혹은 열흘 밤이 될 수도 있겠지. 밤에는 박쥐들에게 지켜보라고 말해두었어. 전할 말은 이게 다야. 아래에 있는 너희들 모두에게 사냥에 행운이 따르기를!"

"배불리 먹고, 푹 잠을 자둬. 칠." 바기라가 외쳤다. "다음 사냥에서는 널 잊지 않고 네 몫으로 머리를 남겨 둘게. 솔개 중의 솔개여!"

"괜찮아, 별거 아냐. 그 아이가 종족어를 외쳤거든. 난 해야 할 일을 한 것뿐이지." 칠은 원을 그리며 다시 자신의 보금자리로 날아갔다.

"모글리가 잊지 않고 말을 했군." 발루가 자랑스럽게 웃으며 말했다. "그렇게 어린 아이가 나무들 사이로 끌려가는 도중에도 새들의 종족어를 생각해 내다니."

"머릿속에 단단히 박혀 있나 보네." 바기라가 말했다. "어쨌든 자랑스럽다. 이제 콜드레어로 가자."

모두가 아는 그곳은 정글에 사는 동물들의 발길이 거의 닿지 않는 곳이었다. 콜드레어는 정글 안에 있는 오래 전 버려진 도시였고, 정글 동물들은 사람들이 한 번 사용했던 장소는 절대로 이용하지 않았기 때문이다. 멧돼지라면 몰라도, 사냥 족들은 그곳에 가지 않았다. 게다가 아무데나 떠도는 원숭이들이 이 도시에서 꽤 오래 살았기에 자존심이 있는 동물이라면 가뭄이 심할 때 반쯤 부서진 수조와 저수지에 약간의 물이 있는 경우를 제외하고는 이곳에 오려고 하지 않았다.

"전속력으로 달려도 한밤중에 도착할 거야." 바기라가 말했고, 발루의 표정이 심각해졌다. "힘이 닿는 한 최대한 빨리 뛸게." 발루가 무겁게 말했다.

"우린 먼저 갈게. 발루, 따라와. 카아와 나는 더 빨리 가야겠어."

"발이 있든 없든 너희 네발짐승에게 뒤쳐지지 않을 수 있지." 카아는 짧게 말했다. 발루는 서둘러 걸었지만, 곧 숨을 헐떡이면서 주저앉았다. 결국 바기라와 카아는 발루를 뒤로 한 채 앞장섰다. 바기라는 표범답게 빠른 속도로 달렸고, 카아는 아무 말도 하지 않았지만 거대한 바위뱀답게 바기라와 거의 같은 속도를 냈다. 언덕 냇가에서는 바기라가 조금 앞섰다. 카아가 머리를 들고 물을 가르며 헤엄쳐서 건너가는 사이, 바기라는 냇물을 건너뛰었기 때문이다. 하지만 땅 위에서 카아는 곧 벌어진 거리를 좁혀갔다.

"날 자유롭게 한, 부서진 자물쇠를 걸고 맹세하지." 석양이 질 때 바기라가 말했다. "너 꽤 빠르군."

"난 배고파." 카아가 말했다. "그리고 또, 날 점박이 개구리라고 불렀다고 했지."

"지렁이, 지렁이라고. 그것도 노란 지렁이."

"그게 그거지. 어서 가자." 카아는 땅에 자신의 몸을 들이붓는 것 같았다. 그는 앞을 노려보면서 지름길을 찾아 그 길을 계속 따라갔다.

콜드레어에 있는 원숭이들은 모글리의 동료들을 까맣게 잊고 있었다. 원숭이들은 모글리를 잃어버린 도시로 데려왔고, 잠시 동안 자기들끼리 신나했다. 모글리는 인도의 도시에 온 것이 처음이었다. 비록 폐허였지만, 놀라울 정도로 화려한 이 도시는 오래전 어느 왕이 작은 언덕 위에 세운 것이었다. 돌담길은 빛이 바래고 녹슨 경첩에 나무 부스러기들이 매달려 있는 부서진 문으로 이어졌다. 나무들이 성벽의 안팎으로 자랐다. 총을 쏠 수 있도록 구멍을 낸 흉벽은 무너졌고 야생 덩굴이 탑의 창문에 수북이 걸쳐져 있었다.

지붕 없는 거대한 궁전이 언덕 꼭대기에 자리 잡고 있었고, 뜰과 분수에 장식된 대리석은 갈라져 적록색 얼룩이 졌다. 예전에 왕의 코끼리들이 거닐던 뜰 자갈밭에는 잡초와 어린 나무들이 자라났다. 궁전에서는 줄지어 늘어선 지붕 없는 집들이 내려다보였는데, 도시 전체가 마치 검은 구멍만 남은 텅 빈 벌집 같았다. 네거리 가운데 광장에, 예전에는 석상이었지만 지금은 형체를 알아볼 수 없는 돌덩어리가 서 있었다. 공동 우물이었던 길모퉁이 구덩이와 움푹 팬 곳들도 보였다. 부서진 사원의 돔 지붕 조각들 옆에는 야생 무화과가 자라고 있었다. 원숭이들은 그곳을 자기들의 도시라고 불렀고, 도시가 아닌 숲에 산다며 정글 족들을 무시했다. 하지만 건물들이 무슨 용도로 만들어졌으며, 그것을 어떻게 사용하는지는 전혀 몰랐다. 그저 왕의 회의실에 빙 둘러앉아 벼룩을 잡으며 사람 흉내를 내는 것이 고작이었다. 또는 지붕 없는 집 안팎을 뛰어다니며 나뭇조각이나 오래된 벽돌을 모아 구석에 숨겨놓았다가, 어디에 두었는지 잊어버려서 서로 실랑이를 벌이다 괴성을 지르며 싸웠다. 그러다가도 싸움을 멈추고, 왕의 정원 테라스를 오르내리면서 재미삼아 장미나무나 오렌지나무를 흔들어 꽃이나 열매를 떨어뜨렸다. 원숭이들은 궁전과 수백 개의 작은 방들 사이에 난 모든 길들과 어두운 터널들을 돌아다녔지만,

자신들이 본 것은 전혀 기억하지 못했다. 그러면서도 혼자 혹은 두셋씩 짝을 지어 돌아다니며 자신들이 사람과 다를 바 없다고 말하고 다녔다. 원숭이들은 물탱크에서 물을 마시면서 물을 온통 흙탕물로 만들고는 그 때문에 또 싸웠고 갑자기 무리 지어 달리면서 외쳐대기도 했다. "정글에서 반달로그만큼 지혜롭고, 착하고, 영리하고, 강하고, 예의바른 족속은 없다!" 이 모든 일들을 반복하다가 도시에 싫증이 나면, 다시 정글 족속들의 관심을 끌려고 나무 꼭대기로 되돌아갔다.

모글리는 정글의 법칙에 따라 교육을 받아왔기 때문에 이런 방식의 삶을 좋아하지 않았고 이해할 수도 없었다. 오후 늦게 원숭이들은 모글리를 끌고 콜드레어에 도착한 뒤, 밤새도록 손을 잡고 춤을 추며 바보 같은 노래를 불렀다. 원숭이 중 한 마리는 동료들에게 연설을 했다. 모글리를 붙잡아 온 것은 반달로그 역사상 새로운 사건으로 기록될 것이며, 모글리가 원숭이들이 비와 추위를 막을 수 있도록 나뭇가지와 줄기를 엮는 법을 보여줄 것이라는 내용이었다. 모글리는 담쟁이 식물을 집어 들어 엮기 시작했고, 원숭이들도 그를 따라했다. 하지만 몇 분 지나지 않아서 흥미를 잃었고, 다른 원숭이들의 꼬리를 잡아당기며 장난치거나 캑캑거리며 위아래로 펄쩍펄쩍 뛰기 시작했다.

"뭐라도 먹고 싶은데." 모글리가 말했다. "난 여기가 처음이니까 먹을 것을 가져다주든가 여기에서 사냥할 수 있도록 허락해줘."

스무 마리 내지 서른 마리 원숭이들이 모글리에게 나무 열매와 야생 파파야를 가져다주려고 뛰어갔다. 하지만 길에서 싸움이 붙었고, 싸움이 너무 커지는 바람에 그나마 남은 과일도 챙겨올 수 없었다. 모글리는 배가 고픈데다 울화가 치밀어서, 텅 빈 도시를 돌아다니며 여러 종족어를 외쳤지만 아무도 대답하지 않았다. 결국 모글리는 자신이 정말 끔찍한 곳에 와 있다는 사실을 절감했다.

"반달로그에 관해 발루가 한 말은 전부 사실이었어." 모글리는 혼자 중얼거렸다. "원숭이들은 법도, 사냥 신호도, 우두머리도 없어. 바보 같은 말만 하며 도둑처럼 슬쩍 훔쳐대기만 할 뿐이지. 만약 여기서 굶주려 죽게 된다면 그건 다 내 잘못이야. 하지만 정글로 되돌아가려는 노력은 해야겠지! 발루가 날 때릴 게 분명하지만, 반달로그랑 장미 꽃잎이나 쫓아다니는 것보다는 훨씬 나아."

모글리가 성벽을 향해 발걸음을 옮기자마자 원숭이들은 모글리를 다시 붙잡아왔다. 네가 얼마나 행운아인지 모르냐며 모글리를 꼬집어대고 자기들에게 감사하라고 다그쳤다. 모글리는 이를 악물고 아무 말 없이, 소리를 지르는 원숭이들을 따라 빗물이 반쯤 차 있는 붉은 사암 저수지 위의 테라스로 갔다. 테라스 중앙에는 흰 대리석으로 지은, 다 쓰러져가는 정자가 있었는데 백 년 전쯤 죽은 여왕들을 위해 지은 것이었다. 둥근 지붕은 반쯤 무너져 내려서 여왕들이 들어갈 때 사용하던 궁전과 이어진 지하통로를 막아버렸다. 하지만 격자무늬가 새겨진 대리석 벽들은 남아 있었고 아름다운 우윳빛 번개무늬 장식과 함께 마노, 홍옥, 녹벽옥, 청금석이 박혀 있었다. 언덕 뒤로 달이 떠오르면 격자 무늬가 달빛을 받아 빛났고, 땅 위에 벨벳 자수처럼 화려한 그림자를 드리웠다. 모글리는 화가 난데다 졸리고 배가 고팠지만, 반달로그 스무 마리가 자기들이 얼마나 대단하고 똑똑하며 강하고 예의바른지, 그래서 자기들을 떠나려고 하는 일이 얼마나 어리석은지 한꺼번에 떠들기 시작했을 때는 웃음을 참을 수가 없었다. "우리는 대단해. 우리는 자유야. 우리는 멋져. 온 정글에서 최고야! 우리 모두 그렇게 말하니까 그 말은 틀림없지." 원숭이들은 소리쳤다. "이제 네가 우리 이야기를 처음으로 듣게 되었으니 우리가 한 말을 정글의 동물들에게 잘 전할 수 있을 거야. 앞으로 다른 동물들이 우리를 알아볼 수 있도록 우리의 가장 뛰어난 점들을 모두 이야기해주지." 모글리는 저항하지 않았다. 원숭이들은 수백 마리씩 테라스에 모여들어 자신들의 대변인이 반달로그를 찬양하는 노래를 부르는 것을 들었다. 그리고 말하던 원숭이가 숨이 차서 잠시 말을 멈출 때마다 입을 모아 외쳤다. "이것은 사실이야. 우리의 말이니까." 모글리는 고개를 끄덕이고 눈을 깜박이며 원숭이들이 질문을 하면 "맞아요."라고 대답했지만 사실 시끄러워서 머리가 빙빙 돌 지경이었다. "자칼 타바키가 이 원숭이들을 모조리 물어버린 거야." 모글리는 혼잣말로 중얼거렸다. "그래서 다들 미쳤어. 이것은 분명히 '드와니', 광기야. 이놈들은 잠도 안 자나? 달을 가릴만한 구름이 오고 있네. 달을 완전히 가릴 정도로 크다면 어둠을 틈타 도망칠 수 있을 텐데. 하지만 난 지쳤어."

도시의 벽 아래 움푹 팬 곳에 숨은 모글리의 두 친구도 구름을 보고 있었다. 바기라와 카아는 원숭이 주민들이 떼로 모여 있을 때에는 얼마나 위험한지 잘 알고 있었고, 그래서 위험을 피할 방법을 궁리했다. 원숭이들은 백 마리 정도 되지 않으면 싸우지 않았고, 그런 승산에 목숨 걸 정글 족은 거의 없었다.

"난 서쪽 벽으로 갈게." 카아가 속삭였다. "유리할 때 언덕의 비탈면을 타고 아래로 내려와서 공격할 거야. 놈들이 수백 마리라도 내 뒤에서 덮치지는 못할 거지만-."

"알고 있어." 바기라가 말했다. "발루가 있었다면 좋았을 텐데. 하지만 우리끼리 할 수 있는 일은 해야지. 저 구름이 달을 가리면 테라스로 갈게. 원숭이들이 저기서 모글리를 놓고 회의를 열고 있어."

"사냥에 행운이 따르기를." 카아가 으스스한 목소리로 말했고, 서쪽 벽을 미끄러지듯 흘러갔다. 서쪽 벽은 무너지지 않고 원래 상태가 잘 보존되어 있어서 카아는 바위로 올라가기 위한 길을 찾느라 시간이 걸렸다. 구름이 달을 가렸을 때, 모글리는 이제 무슨 일이 벌어질지 궁금해 하다가 바기라의 작은 발소리를 들었다. 흑표범 바기라는 숨소리도 내지 않고 비탈을 한걸음에 달려 올라갔고, 눈 깜짝할 사이 원숭이 무리를 후려쳤다. 이빨로 여기저기 물어뜯느라 시간을 낭비할 필요가 없다고 판단한 것이었다. 원숭이들은 모글리를 겹겹이 둘러싸고 앉아 있다가 공포와 분노에 찬 비명을 질렀다. 뒹굴며 발로 차는 원숭이들 틈에서 바기라가 잠깐 비틀거리자, 한 원숭이가 외쳤다. "겨우 한 놈이야! 죽여!

죽여 버려!" 성난 원숭이들이 물어뜯고 할퀴고 끌어당기며 바기라를 에워쌌다. 그 사이 원숭이 대여섯 마리가 모글리를 붙잡고 정자 벽으로 끌고 가서 부서진 천장의 구멍 속으로 밀어 넣었다. 높이가 5미터 가까이 되었기에 보통 소년이었다면 심하게 다쳤을 것이지만, 모글리는 발루가 가르쳐준 대로 착지해서 무사히 땅 위에 발을 디뎠다.

"거기 가만히 있어!" 원숭이들이 소리쳤다. "네 친구들을 다 죽일 때까지. 나중에 널 가지고 놀아주지. 만약 독을 가진 동물이 널 살려둔다면 말야."

"너와 나, 우리는 피를 나눈 형제다." 모글리는 재빨리 뱀의 언어로 말했다. 주위의 쓰레기 사이에서 와삭와삭 스쳐 지나가는 소리와 쉬익 소리가 들렸다. 모글리는 확실히 해두기 위해 한 번 더 뱀의 언어로 말했다.

"다들 고개를 숙여라!" 뱀 여섯 마리의 목소리가 들렸다. 인도의 모든 폐허는 뱀들의 서식지가 되었고, 오래된 정자의 돔 지붕 안은 코브라로 가득했다. "형제여, 가만히 서 있어라. 네 발이 우리를 다치게 할 수도 있으니까."

그래서 모글리는 미동도 없이 서서 천장 구멍으로 바깥을 보며, 흑표범이 원숭이들과 결투를 벌이는 소리에 귀를 기울였다. 비명 소리가 나고, 옥신각신하는 중에 바기라의 깊고 거친 기침 소리가 들렸다. 바기라는 수많은 적들에게 밀려 물러나면서도 뛰어오르고, 몸을 뒤틀며 돌진했다. 태어나서 처음으로 목숨을 걸고 싸우고 있었던 것이다.

'발루가 근처에 있는 게 틀림없어. 바기라가 혼자 오진 않았을 거야.' 모글리는 생각하고는 크게 소리쳤다. "바기라, 탱크로, 물 탱크로 뛰어와. 와서 뛰어들어! 물속으로!"

바기라는 모글리의 외침을 듣고 모글리가 무사하다는 사실을 알게 되자 새로운 용기가 솟아올랐다. 그래서 필사적으로 조금씩 적들을 헤쳐 나갔고, 곧장 물탱크로 가다가 별안간 멈추었다. 정글에서 가장 가까운, 다 쓰러져가는 벽에서 "진격!" 하고 발루가 외치는 소리가 들려왔던 것이다. 나이든 곰은 온갖 노력을 다해서 최대한 빨리 쫓아온 것이었다. "바기라!" 발루가 외쳤다. "나 여기 있어. 올라왔다고! 아휴! 발밑에서 돌들이 미끄러져 내리는 바람에. 내가 간다, 사악한 반달로그 놈들아!" 발루는 헐떡이면서 테라스를 올라갔지만, 한꺼번에 덮치는 원숭이들에게 파묻혀 버렸다. 하지만 앞발을 뻗어서 최대한 많은 원숭이들을 끌어안고는 마치 물레방아를 돌리듯 그들을 마구 때리기 시작했다. 순간 갑자기 요란한 소리가 난 뒤 곧바로 첨벙 소리가 났다. 그 소리를 듣고 모글리는 바기라가 싸우면서 탱크까지 왔고, 원숭이들이 더 이상 따라올 수 없다는 사실을 깨달았다. 바기라는 누운 채로 헐떡이며 숨을 몰아쉬었고, 머리는 겨우 물 밖으로 나와 있었다. 원숭이들은 붉은 계단 위에서 분노로 날뛰며, 바기라가 발루를 구하기 위해 나타나면 사방에서 뛰어들 준비를 하고 있었다. 바로 그때, 바기라가 턱에서 물을 뚝뚝 떨어뜨리면서 고개를 들어 올렸고, 절박한 심정으로 뱀에게 "너와 나, 우리는 피를 나눈 형제다!"라고 신호를 보내며 보호를 요청했다. 왜냐하면 바기라는 마지막 순간에 카아가 사라졌다고 생각했기 때문이다. 테라스에서 원숭이들에게 깔려 숨이 넘어갈 지경인 발루도 바기라가 도움을 청하는 소리를 듣고 그만 웃음을 터뜨리고 말았다.

한편 카아는 계속 서쪽 벽으로 나아가고 있었다. 그는 몸을 세차게 비틀어서 바위를 웅덩이 속으로 집어넣었다. 유리한 위치를 잃고 싶은 생각이 조금도 없었고, 한두 번 몸을 말았다가 풀어서 그의 긴 몸이 제대로 움직이는지 확인하는 중이었다. 싸움이 계속되는 동안 원숭이들은 바기라 주위의 물탱크 안에다 대고 소리를 질렀고, 박쥐 망은 이리저리 날아다니면서 정글에 이 전투 소식을 알렸다. 야생 코끼리 하티도 울부짖었고, 멀리 흩어져 있던 원숭이 무리들은 잠에서 깨어나 콜드레어에 있는 자신의 동료들을 돕기 위해 나무를 타고 뛰어오고 있었다. 그리고 이 전투 소리는 주변 수 킬로미터 안에 있는 새들을 모두 깨웠다.

카아는 곧바로 원숭이들에게 돌진했다. 거대한 뱀의 전투 능력은 그의 모든 힘과 체중에 달려 있다. 만약 창 또는 거의 오백 킬로그램이 나가는 망치 손잡이에 아주 냉정하고 차분한 머리가 달린 모습을 상상할 수 있다면, 아마 그것이 카아가 싸울 때의 모습에 가까울 것이다. 1미터 길이의 비단뱀은 성인 남자의 가슴을 정통으로 때려서 쓰러뜨릴 수 있는데, 카아의 몸통 길이는 십 미터가 넘었다. 카아의 첫 번째 일격은 발루의 주위를 둘러싼 원숭이 무리를 향했다. 원숭이들은 비명을 지르면서 뿔뿔이 흩어졌다.
"카아다! 도망쳐! 어서!"

할아버지부터 손자에 이르기까지 모든 원숭이들은 거대한 뱀 카아가 밤에 도둑처럼 쥐도 새도 모르게 나뭇가지를 타고 와서 가장 힘센 원숭이를 잡아간다는 이야기를 들으면서 자랐고, 바른 행동을 교육받았다. 늙은 뱀 카아는 죽은 나뭇가지나 썩은 나무 밑동처럼 보이게 꾸밀 수 있어서, 가장 똑똑한 원숭이도 가지처럼 보이는 카아에게 붙잡힐 때까지 그를 알아차리지 못할 정도였다. 카아는 정글에서 원숭이가 무서워하는 모든 것이었다. 왜냐하면 어느 원숭이도 카아가 도대체 어느 정도의 힘을 가지고 있는지 정확히 알지 못했기 때문이다. 어떤 원숭이도 카아의 얼굴을 똑바로 쳐다보지 못했고, 일단 카아의 몸통에 사로잡히면 누구도 살아 돌아오지 못했다. 원숭이들은 혼비백산하여 집의 벽과 지붕을 향해 도망쳤고, 겁에 질려 비명도 지르지 못했다. 발루는 깊은 안도의 한숨을 내쉬었다. 그의 털은 바기라의 털보다 훨씬 두꺼웠지만, 그래도 발루는 원숭이들과 싸우면서 깊은 부상을 입어 고통스러웠다. 그때, 카아가 처음으로 입을 벌려 길게 쉬익 하는 소리를 냈다. 그러자 콜드레어를 방어하려고 서둘러 오던 원숭이들이 겁에 질려 그 자리에서 얼어붙었다. 어떤 나뭇가지들은 원숭이들의 무게를 이기지 못하고 휘어지다 부러졌다. 벽과 빈 집에 있던 원숭이들은 비명을 멈추었고, 도시에는 정적이 드리워졌다. 모글리는 바기라가 물탱크에서 올라오면서 젖은 몸을 터는 소리를 들었다. 그 때 왁자지껄 떠드는 소리가 다시 들려왔다. 원숭이들은 벽보다도 높이 뛰어올라 커다란 석상의 목에 매달렸고, 성벽의 총안을 펄쩍펄쩍 뛰어다니면서 끽끽거렸다. 정자 안에서 춤을 추고 있던 모글리는 이 광경을 보고 이빨 사이로 올빼미 같은 소리를 내면서 원숭이들을 비웃었다.

"저 아이를 함정에서 꺼내 와. 나는 더 이상 못 움직이겠어." 바기라가 가쁜 숨을 내쉬면서 말했다. "빨리 데려가자. 원숭이들이 다시 공격할지도 몰라."

"원숭이들은 내가 다시 명령을 내리기 전까지 움직이지 않을 거야. 너희들은 가만히 있어." 카아가 쉬익 소리를 냈고, 도시는 한 번 더 정적에 휩싸였다. "나는 좀 더 빨리 오지는 못했지만, 네가 부르는 소리는 들은 것 같아." 이는 카아가 바기라에게 한 말이었다.

"내가…… 원숭이들과 싸우다가 외쳤던 것 같아." 바기라가 대답했다. "발루, 혹시 다쳤어?"

"작은 곰들 백 마리에 맞은 것 같아." 발루가 굳은 얼굴로 발을 흔들면서 말했다. "아, 아파라. 카아, 우리는 당신에게 빚을 졌네. 우리, 그러니까 나랑 바기라 말이야."

"뭐, 별것 아니야. 인간의 새끼는 어디 있지?"

"여기, 안에 있어. 밖으로 기어나갈 수가 없어." 모글리가 소리쳤다. 부서진 둥근 지붕이 그의 머리보다 높았던 것이다.

"저 아이를 데리고 나가. 공작새 마오처럼 춤을 춘다니까. 우리 새끼들이 밟힐 것 같다고." 건물 안에 있는 코브라들이 말했다.

"하하!" 카아는 웃으면서 말했다. "이 인간의 새끼는 어디를 가도 친구가 있나 보네. 뒤에 서 있어라. 그리고 독을 지닌 족속들이여, 몸을 숨겨라. 내가 벽을 부술 테니."

카아는 벽을 주의 깊게 살펴보더니 대리석의 창 장식에서 색깔이 변하고 금이 가서 약해 보이는 곳을 찾아냈다. 그리고 두께를 가늠하기 위해 머리로 두세 번 가볍게 두드려본 뒤에 2미터 가까이 되는 몸을 일으켜 세우더니 있는 힘을 다해서 부딪쳤다. 벽은 부서지며 무너져 내렸고, 조각들이 떨어지면서 먼지가 일었다. 모글리는 구멍이 난 곳으로 뛰쳐나와 양쪽 팔로 발루와 바기라의 목을 꼭 끌어안았다.

"다치진 않았니?" 발루가 모글리를 부드럽게 안으면서 말했다.

"쓰라리고 배가 고프긴 하지만 약간 멍든 것뿐이야. 그런데 이럴 수가, 원숭이들이 지독하게 굴었네. 피가 나잖아."

"그건 원숭이들도 마찬가지인데 뭐." 테라스와 물탱크 주위에서 죽은 원숭이들을 바라보면서 입술을 혀로 핥으며 바기라가 말했다.

"괜찮아. 괜찮아. 너만 무사하면 됐어. 아, 자랑스러운 우리 개구리!" 발루가 울먹였다.

"그런 건 나중에 생각해보자고." 바기라는 모글리가 별로 좋아하지 않는 퉁명스러운 목소리로 말했다. "여기 카아 덕분에 우리는 원숭이들과 싸워서 이길 수 있었고, 너도 목숨을 구할 수 있었어. 모글리, 우리의 관습에 맞게 카아에게 감사하다고 해."

모글리는 고개를 돌려 거대한 비단뱀의 머리를 마주보았다. 비단뱀의 두 눈이 모글리 머리 위에서 빛나고 있었다.

"이 녀석이 바로 그 인간의 새끼군." 카아가 말했다. "피부가 매우 부드럽고, 반달로그와 비슷하게 생겼구나. 조심해. 내가 허물을 벗을 때 땅거미가 지면 너를 원숭이로 착각할지도 모르니까."

"당신과 나, 우리는 피를 나눈 형제다." 모글리가 대답했다. "오늘밤 나는 당신 덕분에 목숨을 구했어. 만약 카아 그대가 배가 고프다면, 내가 사냥한 먹잇감은 모두 당신 것이 될 것이다."

"고맙다. 어린 형제여." 카아가 말했고, 그의 두 눈은 더욱 빛났다. "이렇게 용감한 사냥꾼은 뭘 사냥하지? 나중에 사냥 갈 때 내가 따라가도 괜찮은지 물어봐야겠군."

"나는 아무것도 죽이지 않아. 아직 어리니까. 하지만 염소 떼를 몰아다 줄 수는 있어. 만약 카아 그대가 배가 고플 때 나한테 오면, 내 말이 사실인 걸 알게 될 거야. 난 이 두 손도 쓸 수 있거든. [모글리는 두 손을 펼쳐 보였다.] 그리고 만약 그대가 덫에 걸렸다면, 내가 오늘 그대와 바기라와 발루에게 진 빚도 갚을 수 있을 거야. 나의 은인인 여러분 모두에게 사냥에 행운이 따르기를."

"아주 잘했어." 발루가 큰 목소리로 말했다. 왜냐하면 모글리가 매우 훌륭하게 감사를 표시했기 때문이다. 비단뱀은 모글리의 어깨 위에 1분 동안 머리를 가볍게 기댔다. "용감한 마음과 정중한 혀를 가지고 있군." 카아가 말했다. "그것이 어딜 가든 너와 함께 하겠지. 이제 달이 지고 있으니 친구들과 함께 가서 잠들어라. 지금부터 일어나는 일은 보지 않는 게 좋아."

달이 언덕 뒤편으로 지고 있었고, 원숭이들이 몸을 부르르 떨면서 줄지어 벽과 총구멍이 난 성벽을 뛰어넘어가고 있었다. 성벽은 무너져 내린 돌들로 울퉁불퉁했다. 발루는 물을 마시기 위해 저수지로 내려갔고, 바기라는 털을 가지런히 정리하는 중이었다. 카아는 테라스 중앙으로 미끄러지듯이 기어가서, 입을 다물고는 종소리를 냈다. 그러자 모든 원숭이들이 홀린 듯 카아를 쳐다보았다.

"달이 지고 있다." 카아가 말했다. "아직까지는 앞이 보일 정도로 밝지 않나?"

나무 꼭대기에서 부는 바람처럼 벽 위에서 신음소리가 들려왔다. "오, 카아, 보입니다."

"좋아. 이제 춤을 시작하겠다. 배고픈 카아의 춤을. 가만히 앉아서 지켜보도록." 카아는 두세 번 크게 원을 그리며 돌았고, 머리를 오른쪽에서 왼쪽으로 움직이며 몸으로 8자 모양을 만들었다. 부드럽게 쌓아진 삼각형이 사각형이 되고, 오각형이 되더니, 둥글게 말려 다시 쌓아올려졌다. 카아의 낮은 콧노래가 쉬지 않고 느릿하게 이어졌다. 주위가 점점 더 어두워지자 마침내 카아의 꿈틀거리는 몸이 보이지 않게 되었지만, 비늘이 버스럭거리는 소리가 들렸다.

발루와 바기라는 돌처럼 굳은 채 서 있었고, 목구멍에서 꿀꺽

침이 넘어가는 소리가 들렸다. 모글리는 그저 신기해하며 지켜보았다.

"반달로그!" 마침내 카아가 입을 열었다. "내 명령 없이 손가락 하나 까딱할 수 있는가? 대답해라!"

"오, 카아! 당신의 명령 없이 우리는 꼼짝도 할 수 없습니다."

"좋다! 한 걸음 더 가까이 와라."

원숭이들이 늘어선 줄은 한 걸음 더 앞으로 나아갔고, 발루와 바기라도 원숭이들과 함께 무겁게 한 걸음을 옮겨놓았다.

"더 가까이!" 카아는 쉬익 하는 소리를 냈고, 모두 한 번 더 발걸음을 옮겼다.

모글리가 발루와 바기라를 깨우려고 두 손을 그들에게 얹자, 둘은 마치 꿈을 꾸다가 깨어난 것처럼 화들짝 놀랐다.

"모글리, 네 손을 계속 내 어깨 위에 올려놔." 바기라는 속삭였다. "그렇게 있어. 그렇지 않으면 카아에게로 계속 가게 되고 말 거야!"

"늙은 카아가 먼지 위에 원을 그리는 것뿐이야." 모글리가 말했다. "자, 이제 가자." 모글리와 발루와 바기라는 벽에 난 구멍을 통해서 정글로 빠져나왔다.

"휴우!" 고요한 숲 속 나무들 아래에 다시 섰을 때 발루가 말했다. "다시는 카아와 동맹을 맺지 않겠어." 그는 온몸을 부르르 떨었다.

"카아는 우리보다 아는 것이 많아." 바기라도 몸을 떨면서 말했다. “거기 조금만 더 있었더라면, 아마 카아의 입 안으로 걸어 들어갔겠지.”

“다시 달이 뜨기 전 많은 동물들이 제 발로 카아에게 갈 거야.” 발루가 말했다. “엄청나게 사냥하겠네. 자기만의 방식으로 말이지.”

“하지만 다들 왜 그랬던 거지?” 모글리가 말했다. 모글리는 비단뱀이 최면을 거는 힘에 대해서는 전혀 모르고 있었다. “어두워질 때까지 큰 뱀이 바보같이 저렇게 원을 그리는 것을 봤을 뿐인데. 그리고 코는 다 헐었던데! 하하!”

“모글리,” 바기라는 화가 난 목소리로 말했다. “카아가 코를 다친 건 다 너 때문이야. 내가 귀와 옆구리와 양발을 물린 것도, 발루가 목과 어깨를 다친 것도 다 너 때문이라고. 발루도 바기라도 여러 날 동안 사냥을 즐겁게 하기는 다 틀렸잖아.”

“괜찮아.” 발루가 말했다. “우리가 인간의 새끼를 구했잖아.”

“맞아. 그렇지만 녀석 때문에 사냥을 하는 데 썼으면 좋았을 시간을 낭비했잖아. 그리고 이 상처들 좀 봐. 내 등 털은 거의 반이 뽑혀나갔어. 그리고 무엇보다도 이게 무슨 망신이야. 모글리, 잊지 마. 명색이 흑표범인 내가 구해달라고 신호를 보내지를 않나, 발루와 내가 카아의 춤에 최면이 걸려서 작은 새들처럼 멍하게 얼이 빠져 있지를 않나. 이게 다 인간의 새끼인 네가 반달로그와 놀아났기 때문이야.”

“맞아, 정말 그래.” 모글리는 풀 죽은 목소리로 말했다. “나는 정말 못된 인간의 새끼야. 그래서 내 뱃속도 슬퍼서 꾸르륵거려."

"음…… 발루, 정글의 법칙에 따르면 이럴 때 어떻게 하지?"

발루는 모글리에게 더 이상 문젯거리를 안겨주고 싶지는 않았지만, 법칙을 마음대로 바꿀 수 없었기 때문에 우물거렸다. "슬프다고 벌 받지 않을 수는 없지. 하지만 바기라, 모글리는 아직 어리다는 사실 잊지 마."

"잊지 않을게. 하지만 모글리는 잘못을 저질렀고, 매를 맞아야 해. 모글리, 할 말 있어?"

"없어. 내 잘못이야. 발루와 바기라가 부상을 당했으니까 내가 벌을 받는 게 맞아."

바기라는 모글리를 여섯 번 살짝 쳤다. (이 정도 건드려서는 새끼들도 못 깨울 정도로 약했다.) 하지만 일곱 살 소년에게는 정말 피하고 싶은 가혹한 매였다. 다 맞고 나자 모글리는 재채기를 하고는 아무 말 없이 몸을 일으켰다.

바기라가 말했다. "이제 내 등 뒤에 올라타. 꼬마 동생! 집에 가자."

무엇보다도 정글 법칙의 좋은 점은 벌을 받으면 모든 문제가 해결된다는 점이다. 벌을 받고 난 뒤에는 더 이상 그 일에 관해서 아무도 말하지 않았다.

모글리는 바기라의 등에 머리를 기댔고, 깊은 잠에 빠져 동굴에 도착한 뒤 바기라가 내려놓았을 때에도 전혀 깨지 않고 세상 모르게 잠들어 있었다.

〈반달로그의 행진곡〉

늘어진 덩굴을 타고 우리가 간다.
저 질투심 많은 달을 향해!
의기양양한 우리 무리가 부럽지?
손이 하나 더 있었으면 좋겠지?
너희들의 꼬리도 큐피드의 활처럼
구부러지길 원하지?
이제 화가 났구나, 하지만 신경 쓰지 마.
형제여, 그대의 꼬리는 축 늘어졌구나!

우리는 나뭇가지에 줄줄이 앉아
우리가 아는 아름다운 것들을 생각하지,
우리가 하려 했던 일들을 꿈꾸면서,
순식간에 전부 다 이룰 거야-
고귀하고, 지혜롭고, 좋은 일을,
할 수 있다고 바라기만 하면 끝.
곧 잊어버리지, 하지만 신경 쓰지 마.
형제여, 그대의 꼬리는 축 늘어졌구나!

우리가 지금까지 들은 이야기는 전부
새와 박쥐와 짐승이 말한 것-

털가죽이나 비늘로 덮여 있거나,
지느러미나 깃털이 달린 이들이 말한 것-
모두 다 함께 얼른 지껄여!
좋았어! 멋진데! 한 번 더!
우리는 꼭 인간처럼 말하지!
한 번 흉내내보자…… 하지만 신경 쓰지 마.
형제여, 그대의 꼬리는 축 늘어졌구나!
이게 바로 원숭이들이 살아가는 법.

그럼 우리의 대열에 들어와 소나무 숲을 뒤흔들고,
머루 덩굴을 타고 가볍게 높이 솟구쳐 날아오르자.
우리가 지나간 자리는 난장판, 우리가 내는 소리는 웅장해.
반드시, 반드시, 우리는 훌륭한 일을 해낼 것이다!

"호랑이다! 호랑이!"

용감한 사냥꾼이여, 사냥은 어땠는가?

형제여, 추위에 떨며 오랫동안 기다렸다네.

그대가 쫓던 사냥감은 어떻게 되었는가?

형제여, 정글에서 조용히 풀을 뜯어먹고 있다네.

그대가 자랑하던 힘은 어디로 갔는가?

형제여, 옆구리로 빠져나가고 있다네.

그대는 어디를 그렇게 서둘러 가는가?

형제여, 나의 굴로 죽음을 맞이하러 간다네.

이제 첫 번째 이야기로 돌아가자. 회의가 열리는 바위에서 늑대 무리와 싸움을 벌인 뒤에 모글리는 늑대 굴을 떠나 마을 사람들이 살고 있는 경작지로 내려갔다. 하지만 정글과 너무 가까웠기 때문에 모글리는 그곳에서 발걸음을 멈추지 않았다. 모글리는 총회에서 적어도 한 마리는 그와 철천지원수가 되었다는 사실을 알고 있었다. 그래서 모글리는 걸음을 재촉해서 골짜기 아래로 이어지는 험한 길을 따라 계속 걸어갔고, 약 30킬로미터가 넘는 길을 천천히 달린 끝에 처음 보는 곳에 도착했다. 골짜기 앞에는 드넓은 평원이 펼쳐져 있었다. 바위들이 띄엄띄엄 있었고, 작은 계곡들도 보였다. 골짜기 한쪽 끝에는 작은 마을이 있었고, 다른 쪽 끝에는 빽빽하게 우거진 정글이 방목지로 바로 이어져 있었다. 정글과 방목지는 마치 괭이로 자른 것처럼 경계가 뚜렷했다. 평원 곳곳에서 소와 물소들이 풀을 뜯고 있었다. 소떼를 돌보던 어린 소년들은 모글리를 보자 소리를 지르며 멀리 달아났고, 인도 마을 어디에서나 쉽게 볼 수 있는 누런 잡종 개들도 짖어댔다. 모글리는 배가 고팠기 때문에 계속 걸어갔다. 마을 입구에 있는 대문에 도착하자 커다란 가시덤불이 옆으로 치워져 있는 것이 보였다. 해가 질 때 사람들이 대문 앞에 끌어다놓는 것이었다.

"흥!" 모글리가 말했다. 정글에서 밤에 먹을 것을 찾아 돌아다니다가 그런 장애물을 여러 개 마주쳤기 때문이다. "그래, 여기 인간들도 정글 종족을 두려워하는구나." 모글리는 대문 옆에 앉아 있다가 한 남자가 나오자 일어나서 입을 벌리고 손가락으로 입 안을 가리켰다. 먹을 것을 원한다는 뜻이었다. 남자는 모글리를 노려보다가 길을 다시 급히 올라가면서 고함을 쳐서 사제를 불렀다. 사제는 크고 뚱뚱한 사람이었는데, 흰 옷을 입고 이마에는 붉은 색과 노란색 표시를 했다. 마을 정문으로 사제와 함께 백 명에 가까운 사람들이 와서 모글리를 쳐다보며 이야기를 나누었고, 소리를 지르거나 손가락으로 가리켰다.

"이 인간들은 예의가 없군." 모글리는 혼잣말로 중얼거렸다. "회색 원숭이들이나 저렇게 행동할 텐데." 그래서 모글리는 길게 자란 머리를 뒤로 넘긴 뒤에 모인 사람들을 향해 인상을 썼다.

"두려워할 게 뭐가 있습니까?" 사제가 말했다. "손과 팔에 난 저 상처를 보십시오. 늑대에게 물린 것입니다. 정글에서 도망친 늑대 소년일 뿐입니다."

물론 늑대 새끼들은 함께 놀다가 모글리를 자주 깨물었고, 원래 의도했던 것보다 세게 물었다. 그래서 모글리의 팔과 다리에는 여기저기 하얀 흉터들이 나 있었다. 하지만 모글리는 이런 상처들을 물린 자국이라고 부르려고 하지 않았다. 제대로 물리면 어떻게 되는지 알고 있었기 때문이다.

"알레! 알레!*" 두세 여자가 동시에 외치더니 말을 이었다. "가엾어라, 늑대한테 물리다니! 잘생긴 아이로구나. 두 눈이 불꽃처럼 빛나네. 메스와, 맹세컨대 저 아이는 호랑이에게 잡혀간 당신의 아들과 어딘가 닮았어요."

* 힌두어 감탄사

"어디 보자." 양쪽 손목과 발목에 구리 장신구를 낀 한 여자가 말했고, 햇볕을 손으로 가리고 모글리를 자세히 뜯어보았다. "제 아들은 아니에요. 걔보다 더 말랐어요. 그렇지만 얼굴은 정말 닮았네요."

사제는 계산이 빠른 사람이었고 메스와의 남편이 마을에서 가장 부자라는 사실을 알고 있었다. 그는 잠시 하늘을 올려다보다가 엄숙한 목소리로 말했다. "정글이 빼앗아갔던 것을 정글이 되돌려주었군요. 자매여, 이 아이를 그대의 집으로 데리고 가시오. 그리고 마을 사람들의 삶을 이렇게까지 보살피는 사제를 앞으로도 잊지 말고 공경하시오."

"늑대 무리에 들어갈 때 황소를 바쳤었는데……." 모글리는 혼자 중얼거렸다. "지금 나누는 대화도 무리가 나를 받아들이기 전에 살펴보는 것 같은데. 그래, 내가 인간이라면, 진짜 인간이 되어야 해."

사람들은 뿔뿔이 흩어졌고, 여자는 모글리를 집으로 데려갔다. 집에는 붉은 옻칠을 한 침대 틀과 곡식을 넣어두는 토기 항아리가 있었다. 항아리에는 신기한 무늬가 새겨져 있었다. 요리할 때 쓰는 구리 단지 여섯 개가 놓여 있었고, 벽에 우묵하게 들어간 곳에는 힌두신의 초상화가 있었다. 벽에는 시골 장터에서 8센트에 파는 것과 같은 진짜 전신 거울이 있었다.

여자는 모글리에게 우유를 가득 따라주고, 빵을 약간 주었다. 그런 뒤에 모글리의 머리 위에 손을 얹고 모글리의 두 눈을 들여다보았다. 모글리가 혹시 호랑이가 잡아갔던 아들일지도 모른다고 생각했기 때문이다. 그래서 여자는 말했다. "나투, 오, 나투!" 모글리는 그 이름을 안다는 내색을 하지 않았다. "네게 새 신발을 사준 날이 기억나지 않니?" 여자는 모글리의 발을 만졌다. 발은 거의 뿔처럼 단단했다. "아니다." 여자는 슬픈 목소리로 말을 이었다. "신발이라고는 한 번도 신어보지 못한 발이구나. 하지만 너는 우리 나투와 정말 많이 닮았어. 넌 이제부터 우리 아들이야."

모글리는 전에 지붕 밑에서 지낸 적이 한 번도 없어서 불편했다. 하지만 짚으로 만든 지붕을 보자 도망치고 싶으면 짚을 언제든지 찢어버릴 수 있다는 것을 알았고, 창문도 잠겨 있지 않다는 것을 알았다. "인간이 하는 말을 못 알아들으면 인간이 되어도 다 무슨 소용이야?" 마침내 모글리는 혼자 중얼거렸다. "정글에서 우리가 하는 말을 못 알아듣는 인간처럼 바보에 귀머거리인 셈이잖아. 나는 인간의 말을 배워야 해."

모글리가 늑대들과 함께 지낼 때에도 정글의 수사슴들이 저항할 때 내는 소리와 작은 멧돼지가 내는 그르렁 소리를 흉내 낸 것은 단지 재미삼아 한 일이 아니었다. 그래서 메스와가 단어를 발음하자마자 모글리는 그 단어를 거의 똑같이 따라했다. 그래서 해가 지기 전에 모글리는 오두막 안에 있는 물건들의 이름을 알게 되었다.

잠자리에 들 때, 모글리는 잠들기 쉽지 않다는 사실을 알았다. 흑표범의 함정처럼 생긴 것은 무엇이든 그 안에서 잠을 자려고 하지 않았기 때문이다. 그래서 사람들이 문을 닫을 때, 모글리는 창문을 넘어 밖으로 나갔다. "하고 싶은 대로 하게 내버려 둬." 메스와의 남편이 말했다. "지금껏 침대에서 잔 적이 한 번도 없었겠지. 정말 정글이 우리 아들 대신 보냈다면, 도망치지는 않을 거야."

그래서 모글리는 들판 끝자락에 있는 길고 깨끗한 풀 위에 몸을 뉘었다. 하지만 모글리가 눈을 감기 전에 부드러운 회색 코가 모글리의 턱 아래를 쿡쿡 찔렀다.

"나 참!" 모글리의 늑대 형제들 중에서 가장 나이가 많은 회색털 늑대가 말했다. "내가 이 꼴을 보려고 30킬로미터가 넘도록 너를 따라오다니. 나무 연기 냄새와 가축 냄새가 지독하게 나는 것을 보니 벌써 인간이 다 되었구나. 일어나, 동생. 알려줄 게 있어."

"정글에는 별일 없지?" 모글리는 형제를 끌어안고 말했다.

"붉은 꽃에 덴 늑대들 말고는 다 잘 있어. 그리고 내 말 잘 들어. 쉬어 칸은 털이 다시 자랄 때까지 멀리 떨어진 곳에서 사냥을 하려고 가버렸어. 무척 심하게 그을렸거든. 쉬어 칸은 자기가 돌아오면 네 뼈를 와인궁가에 내려놓겠다고 맹세했어."

"거기에 대해서는 나도 할 말이 두 개 있어. 나도 조그만 맹세를 했거든. 하지만 새로운 소식이라면 언제든지 환영이야. 오늘밤은 무척 피곤하네. 새로운 것들을 많이 배워서 너무 피곤해. 회색털 늑대여. 그렇지만 항상 새로운 소식을 알려줘."

"네가 늑대라는 사실을 잊진 않을 거지? 네가 늑대라는 걸 사람들이 잊어버리게 만들면 어떡하지?" 회색털 늑대는 걱정스러운 목소리로 말했다.

"절대 그럴 리 없어. 난 우리 동굴에서 지내던 너와 다른 이들까지 모두 잊지 않을 거야. 하지만 또한 내가 늑대 무리에서 쫓겨났다는 사실도 잊지 않을 거야."

"하지만 다른 무리 속에서도 외톨이라는 느낌을 받을지도 몰라. 인간들도 그냥 인간일 뿐이야. 동생. 그리고 그들의 이야기는 연못에서 개구리들이 수다를 떠는 것과 비슷해. 내가 여기에 다시 오게 되면, 목초지 끝에 있는 대나무 숲에서 널 기다릴게."

그 날 밤 이후로 세 달 동안 모글리는 거의 마을 정문을 나선 적이 없었다. 사람들의 관습과 행동 방식을 배우느라 정신이 없었기 때문이다. 우선 모글리는 몸에 천을 두르고 있어야 했는데,

이는 무척이나 짜증나는 일이었다. 그런 다음 돈에 관해서도 배워야 했는데, 모글리는 조금도 이해할 수 없었다. 게다가 밭 가는 법도 배웠는데 도대체 어디에 써먹는 것인지를 전혀 알 수 없었다. 마을의 어린 아이들도 모글리를 무척 화나게 했지만 다행히 모글리는 정글의 법칙을 배워서 화를 참을 수 있었다. 정글에서 살아가면서 먹이를 구하는 것은 화를 참는 일에 달려 있었기 때문이다. 모글리가 놀이를 하려고 들지 않거나 연을 날리려 하지 않을 때, 그리고 단어를 잘못 발음할 때 아이들은 모글리를 놀려댔다. 그럴 때면 모글리는 아이들을 끌어내서 두 동강 내버리고 싶었지만, 작고 벌거벗은 새끼들을 죽이는 것은 떳떳하지 못하다고 배웠기 때문에 그렇게 하지 않았다. 모글리는 자신의 힘이 얼마나 센지 전혀 몰랐고 자신이 다른 정글 짐승들에 비해 약하다고만 알고 있었다. 하지만 마을 사람들은 모글리가 황소만큼 힘이 세다고 말했다. 게다가 모글리는 카스트 제도로 사람과 사람 사이에도 차이가 있다는 것을 전혀 알지 못했다. 그래서 옹기장이가 몰고 가던 당나귀가 진흙 구덩이에 빠졌을 때, 모글리는 꼬리를 잡고 끌어내고 칸히와라에서 열리는 장에 무사히 갈 수 있도록 옹기를 쌓는 일을 도왔다. 모글리의 행동은 사람들에게 무척 충격을 주었다. 옹기장이는 계급이 낮은 천민이었고, 그의 당나귀는 더 미천한 동물이었기 때문이다. 사제가 꾸짖자 모글리는 사제도 당나귀에 실어버리겠다고 위협했다. 겁에 질린 사제는 메스와의 남편에게 모글리가 되도록 빨리 일을 시작하는 편이 좋을 것 같다고 조언했다. 그 말을 듣고 마을의 지도자는 모글리에게 다음날 물소들을 데리고 나가서 소들이 풀을 뜯을 동안 돌봐야 한다고 말했다. 그 말을 듣자 모글리는 누구보다도 기뻤다. 그날 밤 모글리는 이를테면 마을의 심부름꾼으로 정해졌기 때문에 모임에 나갔다. 모임은 매일 저녁 커다란 무화과나무 밑에 있는 돌로 만든 연단에서 열렸다. 그것은 마을 사람들의 모임이었으며, 이장과 야경꾼과 마을의 온갖 소문에 귀가 밝은 이발사와 장총을 지닌 늙은 사냥꾼 불데오가 만나서 담배를 피웠다. 위쪽 나뭇가지에서는 원숭이들이 앉아서 이야기를 나누었고, 연단 밑으로 난 구멍에는 코브라가 살고 있었다. 마을 사람들은 코브라를 신성하게 여겨서 매일 밤 작은 접시에 우유를 담아두었으며, 코브라는 그 우유를 마셨다. 노인들은 나무 주위에 둘러앉아 이야기를 나누었고, 밤이 이슥할 때 커다란 후카(물 담뱃대)를 빨았다. 노인들은 신과 인간과 유령에 대한 놀라운 이야기를 했다. 불데오는 정글에 사는 동물들이 살아가는 방식에 대한 더욱 놀라운 이야기들을 해주었고, 원 밖에 앉아 있던 아이들은 놀라서 두 눈이 휘둥그레졌다. 대부분 동물에 관한 이야기였다. 정글은 항상 가까운 곳에 있었기 때문이다. 사슴과 멧돼지가 농작물을 파냈고, 이따금씩 땅거미가 질 무렵 마을 입구가 보이는 가까운 곳에서도 호랑이가 사람을 물어갔기 때문이다.

모글리는 다른 사람들이 무엇에 대한 이야기를 하고 있는지 알아챘고 웃음을 감추느라 얼굴을 가렸다. 그 사이에도 불데오는 무릎에 장총을 올려놓고 놀라운 이야기들을 하나둘씩 늘어놓았고, 모글리는 웃느라 어깨를 들썩거렸다.

불데오는 메스와의 아들을 물어간 호랑이가 유령 호랑이이며, 호랑이의 몸에 몇 년 전 죽은 사악하고 나이 많은 대금업자의 영혼이 들어가게 되었다고 설명하고 있었다. "이건 틀림없는 사실이야." 불데오가 말했다. "왜냐하면 푸룬 다스는 폭동에 휘말렸을 때 얻어맞아서 항상 다리를 절었기 때문이야. 그때 그의 장부도 불타버렸지. 내가 말한 호랑이도 다리를 항상 다리를 절어. 길에 난 발자국 양쪽이 다른 것을 보면 알 수 있지."

"맞아. 맞아. 틀림없는 사실이야." 회색 수염이 난 사람들이 다 함께 고개를 끄덕거리며 말했다.

"전부 다 지어낸 이야기 아니에요?" 모글리가 말했다. "다들 알다시피 그 호랑이는 태어날 때부터 다리를 절었기 때문에 지금도 절어요. 자칼의 용기조차 없는 짐승에게 대금업자의 영혼이 깃들다니 정말 애들이나 할 만한, 말도 안 되는 이야기예요."

불데오가 놀라서 잠시 할 말을 잃자 마을의 우두머리가 모글리를 노려보았다.

"오호! 그 정글에서 온 녀석이구나. 그렇지?" 불데오가 말했다. "네가 그토록 똑똑하면 호랑이의 가죽을 칸히와라로 가져오는 게 좋을 거다. 왜냐하면 정부가 호랑이 현상금으로 100루피를 걸었으니까. 나서지 말고, 어른이 말할 때에는 잠자코 있어."

모글리는 그 자리에서 일어나 걸음을 옮기며 어깨너머로 외쳤다. "여기에서 저녁 내내 이야기를 들으며 누워 있었어요. 불데오는 한두 가지를 빼고 정글에 관한 거짓말만 늘어놓았어요. 아주 가까운 곳에 있는데 말이죠. 유령과 신과 도깨비를 자신이 보았다고 이야기하는데 어떻게 믿을 수 있겠어요?"

"자! 이제 소를 몰러 갈 시간이다." 마을 이장이 말했고, 불데오는 모글리의 당돌한 태도에 담배 연기를 훅 내뿜고는 콧방귀를 뀌었다.

대부분 인도 마을의 관습은 사내아이들 몇 명이서 아침 일찍 소와 물소에게 풀을 먹이러 데리고 나갔다가 밤에 데리고 오는 것이었다. 백인 남자를 밟아죽일 뻔했던 소도, 자신들의 코에도 미치지 못할 정도로 작은 어린이들에게 맞거나 괴롭힘을 당하고 야단을 맞아도 가만히 있었기 때문이다. 소떼를 돌보고 있으면 소년들은 안전하다. 호랑이도 소떼를 공격하지는 않기 때문이다. 하지만 뒤쳐져서 꽃을 꺾거나, 도마뱀을 사냥할 경우에는 호랑이에게 잡혀갈 때도 있었다. 모글리는 새벽에 거대한 황소 라마의 등에 앉아서 마을의 거리를 지나갔다. 푸른 암회색의 물소들은 뒤로 뿔이 길게 나 있고, 두 눈이 사나웠다. 물소들은 한 마리씩 외양간을 나와서 모글리를 뒤따라갔다. 모글리는 함께 일하는 아이들에게 자신이 대장이라는 점을 분명히 해두었다. 모글리는 길고 반짝반짝한 대나무로 물소들을 때리면서 몰았고, 캄야라는 소년을 시켜 소들이 풀을 뜯어먹도록 했다. 그 사이에 모글리는 계속 물소들을 돌보았고, 소떼에게서 떨어지지 않도록 매우 조심했다.

인도의 방목지는 온통 수풀과 잔디가 나 있었고, 바위와 작은 계곡들이 있어서 소떼가 흩어져서 보이지 않는다. 물소들은 주로 물웅덩이나 진흙이 많은 곳에 자리를 잡고 몇 시간 동안 그 곳에 누워서 뒹굴거나, 따뜻한 진흙 속에서 햇볕을 쬔다. 모글리는 소들을 이끌어 평원의 끝으로 데려갔다. 그 곳은 와인궁가 강이 정글에서 흘러나오는 곳이었다. 그런 뒤에 모글리는 라마의 목에서 내려왔고, 대나무가 우거진 곳으로 걸음을 재촉해서 회색털 늑대를 만났다. "아, 이곳에서 며칠을 꼬박 기다렸어. 소몰이는 왜 하는 거지?" 회색털 늑대가 투덜댔다.

"명령이야." 모글리가 대답했다. "잠시 마을의 목동 일을 맡게 되었어. 쉬어 칸에 대한 새로운 소식이 있어?"

"쉬어 칸이 이 지역으로 돌아왔고, 오랫동안 여기서 널 기다렸어. 지금은 사냥감이 줄어서 다른 곳에 갔지만, 쉬어 칸은 반드시 널 죽일 생각이야."

"아주 좋아." 모글리가 말했다. "쉬어 칸이 멀리 있는 동안 너나 다른 형제들이 저 바위에 앉으면 되겠군. 내가 마을에서 나올 때 널 볼 수 있도록 말이야. 그가 돌아왔을 때, 평원의 한가운데에 있는 다크 나무* 옆에 있는 골짜기에서 날 기다려. 쉬어 칸 입 안에 제 발로 굳이 걸어 들어갈 필요는 없으니까."

그런 뒤 모글리는 그늘진 장소를 찾았고, 드러누워 잠을 잤다. 그 동안에 물소들은 모글리의 주위에서 풀을 뜯고 있었다. 인도에서 방목하는 일은 세상에서 가장 게으른 일이다. 소들은 옮겨 다니면서 풀을 씹고, 눕고, 다시 자리를 옮기고, 심지어는 울지도 않는다. 단지 그렁거릴 뿐이었다. 하지만 진흙 호수 안으로 한 마리씩 들어갔다. 그리고 진흙 속으로 나아갔다. 그들의 코와 노려보는 회색이 감도는 청색의 두 눈이 수면 위로 보였고, 그때, 그들은 통나무들처럼 누워 있었다. 이글거리는 뜨거운 태양의 열기 아래 바위들은 춤을 추고, 가축을 돌보는 아이들은 솔개 한 마리가 휘파람 소리를 내면서 머리 위를 지나서 멀리 사라지는 것을 보았다. (더 많은 솔개가 절대 아니었으면 하고 바라면서 말이다.) 아이들은 자신이 죽거나 소가 한 마리 죽으면, 저 솔개가 땅으로 내려온다는 것을 안다. 그러면 몇 킬로미터 밖에서 다른 솔개가 이

---

* 인도 정글 전역에서 자라는 나무로 진한 주황색 꽃이 핀다.

모습을 보고 땅으로 내려오며 뒤따를 것이다. 그러면 한 마리 더, 그리고 한 마리 더. 생명체가 완전히 죽기 전에 어디선가 열두 마리 솔개가 벌써 와 있을 것이다. 그러면 아이들은 잠을 자다가 깨고 다시 잠들 것이고, 마른 풀로 작은 바구니를 짤 것이고, 메뚜기를 그 바구니 안에 넣을 것이다. 또는 기도하는 사마귀 두 마리를 잡아서 싸움을 붙일 것이다. 또는 붉고, 검은 정글 열매로 목걸이를 만들 것이다. 또는 도마뱀이 바위에서 햇볕을 쬐는 광경을 볼 것이다. 또는 근처에서 뱀이 개구리를 사냥하는 모습을 볼 것이다. 그런 다음에는 아이들은 길고 긴 노래를 부를 것이다. 노래의 끝에는 지역 주민이 내는 독특한 떨림이 있다. 대낮은 대부분의 사람들의 일생보다 긴 것 같을 것이며, 아마 그들은 진흙으로 성과 사람들과 말들과 물소들을 만들 것이다. 그리고 사람들의 손에 갈대를 놓을 것이다. 그들이 왕들인 척하며 진흙 인형들이 그들의 군대라고 할 것이다. 또는 그들은 숭배를 받아야 할 신들 흉내를 낸다. 그런 뒤에 저녁이 되어서 아이들이 부르면 물소들은 끈적끈적한 진흙 밖으로 나오면서 총 쏘는 듯한 소리를 낼 것이고, 아이들은 모두 회색 들판을 가로질러 깜빡거리는 시골 불빛을 향해 줄지어 온다.

날마다 모글리는 물소들을 끌고 진흙 목욕을 나왔고, 날마다 평원을 가로질러 2킬로미터가 넘게 떨어진 곳에 가서 회색털 늑대가 등을 돌리고 있는 모습을 보았다. (그래서 모글리는 쉬어 칸이 아직 돌아오지 않았다는 것을 알았다.) 그리고 날마다 모글리는 주위의 소리를 들으면서 정글에서 지내던 옛 시절을 꿈꾸면서 누워 있곤 했다. 와인궁가 강가 옆에 있는 정글에 쉬어 칸이 절름거리는 발을 잘못 들여놓았다면, 모글리는 그 소리를 들었을 것이다. 그토록 길고 조용한 아침에는 말이다.

그러던 어느 날, 마침내 모글리가 약속했던 장소에 회색털 늑대가 없었다. 그래서 모글리는 웃으며 물소들을 온통 황금빛의 붉은 꽃들이 핀 다크 나무 옆의 협곡으로 이끌었다. 그 곳에 회색털 늑대가 앉아 있었는데 그의 털이 세워져 있었다.

"네가 경계를 늦추고 방심하도록 쉬어 칸은 한 달이나 숨어 있다가 어젯밤에 타바키와 함께 네 발자국을 따라 서둘러서 방목지를 가로질렀어." 회색털 늑대 늑대는 가쁜 숨을 몰아쉬며 말했다.

모글리는 눈썹을 찡그렸다. "나는 쉬어 칸은 두렵지 않아. 하지만 타바키는 아주 교활하군."

"겁먹을 필요는 없어." 회색털 늑대는 입술을 약간 혀로 핥으면서 말했다. "새벽에 타바키를 만났어. 지금 타바키는 자신의 속셈을 솔개들에게 말하고 있는 중이지만, 내가 타바키의 등을 부러뜨려 놓기 전에 전부 다 털어놓았어. 쉬어 칸은 오늘 저녁에 마을 정문에서 너를 기다릴 계획이야. 다른 누구도 말고 바로 너 말이야. 지금 쉬어 칸은 와인궁가의 커다랗고 마른 협곡 바위에 있어."

"오늘 쉬어 칸은 밥을 먹었어? 아니면 허탕을 쳤어?" 모글리가 물었다. 모글리에게는 목숨이 달린 문제였다.

"새벽에 사냥을 했어. 돼지 한 마리. 그리고 물도 마셨지. 잊지 마, 쉬어 칸은 복수를 할 때조차도 절대로 굶지는 않아."

"아! 정말 바보 멍청이군! 어떻게 그 모양이지? 돼지를 잡아먹고 물도 마시고, 그리고 자기가 잠들 때까지 내가 기다릴 거라고 생각했나! 지금 어디 누워 있다고? 우리가 10마리만 되어도 그가 누워 있을 때 끌어내릴 수 있을 텐데. 물소들은 냄새로 쉬어 칸을 찾아내기 전에는 공격하지 않을 거야. 게다가 나는 물소의 말을 할 줄 몰라. 물소들이 냄새를 맡도록 쉬어 칸의 뒤를 따라갈 수 있을까?"

"쉬어 칸은 냄새를 없애려고 와인궁가를 헤엄쳐서 건넜어." 회색털 늑대가 말했다.

"알아. 타바키가 쉬어 칸에게 알려주었겠지. 혼자서는 절대 그런 생각 못했을 거야." 모글리는 입 안에 손가락을 집어넣고 서서 고민했다. "와인궁가의 커다란 골짜기라. 여기서 채 1킬로미터도 떨어지지 않은 곳에 평원이 펼쳐져 있는데. 나는 소떼를 이끌고 정글을 가로질러 골짜기 위쪽으로 올라갔다가 내려올게. 하지만 쉬어 칸은 아래 기슭에서 살금살금 도망치겠지. 도망치지 못하게 막아야 해. 회색털 늑대들이여. 날 위해 저 소떼를 둘로 나눠 줄래?"

"나는 아니지만, 지혜롭게 도와줄 이를 데려왔지." 회색털 늑대가 종종걸음으로 가더니 구멍 속으로 뛰어내렸다. 그리고 그 곳에서 모글리가 너무나 잘 아는 거대한 회색 머리가 올라왔고, 뜨거운 공기는 정글에서 가장 쓸쓸한 울음으로 가득 찼다. 그것은 바로 낮에 사냥하는 늑대가 울부짖는 소리였다.

"아킬라! 아킬라!" 모글리가 손뼉을 치면서 말했다. "아킬라가 날 잊지 않을 것을 나는 알고 있었어. 우리는 지금 큰일을 앞두고 있어. 아킬라, 소떼를 둘로 나눠 줘. 암소와 송아지들을 함께 두고, 황소와 물소들은 저희들끼리 있게 해줘."

늑대 두 마리가 아가씨들의 목걸이 모양으로 소떼 사이를 오가며 달렸다. 소떼는 코로 거칠게 숨을 쉬더니 머리를 들어 올렸고, 두 무리로 나누어졌다. 한쪽에는 암소와 물소들이 송아지들과 함께 중앙에 서서 노려보고, 발을 들었다 놓았다 하며 늑대가 가만히 있으면 공격해서 죽여 버릴 준비를 하고 있었다. 다른 쪽에는 황소들과 어린 황소들이 거칠게 숨을 몰아쉬면서 발을 구르고 있었다. 더욱 위압적으로 보이려 했지만, 사실 그 반대였다. 왜냐하면 보호할 새끼들이 없었기 때문이다. 장정 여섯 명이 달려든다고 해도 이처럼 깔끔하게 소떼를 나눌 수는 없었을 것이다.

"다음 명령을 내려!" 아킬라가 헐떡거리며 말을 이었다. "소떼가 다시 뭉치려고 하고 있어."

모글리는 라마의 등에 올라탔다. "아킬라, 황소들을 왼쪽으로 몰아. 회색털 늑대, 우리가 가면 암소들을 모아서 골짜기 기슭으로 이끌어줘."

"얼마나 멀리?" 회색털 늑대가 가쁜 숨을 몰아쉬면서 질문했다.

"쉬어 칸이 뛰어넘을 수 있는 것보다 높게!" 모글리가 소리쳤다. "우리가 아래로 내려올 때까지 소떼를 거기에 붙잡고 있어줘." 아킬라가 짖어서 황소들을 한쪽으로 몰았고, 회색털 늑대는 암소들 앞에 멈추었다. 암소들이 회색털 늑대를 공격하기 위해 쫓아오자 회색털 늑대는 골짜기 기슭까지 암소들 앞에서 달렸다. 아킬라는 황소들을 이끌고 멀리 왼쪽으로 갔다.

"잘했어! 한 번 더 돌격하면, 소들이 움직이기 시작할 거야. 이제 조심해. 아킬라. 너무 심하게 하다가 덥석 물기라도 하면, 황소들이 공격할 거야. 후자! 검정 수사슴을 몰 때보다 더 힘들군. 소떼가 이렇게 빨리 움직일 줄은 미처 몰랐지?" 모글리가 외쳤다.

"난 한창 때에 소떼를 사냥한 적 있어." 흙먼지 속에서 아킬라가 헐떡거리며 말했다. "저 소떼를 정글로 몰아갈까?"

"아이! 몰아가! 빨리 몰아가! 라마는 화가 머리끝까지 나 있어. 오늘 내게 라마가 필요하다는 것을 라마가 알 수 있다면 좋겠는데."

황소들은 이번에는 오른쪽으로 방향을 돌렸고, 수풀을 짓밟고 돌진했다. 1킬로미터도 떨어지지 않은 곳에서 소떼를 돌보던 아이들은 발바닥에 불이 나도록 있는 힘껏 마을로 달려가 물소들이 미쳐서 도망쳐버렸다고 외쳤다. 모글리의 계획은 아주 단순했다. 모글리가 원하는 것은 언덕 위를 커다란 원으로 둘러싸고 골짜기의 머리에 도착한 뒤 황소들을 골짜기 아래로 데려와 쉬어 칸을 황소들과 암소들과 함께 포위해서 잡는 것이었다. 왜냐하면 쉬어 칸이 배를 채우고, 물도 마셔서 몸이 무거워서 싸움을 치르거나 골짜기 옆쪽을 기어오를 수 없다는 것을 알고 있었기 때문이다. 모글리는 이제 물소들을 달랬고, 아킬라는 저 뒤로 멀리 떨어져서 제일 뒤에 있는 소를 재촉하기 위해 한두 번 울음소리를 낼 뿐이었다. 그것은 아주 긴 원이었다. 왜냐하면 모두들 쉬어 칸이 알아채지 못하도록 골짜기에 너무 가까이 가지 않았기 때문이다. 마침내 모글리는 골짜기 위에서 당황한 소떼를 한데 모았다. 작은 풀밭은 골짜기 아래로 가파른 경사면을 이루고 있었다. 그 높이에서 나무들의 제일 위의 가지들을 지나 아래에 있는 평원이 내려다보였다. 하지만 모글리가 본 것은 골짜기의 옆쪽이었고, 그는 마음이 무척 흡족했다. 소떼가 거의 곧장 위아래로 달렸고, 골짜기 옆쪽에서는 포도나무들과 덩굴식물들이 자라서 도망치려는 호랑이가 발을 디딜 곳이 없었다.

"아킬라, 소떼가 한숨 돌리게 해줘." 모글리는 손을 들어 올리며 말했다. "아직 소떼는 쉬어 칸을 포위하지 않았어. 한숨 돌리게 해줘. 나는 쉬어 칸에게 누가 오는지 말해야 하니까. 우리는 쉬어 칸을 함정에 빠뜨렸어."

모글리는 두 손을 모아 골짜기 아래로 소리쳤다. 거의 터널에 소리치는 것과 비슷했고, 메아리가 바위에서 바위로 울려 퍼졌다.

오랜 기간이 흐른 뒤에 배가 잔뜩 부른 호랑이가 느릿느릿하고, 잠이 덜 깬 목소리로 외쳤다.

쉬어 칸은 막 잠에서 깨어났던 것이다.

"누가 날 부르는 것이냐?" 쉬어 칸이 말하자 무늬가 화려한 공작새가 비명을 지르면서 골짜기 바깥쪽으로 날아갔다.

"바로 나, 모글리다! 이 소 도둑놈아, 모임이 열리는 바위로 나와. 아래로, 얼른 아래로 내려와, 아킬라! 라마도 내려와!"

소떼는 벼랑 끝에서 잠시 멈칫했다. 하지만 아킬라가 있는 힘껏 고함을 지르자, 소떼는 증기선이 여울을 건너듯 뛰어내렸다. 소떼 주위에 돌과 모래가 튀어올랐다. 일단 시작되자 멈출 수 없었고, 소떼는 골짜기의 바닥에 도착하기도 전에 쉬어 칸에게 고함을 지르며 큰 소리로 울었다.

"하! 하!" 모글리가 뒤에서 말했다. "이제 알겠지?" 재갈을 문 입에서는 거품이 나오고, 눈을 부릅뜬 검은 뿔의 소떼가 급류처럼 골짜기를 휘몰아치듯 내려왔다. 마치 홍수 때문에 바위들이 아래로 떠내려 오는 것 같았다. 힘이 더 약한 물소들은 어깨로 밀치며 골짜기 옆으로 나가려고 하고 있었다. 소떼는 덩굴식물들을 찢으면서 가로질러 갔다. 그들은 자기들이 무슨 일을 해야 하는지 알고 있었다. 소떼의 무시무시한 공격 앞에서는 어떤 호랑이도 맥을 출 수 없었다. 쉬어 칸은 천둥소리 같은 소떼의 발굽소리를 들었고, 가까스로 정신을 차려 양옆으로 도망칠 길을 찾으면서 황급히 골짜기 아래로 내려갔다. 하지만 골짜기의 양쪽 벽은 똑바로 나 있었고, 먹이와 물로 배가 가득 찬 쉬어 칸은 그 자리를 뜰 수 없어 싸움을 할 엄두도 낼 수 없었다. 소떼는 자신들이 방금 전에 떠난 웅덩이를 지났고 좁은 골짜기가 쩌렁쩌렁 울리도록 소리를 내질렀다. 모글리는 골짜기의 아래에서 대답하는 외침을 들었고, 쉬어 칸이 방향을 바꾸는 것을 보았다. (호랑이는 최악의 경우에 송아지들과 함께 있는 암소들을 상대하느니 차라리 황소들을 상대하는 편이 낫다는 것을 알고 있었다.) 그리고 그때 라마가 발을 헛디뎌서 고꾸라질 뻔했지만 다시 황소 무리와 합쳐져 전속력으로 다른 암소 떼를 향했다. 그 사이에 힘이 약한 물소들은 부딪힐 때의 충격 때문에 앞발이 들리기도 했다. 부딪친 소떼는 평원을 향해 달렸고, 뿔로 들이받고 발을 구르며 콧김을 내뿜었다. 모글리는 기회를 엿보다가 라마의 목에서 미끄러져 내려와 막대기를 휘둘렀다.

"아킬라, 어서! 저 소떼를 흩어버려. 그렇지 않으면 저들끼리 싸울 거야. 아킬라, 소떼를 몰고 멀리 가버려. 라마! 하이! 하이, 하이, 하이, 내 아이들. 이제 조용, 진정해! 다 끝났어."

아킬라와 회색털 늑대가 앞뒤로 물소의 발을 물면서 달리자 소떼는 한 번 더 골짜기로 돌격했다. 모글리는 가까스로 라마를 돌려세웠고, 다른 소들도 겨우 라마를 따라 수렁으로 갔다.

쉬어 칸은 처참히 밟혀 이미 숨이 끊어졌고, 벌써 솔개들이 그 시체를 뜯어먹으려고 아래로 내려오고 있었다.

"형제들이여, 이건 정말 그야말로 개죽음이군." 모글리가 말했다. 사람들과 살면서 목 주위에 걸고 다니던 칼집에 꽂힌 칼이 느껴졌다. "하지만 쉬어 칸은 한 번도 싸우는 모습을 보여준 적이 없으니까. 쉬어 칸의 가죽은 총회가 열리는 바위 위에 잘 어울릴 거야. 어서 가죽을 벗겨야 해."

인간들 사이에서 훈련을 받았다고 해도 소년 혼자서 거의 3미터에 이르는 호랑이의 가죽을 벗기리라고는 꿈에도 생각하지 못했을 것이다. 하지만 모글리는 짐승의 피부가 어떻게 붙어 있으며, 떼어내기 위해서 어떻게 해야 하는지 누구보다 잘 알고 있었다. 그래도 실제 해내는 것은 어려웠고, 모글리는 한 시간 동안 칼질을 하고 가죽을 벗기며 끙끙댔다. 그 동안 늑대들은 혀를 내밀고 있다가 앞으로 나와 모글리가 시키는 대로 가죽을 잡아당겼다. 이내 누군가가 모글리의 어깨에 손을 얹었다. 모글리가 올려다보자 장총을 든 불데오가 있었다. 아이들이 마을에 알렸고, 불데오가 화가 나서 모글리가 소떼를 잘 돌보지 않는 것을 바로잡으려고 밖으로 나온 것이었다. 늑대들은 불데오가 다가오는 것을 보자 눈앞에서 사라졌다.

"이게 무슨 바보짓이지?" 불데오가 화가 난 목소리로 말했다. "호랑이 가죽을 벗길 수 있다고 생각했군! 물소들이 호랑이를 어디에서 죽였지? 이게 바로 그 다리 저는 호랑이로구나. 현상금 100루피가 걸린 짐승이군. 자, 자, 네가 소들이 도망가도록 내버려둔 것은 눈감아주마. 그 가죽을 칸히와하에 가져가면 보상금을 받을 텐데, 그 중에서 네게 1루피를 줄지도 모르지."

불데오는 허리춤을 뒤지더니 부싯돌과 칼을 꺼냈고, 쉬어 칸의 긴 수염을 그을리기 시작했다. 원주민 사냥꾼들은 호랑이의 영혼이 자신의 주위를 떠도는 것을 막기 위해 대개 호랑이의 수염을 불로 그을린다.

"흠!" 모글리가 말했다. 이미 혼자서 앞발 쪽 가죽 절반을 벗겨낸 상태였다. "그래, 가죽을 칸히와라에 가져가서 상을 받겠다는 거지? 그리고 내게 달랑 1루피를 줄지도 모른다고? 가죽은 내가 써야겠다는 생각이 드는군. 하! 영감탱이, 저 불 썩 치워!"

"마을 대표 사냥꾼에게 이게 무슨 말버릇이냐? 네 운이 좋고, 물소들이 멍청한 바람에 네가 이 사냥에서 성공한 거야. 호랑이가 배불리 먹었다면 이 시간쯤에는 30킬로미터는 넘게 달아나버렸을걸. 너는 가죽도 제대로 벗기지 못하잖아. 이 거지 꼬마 놈아. 천하의 불데오가 턱수염을 불로 그을리지 말라는 말까지 듣다니! 네놈에게는 1루피가 아니라 몽둥이맛을 좀 보여줘야겠다. 호랑이 시체는 거기 놔둬!"

"내 목숨의 대가로 산 황소를 걸고 맹세하지." 모글리는 어깨로 밀치려고 애를 쓰며 말했다. "내가 이 늙은 원숭이 같은 영감탱이에게 주저리주저리 말을 늘어놓고 있어야 해? 아킬라, 이 사람이 날 귀찮게 해."

불데오는 순식간에 자신이 풀 위에 대자로 뻗어 있는 것을 깨달았다. 회색 늑대가 불데오의 몸 위에 서 있었다. 그 사이에 모글리는 마치 인도에 자기 혼자 있는 것처럼 계속 가죽을 벗겼다.

"오-옳지, 잘 했어." 모글리는 이를 악물고 말했다. "불데오, 당신 말이 맞아. 당신은 내게 가죽 대가로 1아나*도 주지 않겠다고 했지. 나는 이 호랑이와 해묵은 갈등이 있어. 아주 오랫동안 계속된 싸움이지. 그리고 내가 이겼어."

---

* 1루피의 1/16

원칙대로 하자면 불데오가 열 살 더 어리다고 가정할 때, 불데오는 숲에서 늑대를 만난 것처럼 아킬라와 결투를 벌일 기회를 가질 것이다. 인간을 잡아먹는 호랑이와 개인적으로 결투를 벌이는 이 소년의 명령에 복종하는 늑대는 평범한 동물이 아니었다. 이것은 가장 사악한 흑마술이라고 불데오는 생각했다. 그래서 불데오는 목에 건 부적이 혹시 자신을 지켜주지 않을까 생각하며 가만히 누워서 이제나저제나 모글리가 호랑이로 바뀌기를 기다렸다.

"마하라즈! 위대한 왕이시여!" 불데오는 마침내 쉰 목소리로 말했다.

"그래." 모글리는 고개를 돌리지도 않고, 빙긋 웃으며 말했다.

"이 불쌍한 늙은이는 그대가 그냥 목동에 지나지 않는다고 생각했습니다. 제가 몸을 일으켜서 갈 수 있게 해주세요. 그렇지 않으면, 당신의 부하가 저를 갈기갈기 찢어버리지 않을까요?"

"가버려. 그리고 가서 조용히 지내. 다만 다음에는 내가 잡은 먹이를 가지고 이러쿵저러쿵 참견하지 마. 아킬라, 가게 내버려 둬."

불데오는 되도록 빨리 다리를 절뚝거리면서 마을로 사라졌고, 모글리가 뭔가 끔찍한 것으로 변하지 않을까 싶어서 어깨 너머로 훔쳐보았다. 마을에 도착한 불데오는 마술과 마법에 관한 이야기를 했고, 이는 사제의 얼굴을 무척 어둡게 만들었다.

모글리는 가죽을 벗기는 작업을 계속했지만, 거의 땅거미가 질 무렵이 되어서야 늑대들 도움으로 가죽을 전부 벗겨낼 수 있었다.

"이제 우리는 이 가죽을 숨기고 물소들을 데리고 집으로 돌아가야 해. 아킬라, 물소 떼를 모는 것을 도와줘."

그들은 안개 낀 새벽에 물소 떼를 몰아서 모았고, 마을 가까이에 갔을 때 모글리는 빛을 보았다. 사원에서 소라를 불고 종을 치는 소리가 들렸다. 절반에 가까운 마을 사람들이 정문에서 모글리를 기다리고 있는 것 같았다. "내가 쉬어 칸을 죽였기 때문이겠지." 모글리는 혼자 중얼거렸다. 하지만 갑자기 돌멩이들이 소나기처럼 한 무더기 날아와 귓가를 스쳐갔고, 마을 사람들이 소리쳤다. "마법을 부리는 녀석이다! 늑대의 새끼! 정글의 악마! 저리 꺼져! 어서 나가! 그렇지 않으면 사제가 너를 다시 늑대로 만들어 버릴 테니까. 불데오, 총을 쏴! 총을 쏘라고!"

낡은 장총에서 총소리가 들렸고, 어린 물소가 총을 맞고 고통 속에서 소리를 질렀다.

"마법을 부리다니!" 마을 사람들이 외쳤다. "저 녀석은 총알의 방향도 바꾸는구나. 불데오, 저기 네 물소가 총을 맞았어."

"이게 도대체 어찌된 일이지?" 돌멩이들이 점점 더 많이 날아오자 당황한 모글리가 말했다.

"그대의 형제라고 부르는 인간이라 해도 늑대 무리들과 다를 게 없어." 차분히 앉아 있던 아킬라가 말했다. "내 생각엔 저들은 널 쫓아내려고 하는 것 같아. 총알이 무엇인가를 뜻한다면 말이지."

"늑대! 늑대 새끼! 멀리 가버려!" 신성한 툴시* 나뭇가지를 흔들면서 사제가 소리쳤다.

"또 쫓겨나는 거야? 지난번에는 인간이어서 쫓겨났는데, 이번에는 늑대라서 쫓겨나는구나. 아킬라, 가자."

한 여자가 사람들 틈을 비집고 소리치면서 달려왔다. 메스와였다. "아, 나의 아들. 아들아! 사람들은 네가 마법을 부릴 줄 알아서 마음만 먹으면 짐승으로 변할 수 있다고 하는구나. 나는 그 말을 믿지 않아. 그렇지만 멀리 떠나렴. 안 그러면 사람들이 널 죽일 테니까. 불데오는 네가 마법사라고 말하지만 나는 네가 나투의 죽음에 복수를 했다는 것을 알아."

"돌아와! 메스와!" 마을 사람들은 소리쳤다. "돌아와! 안 그러면 네게도 돌을 던질 거야!"

모글리는 날아온 돌멩이에 입을 맞고 잠시 비틀린 웃음을 지었다. "메스와, 돌아가요. 새벽 커다란 나무 아래서 사람들이 정말 말도 안 되는 이야기를 하는군요. 그래도 죽은 당신 아들의 대한

---

* 힌두교의 비슈누파 사람들이 숭배의 대상으로 삼는 성스러운 풀.

복수는 했어요. 안녕! 잘 있어요. 그리고 어서 달려요. 사람들이 던지는 돌멩이보다 더욱 빨리 소떼를 들여보낼 거니까요. 메스와, 저는 마법사가 아니에요. 잘 있어요!"

"자, 한 번 더, 아킬라." 모글리가 소리쳤다. "소떼를 데려와!"

물소들은 마을에 들어가고 싶어 했다. 아킬라가 따로 짖을 필요도 없이 물소들은 돌풍처럼 마을의 정문으로 달려갔고, 마을 주민들은 양옆으로 뿔뿔이 흩어졌다.

"어디 한 번 세어보시지." 모글리는 경멸에 찬 목소리로 소리쳤다. "내가 소를 한 마리 훔쳤을지도 모르니까. 한 번 세어보라고! 나는 이제 더 이상 너희들의 목동 노릇은 하지 않을 테니까. 아이들아, 잘 있어라. 메스와, 고마워요. 너희들이 사는 거리에 늑대들을 데리고 와서 습격하지 하지 않는 것은 전부 아이들과 메스와 덕분인 줄 알아."

모글리는 홱 돌아섰고, 고독한 늑대와 함께 멀리 떠나면서 별들을 올려다보고 행복하다고 느꼈다. "아킬라, 더 이상 날 위해서 함정 속에서 잠들지는 마. 쉬어 칸의 가죽을 가지고 멀리 가자. 아니, 저 마을은 건드리지 않을 거야. 메스와가 내게 잘 해주었으니까."

들판 위로 달이 떠올랐고, 아늑해 보이는 달빛 아래 겁에 질린 마을 사람들은 모글리가 늑대 두 마리와 함께 머리에 보따리를 하나 올린 채 터벅터벅 걸어가는 모습을 보았다. 결국 마을 사람들은 종을 울렸고, 그 어느 때보다 크게 소라를 불었다. 메스와가 울고 있는 옆에서 불데오는 정글에서의 모험담을 지어내고 있었

다. 결국 그의 이야기에서 아킬라는 뒷발로 서서 사람처럼 말까지 했다.

달이 막 질 때가 되어서야 모글리가 두 늑대는 총회가 열리는 바위가 있는 언덕에 도착했고, 셋은 엄마 늑대의 동굴에서 발걸음을 멈추었다.

“엄마, 사람들이 나를 인간의 무리에서 쫓아냈어요.” 모글리가 소리쳤다. “하지만 약속대로 쉬어 칸의 가죽을 가져왔어요.” 엄마 늑대는 뻣뻣한 발걸음으로 동굴 밖으로 걸어 나갔고, 뒤에는 새끼들이 있었다. 쉬어 칸의 가죽을 보자 엄마 늑대의 두 눈이 빛났다.

“내가 쉬어 칸에게 말했었지. 널 잡으려고 쉬어 칸이 동굴에 머리와 어깨를 들이밀었던 날 말이야. 꼬마 개구리야. 난 쉬어 칸에게 나중에 네게 사냥당할 거라고 했지. 아주 잘 했구나.”

"동생, 잘 했어." 수풀에서 낮은 목소리가 들려왔다. "네가 없어서 우리는 적적했어." 바기라가 맨발로 뛰어왔다. 모두 총회가 열리는 바위 위로 함께 기어 올라갔고, 모글리는 가죽을 아킬라가 늘 앉던 평평한 바위 위에 펼쳐놓았다. 그리고 대나무 조각 네 개로 고정했다. 아킬라는 그 위에 누웠고, 총회를 여는 오래된 울음을 울었다. "오, 늑대들이여, 잘 보시오." 그는 모글리가 처음 이곳에 왔을 때와 똑같은 신호를 보냈다.

아킬라가 우두머리 자리에서 내려온 뒤로 늑대 무리들에는 지도자가 없었고, 늑대들은 내키는 대로 사냥을 하거나 싸움을 벌이곤 했다. 하지만 그러던 늑대들도 습관적으로 아킬라의 신호에 대답했다. 늑대들 중의 몇몇은 덫에 걸려서 발을 절었고, 몇몇은 총을 맞아서 절뚝거렸으며 몇몇은 상한 음식을 먹고 옴에 걸렸다. 무엇보다도 많은 늑대들이 보이지 않았다. 하지만 남아 있던 늑대들은 전부 모임이 열리는 바위에 와서 쉬어 칸의 줄무늬 가죽이 놓인 것을 보았다. 거대한 발톱이 발끝에 매달려 있었다.

"잘 보시오. 늑대들이여. 내가 약속을 지켰소?" 모글리가 말했다. 늑대들은 "네, 그렇습니다."라고 대답할 수밖에 없었고, 갈가리 찢긴 상처가 있는 늑대가 울었다.

"오, 아킬라. 한 번 더 우리를 이끌어주세요. 한 번 더 말이에요. 오, 인간의 새끼, 우리는 이렇게 법이 없는 상태가 신물이 날 정도로 싫소. 예전처럼 자유로운 종족으로 돌아갈 수 있도록 말입니다."

"아니." 바기라가 그르렁거리는 소리로 말했다. "그렇게는 안 될 걸. 일단 너희들이 배가 부르면, 너희들에게 광기가 또 찾아오겠지. 자유로운 종족이라고 불리는 너희들은 아무것도 아니야. 너희는 자유를 위해 싸웠고, 그러니 자유는 너희들의 것이야. 오, 늑대들아! 자유를 만끽하라!"

"인간 무리도 늑대 무리도 날 쫓아냈어." 모글리가 말했다. "이제는 정글에서 나 혼자 사냥할 것이다."

"그리고 우리는 너와 함께 사냥할 거야." 네 마리 새끼 늑대들이 말했다.

그래서 모글리는 멀리 가버렸고, 그날부터 정글의 네 마리 늑대 새끼들과 함께 사냥을 했다. 하지만 모글리는 혼자가 아니었다. 몇 년 뒤 모글리는 어른이 되었고, 결혼을 했기 때문이다.

하지만 이 이야기는 어른들만을 위한 이야기이다.

〈모글리의 노래〉

총회가 열리는 바위에 깐
쉬어 칸의 가죽 위에서 춤추며 부른 노래

모글리의 노래 - 나, 모글리가 노래를 부른다. 정글아,
내가 해낸 일을 한 번 들어봐.
쉬어 칸이 날 죽이겠다고 했어! 날 죽이겠다고! 땅거미가 질 무렵
문 앞에서 개구리 모글리를 죽이겠다고.
쉬어 칸은 먹고 마셨네. 쉬어 칸, 실컷 마셔라. 언제 또 마시겠어?
푹 잠들어서 사냥하는 꿈이나 꿔라.
방목지에 나 혼자 있다네. 회색털 늑대여, 내게로 와!
고독한 늑대여! 내게로 와! 결전의 순간이 다가왔으니까!
커다란 황소와 물소들을 데려와. 성난 눈을 지닌 푸른 암회색 물소들도.
내가 시킨 대로 소떼를 이리저리 몰아.
쉬어 칸! 아직도 깊은 잠에 빠져 있는 거야? 일어나, 오, 일어나!
여기 내가 왔다. 내 뒤에는 수소들이 있지.
물소들의 왕 라마가 발을 쿵쿵 굴렀네. 와인궁가 강물아,
쉬어 칸이 대체 어디로 갔지?
사히처럼 구멍을 파고 땅에 숨지도 않고,
공작새 마오처럼 날아갈 리도 없는데.
박쥐 망처럼 가지에 매달리지도 않았는데.

함께 삐걱거리는 대나무들아,

쉬어 칸이 어디로 도망갔는지 말해줄래?

아, 저기 있네. 아하! 저기 있네.

라마의 발밑에 절뚝이 쉬어 칸이 누워 있네.

일어나, 쉬어 칸! 일어나서 사냥해!

여기 고기가 있어. 수소들 목을 부러뜨려!

쉿! 놈은 자고 있네. 우린 깨우지 않을 거라네. 놈의 힘은 아주 세니까.

솔개들이 살펴보러 내려오네. 검정 개미들도 알고 땅 위로 올라오네.

놈을 기리는 커다란 집회가 열리네.

알랄라! 내게는 몸을 감쌀 천이 없네.

벌거벗은 내 몸을 솔개들이 보게 되겠지.

이들을 만나기가 부끄럽다네.

쉬어 칸, 그대의 털가죽을 내게 빌려줘.

그대의 줄무늬 털가죽을 내게 빌려줘.

내가 총회가 열리는 바위에 갈 수 있도록.

나를 샀던 황소를 걸고 난 약속을, 작은 약속을 했지.

그대의 털가죽만 있으면 약속을 지킬 수 있다네.

칼로, 인간들이 쓰는 칼로, 사냥꾼이 쓰는 칼로,

허리를 굽혀 나의 전리품 털가죽을 벗겨내리.

와인궁가 강의 강물이여.

쉬어 칸은 사랑하는 나를 위해 자기 가죽을 내줬다네.

회색털 늑대여, 당겨라! 아킬라, 당겨라!

쉬어 칸의 가죽은 정말 무겁구나.

인간 무리들은 화가 났지.

돌을 던지고, 아이들처럼 거짓말을 지어낸다네.

입에서 피가 난다. 도망치자.

형제들이여, 밤새도록, 뜨거운 밤이 다 새도록 나와 함께 달리자.

밝은 마을의 불빛은 뒤로 하고 희미한 달빛을 쫓아가자.

와인궁가 강의 강물이여, 인간 무리들은 날 쫓아냈다네.

아무런 해도 끼치지 않았는데, 그들은 날 두려워한다네. 왜 그럴까?

늑대 무리여, 너희들도 날 쫓아냈다네. 정글도 막혀 있고,

마을 대문도 굳게 닫혀 있다네. 왜 그럴까?

박쥐 망이 짐승과 새들 사이를 오가듯, 나도

마을과 정글을 오간다네. 왜 그럴까?

쉬어 칸의 가죽 위에서 춤추고 있지만, 내 마음은 매우 무겁다네.

마을 사람들이 던진 돌에 내 입은 찢어지고, 상처를 입었다네.

하지만 정글로 돌아오니 마음은 무척 가벼워졌어. 왜 그럴까?

내 안에서는 이 두 가지가 봄에 뱀들처럼 싸운다네.

두 눈에서는 눈물이 흐르네. 하지만

눈물이 떨어지는 사이에 웃음이 나온다네. 왜 그럴까?

내 안은 두 모글리로 갈라졌지만, 쉬어 칸의 가죽은 내 발 밑에 있다네.

내가 쉬어 칸을 죽인 것을 온 정글이 다 안다네. 봐라.

똑똑히 봐라. 오, 늑대들이여!

아아! 알 수 없는 것들로 내 마음은 무겁구나.

하얀 바다표범

오! 아가야, 쉿. 밤이 우리 뒤를 쫓아오네.

초록빛으로 반짝이던 물이 지금은 검구나.

부서지는 파도 위로 뜬 저 달은

살랑대는 파도 사이 우묵한 곳에서 잠든 우리를 내려다보네.

큰 파도와 큰 파도가 만나는 곳, 너의 베개는 부드럽구나.

아, 물갈퀴가 달린 우리 아가가 칭얼대네. 편안하게 몸을 웅크리렴!

폭풍도 널 깨우지 못할 거야. 상어도 널 쫓아오지 못할 거야.

서서히 출렁이는 바다의 품에 안겨 잠든 너를!

- 바다표범 자장가

멀고 먼 베링 해의 세인트 폴 섬에 있는 노바스토쉬나 또는 북동쪽 갑이라고 불리는 곳에서 몇 년 전에 일어난 일이다. 굴뚝새 림머쉰이 내가 타고 있던 일본행 증기선의 삭구*로 떠밀려온 적이 있었는데 그때 내게 들려준 이야기다. 나는 림머쉰을 선원실로 데려가서 며칠 동안 몸을 따뜻하게 하고 먹이를 주었다. 기운을 차려서 세인트폴로 다시 날아갈 수 있도록 말이다. 림머쉰은 아주 별나고 작은 새지만, 진실을 말하는 법을 알고 있었다.

노바스토쉬나는 특별한 볼일이 없는 한 아무도 찾지 않는 곳이며, 정기적으로 이곳을 찾는 것은 바다표범들뿐이다. 매년 수십만 마리의 바다표범들이 여름을 보내기 위해 차가운 회색 바다를 빠져나와 이곳을 찾았다. 노바스토쉬나 해변은 바다표범들이 머물기에는 세상에서 가장 좋은 곳이기 때문이다. 시 캐치**는 이를 잘 알았고, 그래서 해마다 봄이 되면 다른 곳에 있다가도 꼭 이곳에 찾아왔다. 마치 어뢰정과 같은 기세로 헤엄쳐 와서는 바다에서 가장 가까운 바위 위의 좋은 자리를 두고 동료들과 다투면서 한 달을 보내곤 했다. 시 캐치는 열다섯 살의 거대한 회색 바다표범이었으며 어깨에는 회색 털이 갈기처럼 자라 있었고, 사나워 보이는 긴 송곳니를 지니고 있었다. 시 캐치가 물갈퀴가 달린 앞발로 땅을 짚고 몸을 세우면 키가 1.2미터가 넘었다. 시 캐치의 몸무게를 잴 만큼 용감한 사람이 과연 있을지 모르겠지만 몸무게

---

* 배에서 쓰는 로프나 쇠사슬 따위를 통틀어 이르는 말.

** Sea Catch, 다 자란 바다표범을 뜻하는 러시아어.

는 300킬로그램이 넘었다. 격렬한 전투를 벌여서 온몸이 온통 상처투성이였지만, 시 캐치는 항상 더 싸울 준비가 되어 있었다. 상대의 얼굴을 들여다보기가 겁이 나는 것처럼 머리를 한쪽으로 돌리고 있다가도, 갑자기 번개처럼 달려들어서 커다란 이빨로 목을 깊숙이 물고 늘어졌다. 도망갈 수만 있다면 도망칠 법 했지만, 시 캐치는 상대를 순순히 놓아주지 않았다. 하지만 시 캐치는 싸움에서 진 바다표범은 절대 쫓지 않았다. 해변의 규칙에 어긋나기 때문이었다. 시 캐치는 다만 바다 옆에 자기 새끼들을 키우기 위한 장소를 마련하고 싶을 뿐이었다. 하지만 4만, 아니 5만 마리에 이르는 바다표범들이 매해 봄마다 똑같은 장소를 찾아다녔기 때문에 해변은 휘파람 소리, 크게 울부짖는 소리, 포효하는 소리, 숨을 내뿜는 소리로 소름이 끼칠 정도였다.

허친슨이라는 작은 언덕 위에서는 5.6킬로미터의 대지 위로 바다표범들이 싸움을 벌이는 광경을 볼 수 있었다. 해안에 밀려드는 파도는 온통 바다표범들로 빽빽했다. 다들 서둘러 육지로 올라와서 싸움판에 끼려고 하고 있었다. 바다표범들은 부서지는 파도 속에서도, 모래 속에서도, 새끼들을 키우기 좋은 매끄러운 현무암 바위 위에서도 끊임없이 싸웠다. 인간들처럼 어리석었으며 양보할 줄 몰랐기 때문이다. 바다표범들의 아내들은 오월 말이나, 유월 초가 되어야 섬으로 왔는데 이유는 싸움판에서 갈가리 찢기고 싶지 않았기 때문이었다. 그리고 아직 가정을 꾸리지 않은 두 살, 세 살, 네 살짜리 어린 새끼들은 싸움에서 이긴 순위에 따라

800미터 정도나 떨어져 있는 내륙으로 갔고, 모래 언덕에서 떼를 지어 놀다가 그곳에서 자라는 녹조류를 벗겨먹었다. 이런 새끼들은 홀러쉬키 —총각이라는 뜻— 라고 불렸으며 노바스토쉬나에만 20만, 아니 30만 마리가 있었다.

어느 해 봄 시 캐치가 마흔다섯 번째 결투를 막 끝냈을 때, 무트커*가 바다 밖으로 나왔다. 무트커는 시 캐치의 아내로, 부드럽고 다정한 눈을 지닌 바다표범이었다. 시 캐치는 무트커의 목덜미를 붙잡아서 자신의 구역에 던져놓고는 투덜거렸다. "또 늦었군. 도대체 어디 있었어?"

해변에 머무는 넉 달 동안 시 캐치는 원래 해오던 방식대로 아무것도 먹지 않았고, 그래서 대체로 기분이 좋지 않았다. 무트커는 시 캐치에게 말대꾸를 하는 게 좋지 않다는 것을 알아차리고, 주위를 둘러보고는 애교 섞인 목소리로 말했다. "당신은 얼마나 사려 깊은지, 예전에 지냈던 곳을 다시 골랐군요."

"그래야 한다고 생각했어." 시 캐치가 말했다. "날 봐!"

시 캐치의 몸에는 긁히고, 피가 나는 상처가 스무 군데나 나 있었다. 한쪽 눈은 거의 튀어나올 정도였고, 옆구리는 갈기갈기 찢겨 있었다.

"오, 이런, 이런!" 뒤에 달린 지느러미발로 부채질을 하면서 무트커가 말했다. "좀 조심해서 자리를 조용히 마련하지 그랬어요! 누가 보면 범고래와 싸운 줄 알겠어요."

---

* 어미 바다표범이라는 뜻.

"5월 중순 이후로 계속 싸우기만 했어. 올해 이번에는 해변이 정말 꼴사나울 정도로 붐벼. 루카논 해변에서 보금자리를 찾으면서 적어도 백 마리의 바다표범과 마주쳤다고. 왜 다들 자기들이 원래 지내던 곳에 있지 않고, 여기로 오는 걸까?"

"우리가 이렇게 복잡한 곳에 있는 대신에 오터 섬**에 있으면 분명히 훨씬 더 행복할 거라고 생각했어요." 무트커가 말했다.

"흥! 홀러쉬키만 오터 섬에 가는 법이야. 우리가 그 곳에 간다면, 홀러쉬키들은 우리가 겁을 먹었다고 할 걸? 여보, 우리도 체면은 지켜야 해."

시 캐치는 자신의 살찐 어깨 사이에 머리를 자랑스럽게 푹 넣었고, 몇 분 동안 잠자는 척 했지만 싸움에 대비해서 경계를 늦추지 않았다. 이제 모든 바다표범 가족들이 섬에 왔기 때문에 엄청난 강풍이 불 때도 바다표범들이 외치는 소리가 수 킬로미터가 떨어진 바다에서도 들렸다. 가장 적게 모였을 때에도 해변에는 백만 마리가 넘는 바다표범이 있었다. 나이든 바다표범, 엄마 바다표범, 조그만 아기 바다표범, 홀러쉬키들. 바다표범들은 싸우고, 투닥거리며 우는 소리를 냈고, 기어 다녔고, 함께 놀았다. 떼를 지어서 바다 밑으로 내려가거나, 위로 올라오기도 하며 해변에서 저 멀리 눈이 닿는 곳까지 땅 위에 누워 있었다. 안개 속에서 조를 이루어 작은 몸싸움을 벌이기도 했다. 노바스토쉬나는 거의 항상 안개가 끼어 있었지만, 잠시 해가 나올 때면 모든 것이

** 수달이라는 뜻.

반짝거렸고 무지갯빛을 띠었다.

무트커의 새끼 코틱은 그런 북새통에서 태어났다. 새끼 바다표범이 으레 그렇듯이 코틱은 머리와 양어깨가 커다랬고, 창백하면서도 물기가 도는 푸른 두 눈을 지니고 있었다. 그런데 털 색깔이 뭔가 이상해서 무트커는 새끼를 아주 자세히 들여다보았다.

"시 캐치," 무트커가 마침내 말했다. "우리 아이가 흰둥이가 되려나 봐요!"

"그게 무슨 대합 껍데기에 마른 해초 비벼먹는 소리야!" 시 캐치가 콧방귀를 뀌었다. "세상에 하얀 바다표범은 없어."

"저도 어쩔 수 없어요." 무트커가 말했다. "이제 그렇게 될 거니까요." 그런 뒤에 무트커는 조용히 낮은 목소리로 바다표범 자장가를 불렀다. 모든 엄마 바다표범들이 새끼에게 불러주는 노래였다.

6주가 되기 전에 헤엄쳐서는 안 돼,
뒷발이 들리고 머리가 가라앉을 테니까;
여름 폭풍과 범고래는
아기 바다표범에게는 안 좋단다.

쥐도 아기 바다표범에게는 안 좋단다,
아주 안 좋아.
하지만 물장구를 치고 강하게 크렴,
그러면 아무 탈이 없을 테니까.
대해의 아이야!

물론 새끼는 처음에 그 말을 이해하지 못했다. 엄마 곁에서 물장구를 치다가 기어 다녔고, 아빠가 다른 바다표범과 싸우고 있을 때에는 도망치는 법도 배웠다. 코틱과 무트커는 미끄러운 바위 위를 뒹굴면서 위아래로 오르내렸고, 큰 소리로 울었다. 무트커는 먹을 것을 구하기 위해 바다로 나가곤 했다. 아기는 이틀에 한 번밖에 먹이를 먹지 않았지만, 먹을 수 있는 만큼 다 먹었고 무럭무럭 자랐다. 새끼가 가장 먼저 한 일은 내륙 쪽으로 기어가는 것이었다. 그 곳에서 자기 또래의 새끼들을 수만 마리 만났고, 강아지들처럼 함께 놀았으며, 깨끗한 모래 위에서 잠들었다가 깨면 다시 놀았다. 새끼들을 돌보는 늙은 바다표범들은 새끼들을 신경 쓰지 않았고, 홀러쉬키는 자신의 영역에서만 돌아다녔기에 아기들은 즐거운 놀이시간을 보냈다. 깊은 바다에서 물고기를 잡아서 돌아오면 무트커는 양이 새끼를 부르는 것처럼 곧장 새끼들이 노는 곳에 가서 코틱을 부르고는 코틱의 울음소리가 들릴 때까지 기다렸다. 코틱이 대답하면 무트커는 지느러미 앞발을 휘저으며 다른 새끼들의 머리를 때리는 것도 모르고 코틱을 향해 달려갔다. 새끼들이 노는 곳에는 자기 새끼들을 찾아다니는 어미들이 항상 수백 마리 있었기 때문에 새끼들은 안전할 수 있었다. 그렇지만 무트커는 코틱에게 주의를 주었다. "진흙탕 물에 누우면 옴에 걸리니까 조심하렴. 긁히거나 생채기가 난 곳을 딱딱한 모래로 문지르지 말고. 파도가 심할 때 절대로 헤엄을 치지 않으면, 이곳에서는 아무것도 널 다치게 하지 않을 거야."

새끼들은 어린아이들과 마찬가지로 수영을 못했고, 수영하는 법을 완전히 익힐 때까지 많이 힘들어했다. 코틱이 태어나서 처음 바다에 들어갔을 때 파도는 코틱을 바닷속 깊은 곳으로 옮겨 놓았다. 코틱의 커다란 머리가 가라앉았고, 엄마가 불러주었던 노래처럼 작은 뒷지느러미발이 위로 들렸다. 다음에 밀려온 파도가 코틱을 다시 수면으로 들어 올리지 않았다면 아마 물에 빠져 죽었을 것이다. 그런 뒤에 코틱은 해변의 물웅덩이에 누워 물장구를 치는 동안 파도가 자신의 몸을 뒤덮었을 때 몸을 띄우는 방법을 배웠다. 하지만 코틱은 항상 커다란 파도가 밀려와서 다칠까 봐 눈을 크게 뜨고 주위를 보고 있었다. 코틱은 지느러미 발을 사용하는 법을 2주째 배우는 중이었다. 그 동안 물에 들락날락하며 허우적거리고, 기침하며 켁켁거리다가도 해변을 기어 올라갔고, 모래 위에서 선잠을 자다가 다시 물속으로 돌아갔다. 그리고 마침내 코틱은 자신이 진정한 바다 족속이라는 사실을 알게 되었다. 그런 뒤에는 독자들도 쉽게 상상할 수 있듯이 코틱은 또래 친구들과 여러 활동을 하면서 보냈다. 커다란 파도 밑으로 자맥질을 하거나, 큰 파도를 타고 오다가 파도가 해변 위로 소용돌이치면서 올라갈 때에는 철벙철벙 소리를 내면서 땅에 발을 디뎠다. 늙은 바다표범처럼 꼬리를 세우고 서서 머리를 긁기도 하고, 파도 밖으로 드러나는 해초가 낀 미끄러운 바위 위에서 '나는 이 성의 왕' 놀이를 했다. 가끔 코틱은 커다란 상어 지느러미처럼 얇은 지느러미가 해안 가까이 떠오는 것을 목격했다. 그것이 어린 바다표범들도 잡으면 먹어치우는 범고래 그램퍼스라는 사실을 알고 있는 코틱은 쏜살같이 해변으로 도망쳤다. 그러면 지느러미는 마치 아무것도 찾고 있지 않았다는 듯이 위아래로 움직이면서 천천히 멀어져갔다.

시월 말이 되면 바다표범들은 가족끼리 또는 무리를 지어 세인트폴을 떠나 더욱 깊은 바다로 향했다. 새끼들을 위한 공간을 놓고 싸우는 일은 더 이상 없었고, 홀러쉬키는 자기들이 좋아하는 곳이면 어디에서든지 놀았다. "내년이면 너도 홀러쉬키가 된단다. 그러니까 올해엔 물고기 잡는 법을 꼭 배워야 한다." 무트커가 코틱에게 말했다.

그들은 함께 태평양을 건너기 시작했다. 무트커는 코틱에게 지느러미 발을 옆구리에 붙이고 물 위로 작은 코를 내밀어서 잠자는 법을 알려주었다. 태평양의 길게 출렁이는 파도만큼 편안한 침대는 없었다. 코틱은 온몸이 따끔거리는 것을 느꼈고, 무트커는 코틱에게 '물의 느낌'을 익히는 것이며 얼얼하고 찌르는 느낌이 들면 날씨가 나빠질 것을 뜻하기 때문에 더 열심히 헤엄을 쳐서 그곳을 벗어나야 한다고 했다. "곧 어디로 헤엄쳐야 할 것인지 알게 될 거야. 하지만 지금은 돌고래 시 피그를 따라가자. 왜냐하면 돌고래는 아주 지혜롭거든." 무트커가 말했다. 한 떼의 돌고래가 자맥질을 했다가 바다 위로 뛰어올랐고, 어린 코틱도 되도록 빨리 돌고래를 따라갔다. "어디로 가야 하는지 어떻게 알아요?" 코틱이 헐떡거리며 물었다. 돌고래 떼가 하얀 눈을 굴리더

니 물속으로 쑤욱 머리를 집어넣었다. "이봐, 꼬마. 내 꼬리가 따끔거려." 그가 말했다. "그건 내 뒤에 돌풍이 불기 때문이지. 이리 와! 네가 끈적거리는 물[적도를 뜻한다.]의 남쪽에 있을 때 꼬리가 간지러운 건 곧 강풍이 오니까 북쪽으로 가야 한다는 뜻이야. 나를 따라와. 이곳은 물의 느낌이 좋지 않아."

이것은 코틱이 배웠던 수많은 것들 중의 하나였고, 코틱은 항상 새로운 것을 배워야 했다. 무트커는 코틱에게 그에게 바다 밑의 경사지를 지나갈 때에는 대구와 큰 넙치를 뒤따라가야 하며 해초 사이로 난 구멍 밖으로 길쭉하고 작은 대구를 비틀어 빼내야 한다고 가르쳤다. 바다 밑 183미터 아래에 가라앉아 있는 난파선을 피해 가는 법과 물고기 떼들처럼 총알같이 빠르게 한쪽 둥근 창문으로 들어갔다가 다른 쪽 창으로 나오는 법도 알려주었다. 하늘에 온통 번개가 내리칠 때 파도 위에서 춤추는 법과 꼬리가 굵고 짧은 알바트로스나 군함조가 바람을 타고 내려올 때 지느러미 발을 공손하게 흔드는 법도 알려주었다. 돌고래처럼 지느러미 발을 옆구리에 붙이고, 꼬리를 둥글게 구부린 채로 바다 위로 1m 정도의 높이로 훌쩍 뛰어오르는 법도 알려주었다. 날치는 대부분 뼈밖에 없기 때문에 잡지 않고 내버려두어야 하며, 18미터 아래의 물속에서는 전속력으로 헤엄쳐서 대구의 어깨살을 무는 방법도 알려주었다. 보트나 배를 절대로 멈춰서 보고 있지 말아야 하며, 특히 노로 젓는 배의 경우에는 더욱 조심해야 한다는 점도 알려주었다. 반년이 지나자 코틱은 심해에서 고기를 잡는 법에 대해서 알아야 할 것은 전부 알게 되었다. 그 동안은 뭍에 올라가 마른 땅 위에 지느러미 발을 올려놓은 적이 한 번도 없었다.

그러던 어느 날, 후안페르난데스 섬 근처의 따뜻한 물속에 누워 반쯤 졸고 있을 때, 코틱은 마치 인간들이 봄에 다리 힘이 풀리는 것처럼 노곤하고, 온몸이 축 늘어지는 것을 느꼈다. 문득 만 킬로미터가 넘게 떨어져 있는 노바스토쉬나의 단단한 해변과 친구들과 했던 놀이와 해초의 냄새와 바다표범들이 포효하는 소리와 싸움이 생각났다. 그 순간 코틱은 북쪽으로 방향을 돌렸다. 그렇게 헤엄치는 동안 수십 마리의 동료들을 만났는데, 다들 똑같은 곳을 향하고 있었고 그를 보자 이렇게 말했다. "안녕, 코틱! 올해 우린 모두 홀러쉬키가 되었구나. 루카논의 파도 위에서 불춤을 출 수도 있고, 새로 자란 수초 밭에서 놀 수도 있어. 그런데 그 털가죽은 어디서 났니?"

코틱의 털은 거의 순백에 가까운 색이었고 그는 자신의 털이 무척 자랑스러웠지만, 단지 이렇게 말할 뿐이었다. "더 빨리 헤엄쳐! 뭍에 올라가고 싶어서 몸이 근질거린단 말이야." 그래서 그들은 모두 자신들이 태어났던 해변으로 돌아왔고, 늙은 바다표범들과 아버지들이 안개 속에서 싸우는 소리를 들었다.

그날 밤 코틱은 한 살짜리 바다표범들과 함께 불춤을 추었다. 노바스토쉬나에서 루카논까지 이어지는 여름밤 바다는 불꽃으로 가득하고, 바다표범들은 저마다 불타는 기름과 같은 흔적을 뒤에 남기며 물 위로 뛰어올랐다. 반짝이는 섬광이 보였고 물결들이 부딪히면서 인광을 내는 거대한 줄무늬와 소용돌이를 만들었다. 그런 뒤에 그들은 홀러쉬키 지역으로 가서 새로 자란 야생 밀 위를 구르면서, 자기들이 바다에 있을 때 했던 일들을 이야기했다. 바다표범들이 태평양에 관해서 이야기를 나누는 모습은 마치 소년들이 전에 열매를 주웠던 나무에 관해 말하는 것 같았다. 혹시 바다표범들의 말을 알아듣는 사람이 있다면, 지금껏 없었던 태평양 해도를 만들어냈을 것이다. 서너 살 먹은 홀러쉬키 하나가 허친슨 언덕을 굴러 내려오면서 외쳤다. "어린 녀석들은 비켜! 바다는 깊고, 너희들은 그 안에 아직 무엇이 있는지를 모르니까. 케이프 혼*을 돌 때까지 기다리라고. 안녕, 한 살짜리 바다표범, 하얀

* 남미 대륙 최남단 섬.

털은 어디서 얻어 입었니?"

"얻어 입은 게 아니에요." 코틱이 말했다. "자란 거예요." 그렇게 말하며 지나치려는 순간, 검은 머리에 얼굴이 불그스름한 인간 몇 명이 모래언덕 뒤에서 나왔다. 인간을 처음 본 코틱은 기침을 하며 머리를 숙였다. 그 홀러쉬키는 몇 미터 총총히 물러나더니, 바보처럼 멍하니 앉아 있었다. 이들은 바다표범 사냥꾼 우두머리인 케릭 부터린과 그의 아들 파탈라몬이었다. 그들은 바다표범들의 바닷가 서식지에서 1킬로미터도 채 떨어지지 않은 작은 마을에서 왔고, 어느 바다표범들을 몰고 갈지 의논 중이었다. 바다표범들도 마치 양떼처럼 몰아넣을 수 있었고, 벗겨진 가죽은 외투로 만들어졌다.

"어!" 파탈라몬이 말했다. "저기 좀 보세요! 하얀 바다표범이에요!"

케릭 부터린은 자신의 기름과 연기를 뒤집어 쓴 바람에 피부가 허옇게 바뀌어 있었다. 그는 알류트 족이었는데, 알류트 족은 청결과는 거리가 멀었다. 케릭은 중얼거리며 기도하기 시작했다. "파탈라몬, 저놈은 건드리지 마라. 내가 지금까지 살면서 하얀 바다표범을 본 적은 한 번도 없으니까. 어쩌면 저놈은 자하로프 영감의 넋인지도 몰라. 작년에 큰 폭풍이 불었을 때 실종된 영감 말이야."

"저 녀석 근처엔 얼씬도 하지 않을래요." 파탈라몬이 말했다. "재수 없어. 아버지, 정말 자하로프 영감이 돌아온 거라고 믿으세요? 갈매기 알 몇 개 빚진 게 있거든요."

"자꾸 저놈을 쳐다보지 마." 케릭이 말했다. "저기 네 살짜리 바다표범 무리들 앞에 가서 길을 막아라. 원래는 오늘 가죽을 이백 마리 벗겨야 하지만, 시즌 첫날인데다가 처음 일하는 사람들이라서 백 마리 정도만 할 거야. 자, 어서!"

파탈라몬은 한 무리의 홀러쉬키 앞에서 물개 어깨뼈를 흔들어 덜거덕거리는 소리를 냈다. 그러자 홀러쉬키들은 그 자리에 멈추고 콧김만 내뿜었다. 파탈라몬이 가까이 가자 바다표범들은 움직이기 시작했다. 부터린 부자가 홀러쉬키들을 내륙으로 몰았고 그들은 점점 무리와 멀어졌다. 수십만 마리의 바다표범들은 케릭과 파탈라몬이 홀러쉬키들을 몰아가는 것을 보았지만, 아랑곳하지 않고 계속 놀 뿐이었다. 코틱만 궁금해 했으나 그에게 무언가를 말해줄 수 있는 동료는 아무도 없었다. 다만 인간들이 해마다 한 달 반에서 두 달에 걸쳐 바다표범들을 저런 식으로 몰아간다는 말만 할 뿐이었다.

"저들을 따라갈 테야." 코틱이 말했다. 무리가 지나간 흔적을 급히 따라가는 그의 두 눈이 튀어나올 정도였다.

"하얀 바다표범이 우리를 따라와요." 파탈라몬이 소리를 질렀다. "바다표범이 도축하는 곳에 혼자 찾아오는 것은 처음인데요."

"쉿! 뒤돌아보지 마." 케릭이 말했다. "저놈은 자하로프 영감의 넋이라니까! 아무래도 신부님께 이 일을 얘기해야겠다."

도축하는 곳까지는 불과 팔백 미터밖에 되지 않았지만, 바다표범들이 거기까지 가는 데에는 한 시간이 걸렸다. 바다표범들이 너무 빨리 가면, 체온이 올라가서 가죽을 벗길 때 찢어지기 때문이다. 그래서 케릭과 파탈라몬은 아주 느리게 발걸음을 옮겨 '바다사자의 목'과 '웹스터 하우스'를 지나 마침내 해변의 바다표범들이 더 이상 보이지 않는 '솔트 하우스'에 도착했다. 코틱은 숨을 헐떡거리며 뒤따라갔다. 자기가 세상 끝에 와 있다고 생각했지만, 코틱 뒤 바다표범 서식지에서 들려오는 바다표범들의 울음소리는 터널을 지나는 기차소리만큼 크게 들렸다. 그때 케릭이 이끼 위에 털썩 주저앉았고, 하얀 납으로 만든 묵직한 시계를 꺼내어 보면서 삼십 분 동안 바다표범들이 몸을 식힐 수 있도록 했다. 코틱의 귀에는 안개 때문에 케릭의 모자에 맺힌 이슬이 뚝뚝 떨어지는 소리가 들렸다. 그 때, 열 명에서 열 두 명의 사람들이 저마다 1미터 가까운 길이의 쇠를 단 곤봉을 든 채로 다가왔다. 케릭이 무리 중에서 동료들에게 물리거나, 몸이 너무 뜨거운 바다표범을 손가락으로 한두 마리 가리키자 그 사람들은 그들을 바다코끼리 목 가죽으로 만든 무거운 장화로 걷어차서 옆으로 밀어냈다. 그런 뒤 케릭이 말했다. "시작해!" 곧 남자들이 곤봉으로 재빨리 바다표범들의 머리를 내리쳤다. 십 분이 지나자 코틱은 친구들을 더 이상 알아볼 수 없었다. 그들의 털가죽이 코에서부터 지느러미 뒷발까지 벗겨졌고, 바닥에 점점 쌓였다. 그 광경만으로도 충분했다. 코틱은 몸을 홱 돌려 바다로 뛰었다. (바다표범은 잠시 동안은 아주 빨리 달릴 수 있다.) 새로 돋은 작은 수염이 공포로 부르르 떨렸다. '바다사자의 목'에서 코틱은 차가운 물속으로 몸을 던졌고, 필사적으로 숨을 몰아쉬었다. "뭐야, 이건?" 바다사자가 퉁명스럽게 말했다. 왜냐하면 대체로 바다사자들은 다른 이들과 어울리지 않고, 외따로 혼자 지냈기 때문이다.

"스쿠치니! 오첸 스쿠치니!"("저만 살아남았어요. 저 혼자 살아남았어요!") 코틱이 말했다. "사람들이 해변에서 홀러쉬키들을 모조리 죽이고 있어요!"

바다사자는 해안을 향해 머리를 돌렸다. "말도 안 돼!" 바다사자가 말했다. "네 친구들은 항상 저렇게 떠들고 있잖아. 케릭 영감이 바다표범 무리를 죽이는 걸 봤구나. 저 영감은 30년 동안 저 일을 해왔지."

"정말 끔찍해요." 코틱이 말했다. 파도가 코틱을 덮쳤고, 7센티미터 정도밖에 되지 않는 울퉁불퉁한 바위 끝에서도 코틱은 지느러미 발을 나선형으로 저어서 균형을 잡고 있었다.

"한 살짜리 치고는 잘하는데." 바다사자가 코틱의 수영실력을 알아보고 말했다. "바다표범인 네 입장에서 보면 끔찍할 수도 있지. 하지만 너희 바다표범들이 매해 이곳에 오니까 당연히 인간들이 그 사실을 알지. 사람들이 올 수 없는 섬을 찾지 못한다면, 계속 저렇게 몰이를 당할 거야."

"과연 그런 섬이 있을까요?" 코틱이 입을 열었다.

"나는 폴투스[넙치]를 이십년 동안 따라다녔지만 그런 곳은 못 찾았어. 하지만 너는 너보다 더 나은 사람들에게 말하는 것을 좋아하는 모양이니 월러스* 섬에 가서 바다코끼리**에게 한 번 물어 봐. 바다코끼리는 뭔가 알고 있을지도 모르지. 그렇게 허둥지둥 뛰어나가지 말고. 십 킬로미터 가까이 헤엄쳐가야 하니까 말야. 내가 너라면 뭍에 올라가서 일단 잠부터 자두겠어, 꼬마야."

코틱은 좋은 충고라고 생각하고는 자신의 해변으로 헤엄쳐갔고, 뭍으로 올라가 바다표범들이 으레 그렇듯이 온몸을 씰룩거리면서 삼십 분 동안 잠을 잤다. 그런 뒤 곧장 노바스토쉬나에서 북동쪽에 있는 바다코끼리 섬으로 향했다. 그 섬은 온통 절벽과 바위로 이루어져 있었고, 곳곳에 갈매기들의 둥지가 있었다. 그 곳에서 바다코끼리들은 저희들끼리 무리를 이루고 지냈다.

코틱은 뭍에 올라 늙은 바다코끼리에게 다가갔다. 커다랗고 못생긴 데다 여드름투성이에 짧고 살진 목, 긴 엄니를 지닌 북태평양 바다코끼리였다. 지금처럼 잠들었을 때 외에는 예의라고는 찾아볼 수 없었다. 그들은 뒷지느러미 절반은 물속에 담근 채 자는 중이었다.

"일어나세요!" 갈매기들이 시끄럽게 울고 있어서 코틱이 버럭 소리를 질렀다.

"어! 엇! 헛! 무슨 일이야?" 잠에서 깬 바다코끼리가 옆에 있던 바다코끼리를 엄니로 건드려 깨웠고, 잠을 깬 바다코끼리는 다시 그 옆에 있던 바다코끼리를 건드려 깨웠다. 이런 식으로 바다

---

* Walrus, 바다코끼리

** 원문은 Sea Vitch. 바다코끼리를 뜻하는 러시아어.

코끼리들은 모두 잠에서 깨어나서 주위를 보았지만, 정작 코틱이 있는 쪽은 돌아보지 않았다.

"안녕하세요! 저예요." 코틱이 말했고, 파도 속에 떠 있는 모습이 마치 작고 하얀 달팽이처럼 보였다

"음, 왜 내 가죽이라도 벗기려고?" 바다코끼리가 말하자 바다코끼리들은 모두 코틱을 보았다. 독자들이 상상할 수 있듯이 졸린 눈을 뜬 양로원의 노인들이 어린 소년을 보는 광경과 비슷했다. 코틱은 가죽을 벗기는 일은 신물이 날 정도로 보았기 때문에 더 이상 듣고 싶지 않았다. 그래서 코틱은 소리쳤다. "바다표범들이 갈만한 곳 중에서 사람들의 발길이 닿지 않는 곳이 있을까요?"

"가서 찾아봐." 두 눈을 감은 채로 바다코끼리가 말했다. "가보라고. 우리는 바쁘니까."

코틱은 공중에서 돌고래처럼 점프를 했고, 가장 큰 목소리로 소리쳤다. "조개나 까먹는대요. 조개밖에 못 먹는 바보들!" 바다코끼리가 겉으로 보기에는 무시무시한 척하지만 평생 물고기를 한 마리도 잡지 않고, 항상 조개와 해초를 뒤진다는 것을 코틱은 알고 있었다. 당연히 바다코끼리를 놀릴 기회만 엿보고 있던 차이키, 구베루스키, 예파트카, 시장 갈매기, 키티웨이크, 바다오리도 코틱을 따라서 놀렸고, 림머쉰이 내게 말한 것에 따르면 거의 5분 동안은 바다코끼리 섬에서 총을 쏘는 소리를 들을 수 없었다고 한다. 섬에 있던 동물들은 모두 고함을 질렀다. "조개밖에 못 먹는 바보들! 스타릭[늙은이]!" 그 사이에 바다코끼리는 그르렁거리고 기침을 하면서 몸을 이리저리 굴렸다.

"이제 말해줄 거예요?" 코틱이 가쁜 숨을 몰아쉬면서 말했다.

"가서 바다소한테 물어 봐." 바다코끼리가 말했다. "아직까지도 바다소가 살아 있다면, 네게 말해줄 거야."

"바다소를 어떻게 알아보죠?" 코틱이 급히 방향을 바꾸어 나아가면서 말했다.

"바다에서 바다코끼리보다 못 생긴 유일한 동물이야." 바다코끼리의 코밑을 빙빙 돌면서 시장 갈매기가 소리쳤다. "더 못생겼고, 더 무례하지! 스타릭!"

코틱은 갈매기들이 울도록 내버려둔 채 노바스토쉬나로 헤엄쳐 돌아갔다. 하지만 코틱은 바다표범들을 위한 조용한 장소를 찾으려는 자신의 의견에 아무도 공감하지 않는다는 사실을 깨달았다. 바다표범들은 코틱에게 사람들이 항상 홀러쉬키를 몬다고 말했고, 그것이 늘상 있는 일이니 못 볼 꼴을 보기 싫다면 도축하는 곳에 가지 말았어야 한다고 했다. 하지만 도축하는 장면을 본 바다표범이 아무도 없었고, 바로 그 점 때문에 다른 바다표범들은 코틱의 말에 공감을 하지 못했다. 더군다나 코틱이 하얀 바다표범이었기 때문이다.

"네가 해야 할 일은 말이지." 아들의 모험이야기를 들은 늙은 시 캐치가 말했다. "자라서 네 아빠처럼 커다란 바다표범이 되는 것이란다. 해변에 보금자리를 마련하면 그들은 널 혼자 내버려둘 거야. 그리고 5년이 지나면 너 혼자 힘으로도 싸울 수 있어야 해." 심지어 엄마 바다표범인 다정한 무트커도 말했다. "코틱, 바다표범 사냥을 멈출 수는 없을 거야. 가서 바다에서 놀아라." 그래서 코틱은 멀리 나가 불춤을 추었지만 마음은 여전히 무거웠다.

그해 가을, 코틱은 해변을 서둘러 떠나 홀로 길을 떠났다. 고집스럽게 그의 머리에 박힌 생각 때문이었다. 그는 바다소를 찾으러 가는 길이었다. 바다에서 그를 만난다면 사람들이 찾아올 수 없고, 물개들이 살기 좋도록 멋지고 단단한 해변이 있는 조용한 섬을 찾을 계획이었다. 그래서 코틱은 밤낮으로 약 500킬로미터를 헤엄치면서 혼자 북태평양에서 남태평양까지 계속 모험했다. 말로 다 못할 많은 모험을 겪었고, 돌묵상어와 점박이상어와 귀

상어에게 잡힐 뻔했지만 가까스로 피하기도 했다. 빈둥거리면서 바다를 돌아다니는 무법자들, 커다랗고 예의바른 물고기와 수백 년 동안 한 곳에서만 정착해서 지내는 것을 아주 자랑스럽게 여기는 주홍색 점박이 가리비들도 만났다. 하지만 바다소도, 자기가 꿈꾸던 섬도 찾지 못했다. 해변이 좋고 단단하며, 뒤편에 바다표범들이 놀 수 있는 비탈이 있는 경우에는 언제나 수평선의 포경선에서 고래 기름을 끓이는 연기가 피어올랐다. 코틱은 그게 무엇을 뜻하는지 알았다. 그 밖에 어떤 섬은 예전에 바다표범들이 왔었지만 모두 죽음을 당했으며 또한 사람들이 한 번 왔던 곳은 또 온다는 사실도 알게 되었다.

코틱은 꼬리가 뭉툭한 늙은 알바트로스와 친구가 되었는데 그는 코틱에게 케르겔렌 섬이 가장 평화롭고 조용한 곳이라고 했다. 코틱은 그곳에 내려갔다가 폭풍을 만났고 몇몇 위험한 검은 벼랑에 부딪혀 온몸이 산산조각이 날 뻔했다. 하지만 폭풍에 떠밀려 나오면서 그 곳에도 예전에 바다표범 서식지가 있었던 것을 알 수 있었다. 코틱이 방문했던 다른 섬들도 마찬가지였다.

림머쉰은 그 섬들의 긴 목록을 알려주었다. 코틱은 5년 동안이나 모험을 했던 것이다. 해마다 넉 달은 노바스토쉬나에서 쉬면서 보냈는데 그럴 때면 홀러쉬키들은 바다표범들을 위한 섬을 꿈꾸며 찾아 헤매는 코틱을 놀리곤 했다. 코틱은 끔찍하게 메마른 적도의 갈라파고스로 갔다가 거의 타죽을 뻔하기도 했다. 조지아의 섬들과 오크니와 에메랄드 섬과 작은 나이팅게일 섬, 고우 섬,

부베 섬, 크로젯 군도, 그리고 심지어 희망봉 남쪽에 있는 작은 섬까지 갔다. 하지만 바다에 사는 이들은 어디에서 살든지 전부 똑같은 말을 했다. 예전에 바다표범들이 그런 섬에 왔지만, 사람들이 전부 다 죽여 버렸다는 것이다. 심지어 코틱이 태평양을 벗어나 수천 킬로미터를 수영해서 코리엔테스 곶이라는 곳에 도착했을 때에도 바위 위에서 수백 마리의 옴이 오른 바다표범들을 발견했다. 바다표범들은 코틱에게 그곳에도 사람들이 온다고 말했다. 그 말에 코틱은 크게 실망했지만, 곶을 지나 자신의 해변으로 다시 돌아갔다. 그리고 북쪽으로 가는 길에 푸른 나무가 가득한 어떤 섬에 잠시 멈추었다. 그는 그 곳에서 아주 나이가 많은 바다표범이 죽어가고 있는 것을 발견했다. 코틱은 그 바다표범을 위해 물고기를 잡아주며 슬픔을 털어놓았다. "이제 저는 노바스토쉬나로 돌아갈 거예요. 만약 다른 홀러쉬키들과 함께 사냥당한다고 하더라도 상관없어요."

늙은 바다표범이 말했다. "한 번만 더 찾아보렴. 사라진 번식지인 마스아푸에라에서 나만 살아남았어. 인간들이 우리 수십만 마리를 죽이던 시절에 이런 이야기가 있었어. 어느 날 하얀 바다표범이 북쪽에서 나타나 바다표범 무리들을 이끌고 조용한 곳으로 갈 것이라는 전설 말이지. 난 이제 나이가 들어서 내 눈으로 그 날을 보기는 틀렸어. 하지만 다른 바다표범들은 볼 수 있겠지. 한 번 더 노력해봐."

코틱은 콧수염을 둥글게 말아 올리며 (아름다운 수염이었다.) 말했다. "해변에서 태어난 바다표범 중에서 저 혼자만 피부가 하얀색이에요. 게다가 새로운 섬을 찾으려고 하는 유일한 바다표범이고요."

이 일은 코틱에게 큰 용기를 불어넣어 주었다. 그해 여름 코틱이 노바스토쉬나로 왔을 때, 엄마 무트커가 코틱에게 결혼해서 정착하라고 말했다. 코틱은 더 이상 홀러쉬키가 아니었고, 완전히 다 자란 시 캐치였기 때문이다. 양쪽 어깨에는 하얗고 곱슬거리는 갈기가 나 있었고, 몸은 그의 아버지처럼 크고 무겁고 용맹스러웠다. 하지만 코틱은 무트커에게 "한 해만 더 기다려주세요."라고 말했다. "엄마도 아실 거예요. 해변에서 가장 높은 파도는 일곱 번째 파도라는 사실을요."

신기하게도 결혼을 내년으로 미룬 암컷 바다표범이 한 마리 더 있었다. 코틱은 마지막 모험을 떠나기 전날 밤에 루카논 해변에서 그 바다표범과 함께 불춤을 추었다. 그리고 이번에는 서쪽으로 향했는데, 거대한 넙치 무리가 지나간 흔적을 우연히 발견했기 때문이다. 체력과 몸 상태를 유지하려면 하루에 적어도 45킬로그램의 물고기는 먹어야 했다. 넙치 떼를 뒤따라가다가 지치면 몸을 웅크리고 코퍼 섬으로 밀려가는 거대한 파도의 우묵한 곳에 몸을 맡기고 잠들었다. 해변을 잘 아는 코틱은 자정이 될 무렵 해초에 부딪힌다고 느꼈을 때도 "음, 오늘밤은 파도가 거센걸."이라고 중얼거릴 뿐이었다. 그는 수면 아래로 몸을 돌린 뒤 천천히 눈을 뜨고 기지개를 켜다가 깜짝 놀라서 고양이처럼 펄쩍 뛰어올랐다. 거대한 무리가 얕은 물에 코를 박고 누비면서 무성한 해초 숲 가장자리를 뜯어먹고 있었기 때문이다.

"위대한 마젤란의 거대한 물결이시여!" 코틱이 콧수염 아래로 말했다. "깊은 바다 속의 저 무리는 대체 누구란 말입니까?"

그 무리는 코틱이 지금까지 보았던 바다코끼리도, 바다사자도, 바다표범도, 곰도, 고래도, 상어도, 물고기도, 오징어도, 가리비도 아니었다. 길이가 6미터에서 9미터 사이였고, 뒷발에 물갈퀴는 없었지만 꼬리가 삽처럼 생겨서 마치 젖은 가죽을 조금씩 깎아낸 것처럼 보였다. 지금껏 본 중에서 가장 멍청하게 보이는 얼굴을 하고, 해초를 뜯어 먹지 않을 때에는 깊은 물속에서 꼬리 끝으로 균형을 잡고 있었다. 그러고는 서로에게 정중하게 인사하며 뚱뚱한 사람이 팔을 흔드는 것처럼 앞발을 흔들었다.

"으흠!" 코틱이 말했다. "여러분, 안녕하세요?" 거대한 무리들은 마치 개구리 시종처럼 인사를 하고 지느러미 발을 흔들었다. 그들이 다시 먹기 시작하자 윗입술이 둘로 갈라진 것이 보였다. 두 입술은 30센티미터 정도 열렸다가 갈라진 곳으로 해초를 한 움큼 물었다. 그들은 해초를 입 안으로 쭉 빨아들이고는 게걸스럽게 우적우적 씹어 먹었다.

"정말 지저분하게 먹잖아." 코틱이 말했다. 그들이 다시 고개를 꾸벅 숙이자 코틱은 화가 났다. "아, 그래." 그가 말했다. "만약 너희가 앞 지느러미 발에 추가로 관절이 있다고 해도 그렇게 자랑할 필요는 없어. 우아하게 인사를 하는 건 알겠는데 이름부터 알려줘." 갈라진 입술이 달싹이며 씰룩거렸다. 그리고 유리알 같은 녹색 눈들이 코틱을 응시했지만 여전히 말이 없었다.

"이런! 너희들은 지금까지 만났던 동물들 중 바다코끼리보다 못생기고, 예의도 없구나."

순간 문득 코틱은 자신이 1살짜리 바다표범이었을 때, 바다코끼리 섬에서 시장 갈매기가 했던 말이 생각났다. 깜짝 놀란 그는 물속에서 허둥댔다. 마침내 바다소를 찾아낸 것이었다. 바다소들은 계속 해초를 뜯어서 게걸스럽게 먹고 있었다. 그래서 코틱은 바다소들에게 자신이 여행을 다니면서 알게 된 여러 언어를 사용하여 질문했다. 바다 족속들은 사람들처럼 여러 가지 언어로 말한다. 하지만 바다소들은 대답하지 않았는데, 왜냐하면 바다소들은 대화를 나누지 않았기 때문이다. 바다소는 원래 목뼈가 일곱 개여야 하지만, 여섯 개밖에 없어서 물속에서도 자기들끼리 말하지 못했다. 하지만, 독자들도 알다시피 바다소는 앞 지느러미 발에 추가로 관절이 있어서 지느러미 발을 위아래로 흔들면서 일종의 둔한 전신부호를 보내듯이 대답했다.

해가 뜨자 코틱의 갈기는 곤두섰고, 죽은 게처럼 기운도 쭉 빠졌다. 그때 바다소들은 북쪽으로 매우 느릿느릿 옮겨가기 시작했고 어색하게 인사하는 일도 그만두었다. 그래서 코틱은 그들을 따라가면서 혼잣말을 했다. "이들처럼 어리석은 동물들은 안전한 섬을 발견하지 못했다면 오래전에 죽음을 당했겠지. 바다소에게 좋은 것은 바다표범에게도 좋을 거야. 그래도 역시 서둘렀으면 좋겠는데."

코틱에게는 무척이나 지루한 일이었다. 바다소의 무리는 하루에 64킬로미터에서 80킬로미터밖에 가지 않았고, 밤에는 가던 길을 멈추고 해초를 뜯어먹었기 때문이다. 그리고 항상 해안에서 가까운 곳에 있었다. 그 사이에 코틱은 바다소 주위를 맴돌며 그들의 위 아래로 헤엄쳤다. 하지만 코틱이 아무리 재촉해도 바다소는 2.4킬로미터 이상 가지는 않았다. 게다가 북쪽으로 갈수록 두세 시간마다 멈춰 서서 인사를 해대는 바람에 코틱은 인내심이 바닥나 자기 수염을 물어뜯을 지경이었다. 하지만 나중에 바다소들이 난류를 따라간다는 사실을 알게 되자 그들을 존경하게 되었다.

그러던 어느 날 밤, 바다소들은 반짝거리는 물속으로 마치 돌처럼 쑥 가라앉았다. 그리고 코틱이 바다소들을 알게 된 후 처음으로 재빨리 헤엄치기 시작했다. 코틱은 그들을 따라가며 바다소들의 속도에 놀랐다. 바다소들이 빨리 헤엄칠 것이라고는 미처 생각하지 못했기 때문이다. 바다소들은 바닷가 절벽 밑 깊은 물속으로 향했고, 그 아래 검은 구멍 안으로 헤엄쳐 들어갔다. 바다 밑 36미터 정도 되는 곳이었다. 아주 오랫동안 헤엄치며 바다소를 따라 어두운 굴을 빠져나갈 때 코틱은 신선한 공기가 간절해졌다.

"이거 참 놀라운데!" 코틱이 헐떡거리면서 물 위로 떠올랐다. 터널 끝은 큰 바다로 이어져 있었다. "오랫동안 잠수를 해야 했지만, 그래도 보람이 있군."

바다소들은 흩어져서 해변의 가장자리를 따라 한가롭게 풀을 뜯어먹고 있었다. 코틱이 봤던 해변 중에서 가장 좋은 곳이었다. 부드럽게 닳은 바위가 몇 킬로미터씩 이어져 있었고, 바다표범의 새끼들을 키우기에 꼭 알맞은 환경이었다. 바다소들 뒤에는 내륙으로 비탈진 곳도 있었고, 단단한 모래가 깔린 운동장도 있었다. 바다표범들이 춤출 수 있을 정도로 큰 파도가 밀려왔고, 뒹굴 수 있을 정도로 풀이 길게 자랐으며, 오르내릴 모래 언덕들도 있었다. 그리고 무엇보다도 코틱은 진짜 시 캐치라면 알 수 있는 물의 느낌으로 이곳은 인간이 한 번도 온 적 없다는 사실을 알았다. 코틱이 가장 먼저 한 일은 물고기를 잡기 좋은 곳인지 확인하는 일이었다. 그는 해변을 따라 헤엄을 쳤고, 아름답게 낮은 모래로 쌓인 섬들은 아름다운 안개 속에 반쯤 숨겨져 있었다. 북쪽 저 멀리, 바다 멀리, 막대기와 모래톱과 바위들이 있었다. 그래서 바닷가에서 1.6킬로미터 안쪽으로는 배가 들어올 수 없었다. 섬들과 육지 사이에 깊은 물길이 쭉 뻗어 수직으로 깎아지른 듯한 벼랑으로 흘렀고, 절벽들 아래 어디엔가 동굴 입구가 있었다.

"노바스토쉬나보다 열 배는 더 좋네." 코틱이 말했다. "바다소들은 내가 생각했던 것보다 더 똑똑한 게 틀림없어. 인간들이 절벽을 기어 내려올 수 없으니까. 혹시 배로 온다고 해도 바다 쪽 모래톱에 부딪쳐 배가 산산조각이 날 거야. 바다에서 안전한 곳이 있다면, 바로 여기야." 코틱은 뒤에 두고 온 바다표범들을 생각했다. 하지만 서둘러 노바스토쉬나로 되돌아갈 예정이라고 하더라도 그는 새로운 이 지역을 전부 둘러보기로 했다. 혹시 다른 바다표범들이 이곳에 대해 질문하면 대답할 수 있도록 말이다.

코틱은 물속에 뛰어들어 굴의 입구를 확인하고는 남쪽으로 재빨리 헤엄쳐갔다. 바다소와 바다표범 외에는 그 누구도 세상에 그런 곳이 있으리라고 꿈도 꾸지 못했을 것이다. 뒤돌아서 절벽을 보았을 때, 코틱 자신도 자기가 저 아래에 있었다는 사실을 믿을 수 없었다.

코틱이 헤엄을 빨리 친 편이었는데도 고향으로 돌아가는 데 열흘이나 걸렸다. '바다사자의 목' 바로 위에서 뭍에 올라왔을 때, 코틱이 처음 만난 것은 바로 그를 기다리고 있던 바다표범이었다. 그 암컷 바다표범은 코틱의 표정을 보고 마침내 섬을 발견했다는 사실을 알아차렸다.

하지만 코틱이 자신이 발견한 것을 말했을 때, 홀러쉬키와 코틱의 아버지 시 캐치는 다른 바다표범들과 함께 코틱을 비웃었다. 코틱 나이 또래의 한 어린 바다표범이 말했다. "좋아, 코틱. 그렇지만 넌 아무도 모르는 곳에서 왔고, 우리에게 그 곳으로 같이 가자는 거잖아. 우리가 지금의 서식지를 얻기 위해 싸워왔다는 사실을 잊지 마. 그리고 넌 그 싸움에 동참하지 않았어. 넌 바다를 돌아다니는 일을 더 좋아했으니까." 다른 바다표범들도 코틱을 비웃었고, 그 어린 바다표범은 이리저리 고개를 돌리며 으쓱거렸다. 그는 자기가 그해 결혼했다며 야단법석을 떨던 중이었다.

"나는 싸워서 지킬 보금자리가 없어." 코틱이 말했다. "그저 너희 모두에게 어떤 곳을 보여주고 싶을 뿐이야. 너희들이 모두 안전할 수 있는 곳을 말이지. 그럼 싸울 필요가 아예 없잖아?"

"아, 네가 발뺌하려고 한다면 나는 더 이상 할 말이 없어." 어린 바다표범이 비웃듯이 킬킬대며 말했다.

"만약에 내가 이긴다면 날 따라올 생각 있어?" 이렇게 말하는 코틱의 눈이 초록빛으로 사납게 빛났다. 왜냐하면 싸움을 벌여야 한다는 것 자체가 화가 났기 때문이다.

"좋아." 어린 바다표범이 선뜻 말했다. "네가 이기면, 네 말대로 따라갈게." 어린 바다표범은 미처 마음을 바꿀 기회가 없었다. 왜냐하면 코틱의 머리가 쏜살같이 달려들어 이빨로 어린 바다표범의 두툼한 목덜미를 물었기 때문이다. 그리고 자신의 상대를 해변으로 끌고 가서 패대기치고 완전히 쓰러뜨렸다. 그런 뒤 코틱은 바다표범들을 향해 포효했다. "나는 지난 5년 동안 너희들을 위해 최선을 다했고, 너희들이 위험하지 않은 섬을 찾아냈어. 하지만 어리석은 목에 매달린 너희들의 머리를 끌어당기지 않으면, 내 말을 믿지 않는구나. 이제 내가 너희들에게 알려주마. 자, 각오해라!"

림머쉰이 말한 바로는 매해 큰 바다표범들이 싸우는 것을 보지만, 서식지로 코틱이 공격해 들어가는 모습과 같은 것은 한 번도 본 적이 없다고 했다. 코틱은 가장 커다란 몸집의 시 캐치에게 몸을 날려서 목을 물고 죄고 세게 부딪쳤고, 마침내 상대가 제발 살려달라고 빌 때까지 공격했다. 그러면 코틱은 그를 한쪽으로 밀어놓고 다른 상대에게 덤벼들었다. 다들 알다시피 다른 바다표범들은 매해 단식을 했지만 코틱은 네 달 동안 단식을 한 적이 한 번도 없었고, 깊은 바다를 헤엄치며 여행을 해서 최고의 컨디션을 지니고 있었다. 그리고 무엇보다도 코틱은 전에는 한 번도 싸운 적이 없었다. 코틱의 곱슬곱슬한 하얀 갈기는 분노와 함께 곤두섰고, 두 눈에서는 불똥이 튀었으며, 커다란 송곳니는 빛이 나서 쳐다보기만 해도 눈이 부실 지경이었다. 아빠 바다표범인 늙은 시 캐치는 코틱이 바다표범들 사이를 가로지르며 늙은 회색 바다표범들을 마치 넙치처럼 이리저리 끌고 다녀서 사방에 있는 어린 총각들을 화나게 만드는 모습을 보고는 크게 고함을 질렀다. "코틱은 어리석을지는 모르지만, 해변에서 가장 싸움을 잘하는구나. 아들아! 아버지를 공격하지는 마라. 네 편이니까!"

코틱은 고함 쳐서 대답했다. 늙은 시 캐치는 콧수염을 세운 채로 어기적어기적 걸어 나와 기관차처럼 콧김을 내뿜었다. 무트커와, 코틱의 짝인 바다표범은 무서워서 몸을 움츠렸고 수컷들의 모습을 경이로운 눈으로 쳐다보았다. 훌륭한 싸움이었다. 감히 고개를 들어 올리는 바다표범을 보기만 해도 그 둘이 덤벼들었기 때문이다. 그리고 싸움이 끝나자 그들은 으르렁거리면서 해변을 함께 보란 듯이 거닐었다.

밤에 북극광이 깜박거리면서 안개 속으로 사라질 때, 코틱은 맨 바위 위로 올라가 여기저기 흩어진 서식지들을 내려다보았다. 상처를 입은 바다표범들이 곳곳에서 피를 흘리고 있었다. 코틱이 말했다. "이제 잘 배웠겠지."

"이거 참 놀랍구나!" 커다란 상처를 입어서 자신의 몸을 겨우 밀어 올리면서 늙은 시 캐치가 말했다. "범고래도 바다표범들을 이렇게까지 상처내지 못할 텐데. 아들아, 네가 자랑스럽구나. 그리고 말이다, 네 섬으로 같이 가마. 세상에 그런 곳이 있다면 말이다."

"똑똑히 들어라. 이 바다 돼지들아. 누가 나와 함께 바다소의 굴로 갈 것이냐? 대답해라. 그렇지 않으면, 한 번 더 똑똑히 알려주마." 코틱이 고함을 질렀다.

파도의 잔물결처럼 해변의 위아래로 웅성거리는 소리가 들렸다. "저희는 따라가겠습니다." 수천 마리의 바다표범들이 지친 목소리로 말했다. "저희는 코틱, 하얀 바다표범을 따라가겠습니다."

그때, 코틱은 양어깨 사이로 머리를 묻고, 가슴이 뿌듯한 나머지 두 눈을 꼭 감았다. 코틱은 더 이상 하얀 바다표범이 아니었고 머리부터 꼬리까지 붉은 색이었다. 그렇지만 자신의 상처 따위는 대수롭지 않게 여겼고, 돌보려고 하지 않았다.

한 주 뒤에 그와 그의 부대는 (거의 백만 마리에 가까운 수의 홀러쉬키와 나이든 바다표범들은) 멀리 북쪽으로 길을 떠났고, 바다소의 굴로 향했다. 코틱은 그들을 이끌었고, 노바스토쉬나에 남은 바다표범들은 길을 떠난 바다표범들을 멍청이라고 불렀다. 하지만 다음해 봄에 바다표범들이 태평양의 어장에서 만났을 때, 코틱을 따라간 바다표범들이 바다소의 굴 너머에 있는 새로운 해변에 관한 멋진 이야기를 해서 점점 더 많은 바다표범들이 노바스토쉬나를 떠났다. 물론 이 모든 일이 한 번에 바로 이루어진 것은 아니었다. 왜냐하면 바다표범들은 그리 똑똑하지 않았고, 결심을 바꾸는 데 오랜 시간이 걸렸기 때문이다. 하지만 수년 뒤에 더욱 더 많은 바다표범들이 노바스토쉬나와 루카논을 비롯한 다른 서식지를 떠나 조용하고 아무런 걱정을 할 필요가 없는 해변으로 갔다. 그 곳에서 코틱은 여름 내내 앉아서 지냈고, 매해 점점 더 몸집이 커지고 살이 붙었으며 강해졌다. 홀러쉬키들이 코틱의 주위에서 놀았으며, 그들이 있는 바다에는 어떤 인간의 자취도 찾아볼 수 없었다.

〈루카논〉

이 노래는 바다표범들의 슬픈 애국가라고 하겠다.

아침에 친구들을 만났네 (아, 나도 늙었구나!)
여름날 거대한 파도가 암초 위에서 포효하고 있었네;
친구들의 높아지는 합창소리가 부서지는 파도의 노래를 잠재웠네-
루카논 해변 - 이백만 바다표범들의 큰 목소리.

소금기 가득한 산호초 옆 아름다운 곳의 노래,
모래언덕을 미끄러져 내려오는 바다표범 무리의 노래,
한밤중 춤으로 바다에 불꽃 물결을 일으키며 부르는 노래-
루카논 해변 - 바다표범 사냥꾼이 오기 전에!

아침에 친구들을 만났네 (더는 만나지 못하겠지!)
바닷가를 새까맣게 뒤덮을 정도로 왔다가 가버렸다네.
거품이 가득한 앞바다 위로 목소리가 겨우 닿을 만큼 먼 곳에
상륙한 무리들을 불렀고, 우리는 해변에서 더욱 크게 노래했다네.

루카논 해변 - 겨울 밀이 크게 자랐네-
물 맺히고 주름 잡힌 이끼들, 모두를 적시는 바다 안개!
우리 놀이터 바위들은 매끄럽게 빛나고 반들반들하다네!

루카논 해변 – 우리가 태어난 고향이라네!

아침에 친구들을 만났네. 다치고, 뿔뿔이 흩어졌다네.

인간들은 물속에서 총을 쏘았고, 땅 위에서 곤봉으로 우릴 때리네.

우리를 길들여진 멍청한 양들처럼 솔트 하우스로 몰고 간다네.

그래도 우리는 여전히 루카논을 노래하네 – 바다표범 사냥꾼들이

오기 전에.

뱃머리를 돌려라, 남쪽으로 돌려라. 오, 구베르스카, 가라!

심해의 총독에게 우리의 슬픈 이야기를 전해라;

폭풍이 해변에 내팽개친 상어 알처럼 텅 비어버려서

루카논 해변이 더 이상 바다표범들을 기억하지 못하기 전에!

“리키-티키-타비”

구덩이 속으로 들어가서는

새빨간 눈이 주름진 허물에게 외쳤네.

덩치는 작지만 눈은 빨간 그가 하는 말,

“나그, 이리 나와 죽음과 춤을 춰봐!”

눈에 눈을 맞대고, 머리에 머리를 맞대서는

(박자를 맞춰야지, 나그)

누구든 죽어야 이 춤이 끝나리.

(마음껏 춰보시지, 나그)

돌고 또 돌고, 꼬고 비틀어봐-

(도망쳐 숨어보라지, 나그)

하! 두건 쓴 사신이 그만 놓쳐버렸군!

(재앙이 닥치리니, 나그.)

이 이야기는 리키-티키-타비가 수가울리의 군영지에 있는 대저택의 욕실에서 홀로 치러낸 위대한 전쟁에 관한 이야기다. 재봉새인 달지가 리키를 돕고, 사향쥐 추춘드라는 마루 한가운데로 전혀 나오지 못하고 벽을 따라 기어 다니며 조언만 해주었다. 그러나 실제로 전투에 임한 것은 리키-티키였다.

리키-티키는 몽구스였다. 털과 꼬리는 작은 고양이처럼 생겼지만 머리와 몸짓은 족제비를 많이 닮았다. 눈과 쉴 새 없이 꿈틀대는 코끝은 분홍빛이 돌았다. 앞다리든 뒷다리든 마음만 먹으면 어느 다리로도, 원하는 부위가 어디든 긁을 수 있었다. 꼬리는 꽃솔처럼 풍성하게 부풀릴 수 있었으며, 긴 수풀 사이를 빠르게 내달릴 때면 "리키 – 틱 – 티키 – 티키 – 칙!" 하는 함성을 질렀다.

어느 날, 여름철 홍수로 불어난 물이 엄마, 아빠와 함께 지내던 리키의 굴에 들이닥쳤다. 리키는 이리 첨벙, 저리 첨벙 홍수에 휩쓸려 길 옆 도랑으로 떠내려갔다. 리키는 작은 풀잎 한 줌이 도랑에 떠 있는 것을 보았고, 그것을 붙들고 버티다가 기절하고 말았다. 정신을 차려보니 뜰의 작은 길 한가운데에서 흙투성이가 된 채 따가운 볕을 받으며 누워 있었다. 그리고 어떤 꼬마가 이렇게 말하는 것이었다.

“여기 죽은 몽구스가 있어요. 장례식을 치러줘야겠어요.”

“아니야.” 꼬마의 엄마가 말했다. “데려가서 말려 주자꾸나. 어쩌면 살아 있을지도 몰라.”

두 사람은 리키를 집으로 데려갔고, 어떤 덩치 큰 남자가 엄지와 손가락들 사이로 리키를 들어 올리더니 죽은 게 아니라 약간 숨이 막혔다고 말했다. 그래서 그들은 리키를 솜으로 감싸 준 다음 불을 약간 피워 몸을 데워주었다. 리키는 눈을 뜨고 재채기를 했다.

“이제 되었군.” 덩치 큰 남자가 말했다. (그는 그 대저택으로 갓 이사 온 영국인이었다.) “겁먹지 않게 해. 뭘 하는지 지켜보기만 하는 거야.”

몽구스를 겁주는 일은 아마 세상에서 가장 힘들 것이다. 몽구스는 코끝부터 꼬리까지 호기심으로 꽉 차 있다. 몽구스 과에 속한 동물의 좌우명이 “쫓아가서 알아내자”이며, 리키-티키도 진정한 몽구스였다. 리키는 솜을 쳐다보고 먹을 수 없다고 판단하고는 탁자를 빙 돌며 뛰더니 똑바로 앉아서 털을 정리하고 제 몸을 긁다가 꼬마의 어깨 위로 폴짝 뛰어올랐다.

"놀라지 말렴, 테디. 몽구스는 그렇게 친구를 사귄단다." 꼬마의 아버지가 말했다.

"아야! 몽구스 때문에 제 턱 아래가 너무 깔끄러워요." 테디가 말했다.

리키-티키는 꼬마의 옷깃과 목 사이를 내려다보다가, 귀를 킁킁대더니 마룻바닥으로 내려와 앉아서는 코를 비볐다.

"어머나 세상에!" 테디의 엄마가 말했다. "저건 야생동물이잖아요. 우리가 잘 대해줘서 아주 얌전하게 구는군요."

"몽구스는 순해요." 남편이 말했다. "테디가 몽구스의 꼬리를 잡거나 새장에 가두지 않는다면, 온종일 집 안팎을 뛰어다닐 거요. 음식을 줘 봅시다."

세 사람은 리키에게 작은 날고기 조각을 건넸고 리키-티키는 무척 좋아했다. 식사를 마친 후에 리키는 정자로 가서 볕 아래에 앉아 털을 잔뜩 부풀리고 뿌리 끝까지 말렸다. 그렇게 하니 몸이 한결 나아졌다.

"이 집에 대해서 더 많은 걸 알아봐야지." 리키가 중얼거렸다. "몽구스 가족 모두가 일생 동안 알아낼 것들보다 더 많은 것들을 알아내겠어. 이곳에 남아서 꼭 알아낼 테야."

리키는 그날 온종일 집안 곳곳을 누비고 다녔다. 욕조에서 빠져 죽을 뻔했고, 글쓰기용 탁자에 놓인 잉크 속에 코를 빠뜨렸고, 덩치 큰 남자의 여송연에 데고 말았다. 남자의 무릎에 올라가서 글을 어떻게 쓰는지 보려다가 그리 된 것이다.

해질녘에는 테디의 놀이방에 가서 등유램프가 어떻게 켜지는지 지켜보았다. 테디가 잠자리에 들면 리키-티키도 침대에 올라갔다. 그러나 리키는 잠시도 가만있지 못하는 녀석이었다. 밤새도록 어떤 소리가 나는지 듣다가 무슨 소리인지 확인해야만 했다. 잠들기 전 테디의 엄마, 아빠가 아들을 보러 들어왔고, 리키-티키는 베개 위에 깨어 있었다.

"마음에 들지 않아요. 우리 아이를 물지도 모르잖아요." 테디의 엄마가 말했다. "그런 짓은 하지 않을 거요." 아빠가 말을 이었다. "사냥개가 테디를 지키는 것보다 저 작은 짐승과 있는 편이 더 안전해. 아이 방에 뱀이라도 당장 들어오면-."

그러나 테디의 엄마는 그런 끔찍한 일은 정말 떠올리고 싶지도 않았다.

리키-티키는 아침 일찍 아침을 먹으러 테디의 어깨를 타고 정자로 갔다. 사람들은 리키에게 바나나와 삶은 계란을 주었다. 리키는 돌아가며 이 무릎 저 무릎에 앉았는데, 몽구스라면 모두 언젠가는 애완 몽구스가 되어 뛰어놀 수 있는 방이 생기길 원했기 때문이다. 리키-티키의 엄마는 수가울리에 있는 어느 장군의 저택에서 지낸 적이 있는데, 혹시라도 백인과 마주치면 어떻게 행동해야 할지 리키에게 자세히 알려주었다.

식사를 마치고 리키-티키는 뜰에 가서 풍경을 바라보았다. 반쯤 손질된 큰 정원에는 여름 별장만큼 큰 마셜 니엘 장미 덤불과 라임오렌지 나무, 대나무 숲, 높이 자란 풀이 뒤엉켜 있었다. 리키-티키는 입술을 핥으며 말했다. “최고의 사냥터가 되겠어.” 생각만 해도 신나서 꼬리가 병 닦는 솔처럼 부풀어 올랐다. 리키는 이곳저곳에서 킁킁거리며 정원 곳곳을 총총 뛰어다녔다. 그런데 그때 가시덤불에서 구슬픈 목소리가 들렸다. 재봉새 달지와 그의 아내였다. 둘은 커다란 잎사귀 둘을 끌어당겨 두 모서리를 수염뿌리로 바느질을 해서 근사한 둥지를 지어놓고 둥지 속은 목화솜과 보송보송한 솜털로 채웠다. 두 새가 가장자리에 앉아 울자 둥지가 대롱거렸다.

“무슨 일이야?” 리키-티키가 물었다.

“너무 끔찍하고 괴로워.” 달지가 말했다. “어제 우리 아기 새 한 마리가 둥지 밖으로 떨어졌는데 나그가 그만 먹어버렸어.”

“아 저런! 정말 안됐네. 그런데 내가 이곳을 잘 몰라. 나그가 누구야?”

달지와 그의 아내는 대답 없이 둥지 속에서 그저 몸을 웅크렸다. 덤불 아래에 우거진 풀에서 쉬익 하는 나지막한 소리가 들렸던 것이다. 리키-티키가 펄쩍 뛰며 뒤로 물러설 정도로 소름 끼치는 소리였다. 그때 커다랗고 시커먼 코브라 나그의 머리가 풀에서 서서히 올라왔고 목덜미가 펼쳐졌다. 혀에서 꼬리까지의 길이가 1.5미터는 되었다. 땅으로부터 자기 몸의 삼분의 일을 완전히 끌어 올리자, 마치 민들레 다발이 바람 속에서 중심을 잡을 때처럼 몸을 앞뒤로 움직이며 균형을 잡았다. 그러더니, 속을 전혀 알 수 없는, 표정 하나 바뀌지 않는 오싹한 눈빛으로 리키-티키를 바라보았다.

"나그가 누구냐고? 바로 나다. 위대한 신 브라마께서 잠든 사이 최초의 코브라가 목덜미를 펼쳐 빛을 가려드리자 브라마께서 우리 코브라에게 그분의 표식을 내려주셨지. 봐라, 얼마나 무서운지!"

나그는 목덜미를 부풀렸고, 그 뒷면에는 갈고리 무늬를 쏙 빼닮은 무늬가 보였다. 리키는 잠깐이나마 겁이 났지만 몽구스 사전에 오랫동안 겁에 떠는 법은 없다. 리키-티키가 살아있는 코브라를 본 것은 그때가 처음이지만, 엄마가 죽은 코브라를 먹여준 적은 있었다. 그리고 어른 몽구스라면 평생토록 뱀과 싸워서 잡아먹어야 한다는 것도 알았다. 나그도 그 사실을 알고 있었기에 냉혹한 가슴 밑바닥에서는 사실 겁이 났다.

"글쎄." 리키-티키가 말했고, 꼬리가 다시 잔뜩 부풀어 오르기 시작했다. "표식이 있거나 말거나, 둥지 밖으로 떨어진 어린 새를 잡아먹어도 된다고 생각해?"

나그는 속으로 고심하다가 리키-티키 뒤에 있는 풀이 아주 약간 움직이는 것을 보았다. 뜰에 나타난 몽구스는 곧 자기와 자기 가족의 죽음을 의미했다. 하지만 몽구스가 방심하게 만들어야 한다고 생각한 나그는 고개를 약간 수그리고 한쪽으로 기울였다.

"얘길 좀 해보자고." 나그가 말했다. "너도 알을 먹잖아. 나는 왜 새를 먹으면 안 되지?"

"뒤쪽이야! 뒤를 봐!" 달지가 짹짹거렸다.

그저 바보처럼 쳐다보기만 할 리키가 아니었다. 리키는 공중으로 최대한 높이 뛰어올랐고, 그 아래로 나그의 사악한 부인 나가이나의 머리가 아슬아슬하게 스쳐 지나갔다. 나그가 말하는 사이 나가이나는 리키를 끝장내려고 뒤에서 슬금슬금 기어오고 있었던 것이다. 공격에 실패한 나가이나가 쉬익 하고 사나운 소리를 내는 것이 들렸다. 리키는 나가이나의 등 바로 뒤에 착지했다. 나이 많은 몽구스였다면 바로 그때가 나가이나의 목을 한입에 물어뜯어버릴 기회라는 사실을 알았을 것이다. 하지만 리키는 코브라의 세찬 반격이 두려웠고 결국 물긴 물었지만 세게 악물고 버티진 못했다. 그래도 출렁이는 뱀의 꼬리를 정확하게 피했고 나가이나의 약을 바짝 올려놓았다.

"이 고약하고 못돼 먹은 달지 녀석!" 나그가 외치고는 가시덤불 사이의 둥지로 최대한 높이 몸을 뻗었지만 둥지는 그저 앞뒤로 대롱거릴 뿐이었다. 달지가 뱀이 닿을 수 없는 곳에 집을 지었기 때문이다.

리키-티키의 눈이 새빨갛게 달아올랐다. (몽구스의 눈이 붉게 변하면 화가 난 것이다.) 리키는 캥거루처럼 꼬리와 뒷다리로 몸을 곧추세우고 앉아서는 주위를 빙 둘러보았고, 몹시 화를 내며 이빨을 딱딱거렸다. 하지만 나그와 나가이나는 이미 풀숲으로 사라지고 난 뒤였다. 뱀은 타격에 실패하면 어떤 말이나 몸짓으로도 나중에 무슨 행동을 할지 드러내지 않는다. 리키-티키는 두 코브라를 쫓아갈 마음이 들지 않았다. 두 놈을 한꺼번에 감당할 수 있으리라는 확신이 없었기 때문이다. 그래서 리키는 집 근처에 있는 자갈길을 향해 쪼르르 달려가서는 앉아서 생각에 잠겼다. 이 일은 리키에게 심각한 문제였다.

자연사에 관한 오래된 책을 보면, 몽구스가 뱀과 싸워서 물렸을 때는 달아나서 상처를 치료해주는 약초를 먹는다고 쓰여 있다. 그것은 사실이 아니다. 몽구스가 뱀과의 싸움에서 승리하려면 오직 빠른 눈과 잽싼 발이 중요했다. 뱀이 공격할 때에는 누구의 눈도 뱀의 머리 동작을 따라잡을 수 없기에, 빠른 눈과 발이 그 어떤 마법의 약초보다 훨씬 훌륭한 결과를 안겨 준다. 리키-티키는 자기가 아직 어린데도 뒤에서 가격을 날릴 때 잘 피한 것을 떠올리면 더욱 신이 났고 생각만 해도 우쭐해졌다. 그래서 테디가 길을 따라 뛰어올 때 리키는 자신을 쓰다듬어 줄 거라 생각하고 기다리고 있었다.

그런데 테디가 허리를 숙이려던 그 순간, 흙 속의 뭔가가 작게 꿈틀거렸고 희미한 목소리가 들렸다. "조심해. 죽음 행차시다!"

그것은 흙 속에 누워 먹잇감을 고르는 케리트 뱀이었다. 희멀건 갈색 빛이 도는 케리트에게 물리면 코브라에게 물리는 것만큼 위험했다. 하지만 케리트는 무척 작아서 사람들 눈에 잘 띄지 않았고 그 때문에 더 위험한 존재였다.

리키-티키의 눈이 다시 붉게 변했다. 그는 이리 흔들, 저리 흔들 하는 몽구스 특유의 동작을 취하면서 케리트가 있는 곳까지 춤을 추며 다가갔다. 아주 우스워 보였지만, 그 걸음걸이가 꽤 완벽하게 균형 잡혀 있어서 원하는 각도라면 어디에서건 달려들 수 있었다. 이런 동작은 뱀을 상대할 때 유리했다. 나그와의 싸움보다 훨씬 위험한 싸움을 하고 있다는 사실을 리키-티키는 알지 못했다. 케리트는 매우 잽싸게 몸을 돌릴 수 있을 만큼 아주 작고 민첩해서, 리키가 케리트의 뒤통수 가까이를 바짝 물어뜯지 않으면 반격을 당할 수도 있었다. 하지만 그 사실을 모르는 리키는 눈을 새빨갛게 뜬 채 뱀을 잡을 좋은 위치를 찾으며 몸을 앞뒤로 흔들고 있었다. 케리트가 공격하자 리키는 좌우로 껑충껑충 뛰면서 빈틈을 노렸다. 순간 먼지투성이 작은 회색빛 머리가 리키의 어깨로 달려들었다. 리키는 껑충 뛰어올랐고, 케리트는 리키의 발뒤꿈치까지 추격했다.

테디가 집을 향해 소리쳤다. "이것 좀 보세요! 우리 몽구스가 뱀을 죽이고 있어요." 리키-티키는 테디의 엄마가 비명을 지르는 소리를 들었다. 테디의 아빠는 막대기를 들고 달려 나왔지만 그가 도착했을 때는 이미 리키-티키가 뱀의 등에 올라타서 앞발로 그 머리를 꽉 움켜쥐고 등짝을 물고 마구 흔들며 바닥을 뒹구는 중이었다. 리키가 물자 케리트는 움직일 수 없었다. 리키-티키는 몽구스의 관습에 따라 케리트를 꼬리부터 먹어치우려 했지만 배불리 먹으면 몸이 둔해진다는 것이 생각났다. 튼튼하고 민첩하게 준비 태세를 갖추려면 날렵한 몸을 유지해야 했다. 리키-티키는 아주까리 덤불 아래로 모래찜질을 하러 갔다. 그 사이 테디의 아빠는 죽은 케리트를 계속 내리쳤다. '왜 저럴까? 내가 이미 죽였는데.' 리키-티키가 생각하고 있는데 테디의 엄마가 리키를 흙먼지에서 집어 올리더니 리키가 테디를 구했다며 꼭 껴안았다. 테디의 아버지는 리키가 신의 뜻에 따라 우리 집에 왔다고 했고, 테디는 겁에 질린 채 눈을 크게 뜨고만 있었다. 리키는 모든 상황을 이해할 수는 없었지만 가족들이 야단법석을 떠는 걸 보니 오히려 재미있기도 했다. 테디의 엄마가 흙에서 뒹군 테디도 잘했다고 쓰다듬어 주면 좋을 듯했다. 리키는 모든 상황을 아주 흥미롭게 지켜보았다.

그날 밤 저녁식사를 하는 동안, 리키는 식탁에 놓인 와인 잔의 앞뒤를 오가며 근사한 음식들로만 평소보다 세 배는 더 많이 먹을 수 있었다. 하지만 나그와 나가이나가 떠올랐다. 테디의 엄마가 쓰다듬거나 테디의 어깨에 앉아 있을 때면 무척 좋았다. 하지만 리키는 이따금씩 눈을 붉히거나 자기도 모르게 "리키-틱-티키-티키-칙!" 하는 긴 함성을 지르기도 했다.

테디는 리키를 침대로 데려가서 자기 턱 밑에서 자게 했다. 리키-티키는 엄마에게 잘 배운 덕분에 물거나 할퀴지는 않았지만 테디가 잠들자마자 밤나들이를 나가서 집을 한 바퀴 돌아보았다. 그러다 벽을 기어 다니던 사향쥐 추춘드라와 마주쳤다. 추춘드라는 아주 낙심한 상태였고 몸짓도 작았다. 밤새 훌쩍거리거나 찍찍거리며 마루 중앙으로 뛰어들어 보겠노라고 다짐만 하고는 마루 한가운데로 절대 가지 못했다.

"날 죽이지 마." 추춘드라는 거의 흐느끼며 말했다. "리키-티키, 날 죽이면 안 돼!"

"뱀을 죽이는 내가 사향쥐를 사냥할 거라고 생각해?" 리키-티키는 코웃음을 치며 말했다.

"뱀을 죽이면 뱀한테 죽게 마련이야." 추춘드라가 무척 수심에 잠겨 말했다. "게다가 나그가 어느 캄캄한 밤에 나를 너로 착각하

지 않을 거라 어떻게 장담하겠어?"

"전혀 위험하지 않아." 리키-티키가 말했다. "나그는 뜰에 있잖아. 그리고 넌 뜰로 나가지도 않고."

"내 사촌 시궁쥐 추아가 말하기를-" 추춘드라가 말하다가 멈칫했다.

"뭐라고 했는데?"

"쉿! 나그는 어디에든 있어, 리키-티키. 뜰에 있는 추아와 얘기했어야지."

"못했어. 그러니 네가 말해줘. 빨리, 추춘드라. 안 그러면 확 깨물어 버린다!"

추춘드라는 주저앉아서 울었고 눈물은 수염까지 타고 내려갔다. "난 불쌍한 쥐란 말이야." 추춘드라가 흐느끼며 말을 이었다. "방 한가운데로 뛰어들 용기도 없다고. 쉿! 난 아무 얘기도 못 해줘. 이 소리 안 들려, 리키-티키?"

리키-티키는 귀를 기울였다. 집은 아주 조용했지만 쉬익쉬익 스치는 소리가 아주 희미하게 들려왔다. 말벌이 창문 유리 위를 걷는 소리만큼 희미했는데, 바로 뱀의 비늘이 마른 벽돌 위를 스치는 소리였다.

"나그 아니면 나가이나다." 리키가 혼자 중얼거렸다. "욕실 수문으로 기어가고 있어. 추춘드라, 네 말이 맞아. 추아와 얘기를 했어야 했는데."

리키는 테디의 욕실로 살며시 가봤지만 아무것도 없었다. 다음에는 테디 엄마의 욕실로 갔다. 회반죽을 바른 매끈한 벽 아래에는 욕실의 물이 빠져나갈 수 있도록 벽돌을 빼 두었다. 리키가 욕조의 둥근 모퉁이로 살금살금 다가가자, 나그와 나가이나가 집 밖의 달빛 아래에서 속삭이는 소리가 들렸다.

"사람들이 이 집을 비우면," 나가이나가 남편에게 말했다. "그놈도 가버리겠지. 그러면 뜰은 다시 우리 소유가 될 거야. 조용히 들어가. 그리고 케리트를 죽인 덩치 큰 남자를 제일 먼저 물어야 한다는 걸 명심해. 그런 다음에 빠져나와서 우리 둘이 리키-티키를 사냥하는 거야."

"하지만 사람을 죽여서 뭔가 얻을 거라고 확신할 수 있어?" 나그가 말했다.

"모든 걸 얻을 수 있어. 대저택에 사람이 없었을 때, 뜰에 몽구스가 있었어? 저택만 텅 비면 우리는 이 정원의 왕과 왕비야. 멜론 밭에 있는 우리 알이 내일쯤 부화하면 우리 새끼들이 지낼 조용한 공간도 필요하다고."

"미처 생각 못했군." 나그가 말했다. "이만 가겠어. 하지만 그러면 리키-티키를 사냥할 필요 없잖아. 할 수 있다면 덩치 큰 남자와 부인, 아이까지 죽이고 조용히 빠져나오지. 그러면 저택이 텅 비게 되고 리키-티키도 가버릴 거야."

이 이야기를 들은 리키-티키의 온 몸에 분노와 증오가 일었다. 그때 나그의 머리가 배수구를 통과해 들어왔고, 1.5미터 길이의 차가운 몸통도 그 뒤를 따랐다. 화가 나긴 했지만 리키-티키는 거대한 코브라의 크기를 보고 겁이 났다. 나그는 똬리를 틀어 목을 들어 올리더니 어둠 속에서 욕실을 들여다보았다. 리키는 나그의 눈이 번쩍이는 것을 볼 수 있었다.

"나그를 여기서 죽이면 나가이나가 알게 되겠지. 탁 트인 마루에서 싸우면 나그에게 유리하겠고. 이제 어쩌지?" 리키-티키-타비가 말했다.

나그는 앞뒤로 물결치듯 지나갔다. 리키-티키는 나그가 욕조를 채울 때 쓰는 가장 큰 물단지에서 물을 마시는 소리를 들었다. "좋아." 나그가 말했다. "자, 케리트가 죽을 때 덩치 큰 남자가 방망이를 들고 있었지. 그 방망이는 그대로 있겠지만, 아침에 목욕을 하러 들어올 때는 가지고 오지 않겠지. 그가 올 때까지 여기서 기다려야지. 나가이나, 내 말 들려? 해가 뜰 때까지 난 여기 시원한 곳에서 기다릴게."

밖에서는 아무런 대답도 없었고 리키-티키는 나가이나가 가버린 사실을 눈치 챘다. 나그는 물단지 바닥의 불룩 나온 부분을 감고 또 감아 똬리를 틀고는 몸을 뉘었다. 리키-티키는 죽은 듯 꼼짝 않고 있다가 한 시간쯤 지나자 조심스럽게 근육 하나하나에 힘을 주어 단지 쪽으로 움직이기 시작했다. 나그는 잠이 들었고 리키-티키는 나그를 낚아채기에 가장 좋은 위치가 어디일까 고민하면서 그의 커다란 등을 바라보았다. "첫 공격에서 저 놈의 등을 부러뜨리지 못한다면," 리키가 이어서 말했다. "나그는 계속 싸우겠지. 그가 계속 싸운다면- 아, 리키!" 리키는 나그의 굵은 목을 보고는 도저히 감당할 수 없을 것만 같았다. 그렇다고 꼬리 근처를 물면 나그를 더 사납게 만들 뿐이었다.

"틀림없이 머리야." 그가 마침내 말했다. "목덜미 위쪽 머리를 물고 놓아주지 말아야지."

마침내 리키는 뛰어들었다. 나그의 머리는 물 단지의 둥근 곡선 아래에서 살짝 떨어져 있었다. 두 이빨이 만나게 되자, 붉은 토기의 볼록한 부분에 등을 대고 몸을 떠받치고는 나그의 머리를 쥐어뜯었다. 리키는 그렇게 잠깐이나마 놈을 꽉 잡을 수 있었고 이를 최대한 활용했다. 그러고 나서 쥐가 개에게 흔들리는 양 앞뒤로 심하게 연타당했다. 바닥에서 앞뒤로, 위아래로, 커다란 원 모양으로 빙 돌면서 말이다. 리키의 눈은 붉게 타올랐고, 몸은 바닥 위로 채찍처럼 내동댕이쳐졌다. 양철 국자와 비누 접시, 때밀이 솔도 뒤엎어지고 리키는 양철 욕조의 측면에 세게 부딪혔다. 하지만 그 상태에서 리키는 자기의 턱을 갈수록 굳게 다물었다. 그렇게 세게 부딪히다가 죽게 될 것이 뻔했으며, 가족의 명예를 위해서 이를 꽉 다문 채로 죽어서 발견되는 편이 나을 것이라 생각했다. 그때 바로 뒤에서 천둥 같은 것이 터졌다. 어지럽고, 아프고, 온 몸이 산산 조각난 것 같았다. 리키는 뜨거운 바람을 맞고 정신을 잃은 데다 털은 빨간 불꽃에 그슬렸다. 덩치가 큰 남자가 시끄러운 소리를 듣고 깨서는, 엽총의 두 총신으로 나그의 뒷목을 쏘아버렸던 것이다.

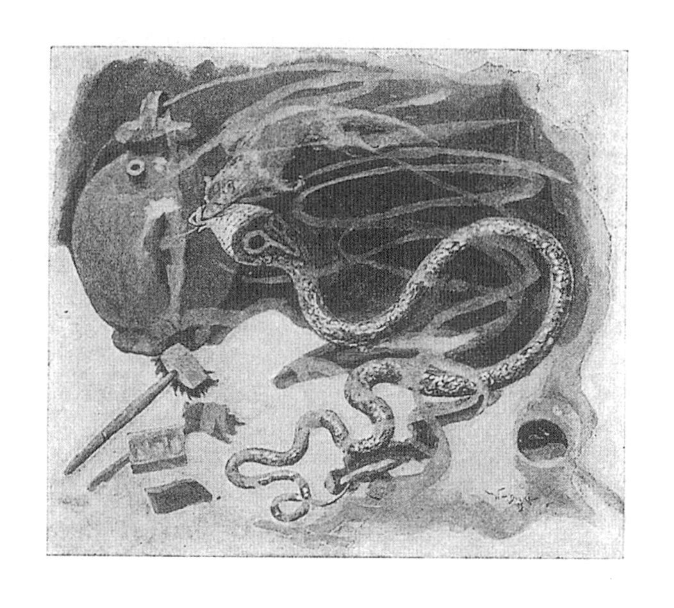

리키-티키는 눈을 감은 채 기다렸다. 이제는 영락없이 죽게 되리라는 생각이 들었다. 하지만 나그의 머리는 움직이지 않았다. 덩치 큰 남자는 리키를 들어 올리고는 말했다. "앨리스, 이번에도 몽구스 녀석이야. 이 작은 녀석이 방금 우리 목숨을 구했어." 테디의 엄마는 얼굴이 새하얗게 질린 채 들어와서는 나그의 남은 몸뚱이들을 보았다. 리키-티키는 테디의 침실로 간신히 기어가서는 온통 신경이 곤두서서 몸을 흔들며 남은 밤을 지새웠다. 상상했던 대로 자기 몸이 정말 마흔 개로 산산조각이 나지 않았을까 확인하기 위해서였다.

아침이 밝자, 온몸이 결렸지만 리키는 자기가 한 일에 몹시 뿌듯했다. "이제 나가이나를 상대해야겠어. 아마 나그 다섯 마리를 합친 것보다 더욱 지독하겠지. 그 때 말했던 알이 언제 부화할지도 알 수 없는 노릇이고. 이것 참! 가서 달지를 만나봐야겠어." 리키가 말했다.

아침식사를 하기도 전에 리키-티키는 가시덤불로 내달렸다. 달지는 목청을 한껏 높여 승리의 노래를 부르고 있었다. 청소부가 나그의 시체를 쓰레기 더미에 던져버렸기 때문에 나그가 죽었다는 소식은 온 뜰에 알려졌다.

"이 멍청한 깃털 다발 같으니라고!" 리키-티키가 화가 나서 말했다. "지금이 노래할 때야?"

"나그가 죽었다아! 죽었어, 죽었네!" 달지가 노래했다. "용감한 리키-티키가 나그의 목을 쥐고 단단히 움켜잡았다네. 큰 남자가 탕- 소리가 나는 막대를 들고 와서 나그가 두 동강이 나버렸지! 우리 아기 새를 다시는 잡아먹지 못하게 되었다네."

"다 맞는 말이긴 한데, 나가이나는 어딨지?" 주위를 조심스레 둘러보며 리키-티키가 말했다.

"나가이나는 욕실 수문으로 나그를 데리러 왔었지." 달지가 말을 이었다. "나그는 막대 끝에 매달려 나왔어. 청소부가 막대 끝으로 나그를 들어 올리고는 쓰레기 더미에 던져 버렸거든. 붉은 눈빛을 내는 위대한 리키-티키를 노래하자!" 그러고는 목을 잔뜩 부풀리더니 노래했다.

"둥지에 올라가기만 하면 아기 새들을 굴려서 떨어뜨릴 테다!" 리키-티키가 이어서 말했다."너는 언제 무슨 일을 해야 옳은지도 모르는구나. 둥지에 있어서 안전하기 그지없겠지. 하지만 내가 있는 이 아래는 전쟁터가 따로 없어. 당장 노래를 멈춰, 달지."

"위대하고 멋진 리키-티키를 위해서라면, 기꺼이 멈추도록 하겠나이다." 달지가 말했다. "오오! 무시무시한 나그를 무찌른 분께서 무슨 일이신지?"

"나가이나를 어디서 봤지? 이번이 세 번째 묻는 거라고."

"마구간 옆 쓰레기 더미에서, 나그를 애도하고 있던걸. 하얀 이빨 리키-티키는 위대하도다."

"하얀 이빨이고 뭐고! 나가이나가 알을 어디에 두는지 들은 적 있어?"

"멜론 밭 담장 제일 끝 쪽에다 두었지. 거의 온종일 해가 내리쬐는 곳이야. 몇 주 전에 그곳에 숨겨 두었어."

"그런데 그 얘기를 할 생각조차 못했단 거야? 담장 근처 제일 끝 쪽이라고 했지?"

"리키-티키, 너 나가이나의 알을 먹어치우려는 건 아니겠지?"

"먹지는 않아. 먹다니, 달지. 네가 눈곱만큼이라도 생각이 있다면, 마구간으로 날아가서 날개가 다친 척해서 나가이나가 이 덤불 쪽으로 너를 쫓아오게 하라고. 난 멜론 화단으로 가야 하는데 지금 가면 나가이나에게 들키게 될 테니까."

달지는 머릿속으로 한 번에 하나 이상은 생각하지 못하는 아주 멍청한 녀석이었다. 달지는 나가이나의 새끼가 자기가 낳은 어린 새들처럼 알에서 나온다는 사실 때문에 처음에는 알을 없애는 일이 타당하다고 않다고 생각했다. 하지만 달지의 아내는 현명했고, 코브라의 알이 나중에는 어린 코브라가 될 거라 생각해 둥지 밖으로 날아올랐다. 아기 새들을 따뜻하게 품어주고 나그의 죽음을 계속 노래하는 일은 달지에게 맡겨 두었다. 어떤 점에서 달지는 인간 남자와 매우 닮았다.

달지의 아내는 쓰레기 더미 근처에 있는 나가이나 앞에서 날개를 푸드덕거리며 소리쳤다. "오오! 내 날개가 부러졌어요! 저 집에 사는 남자 아이가 내게 돌을 던져서 날개를 부러뜨렸어요." 그러더니 여느 때보다 훨씬 필사적으로 날개를 퍼덕였다.

나가이나는 머리를 들어 올리더니 쉿쉿거렸다. "내가 리키-티키를 죽이려고 했을 때 네가 그에게 조심하라고 했지. 정말이지 푸드덕거리기에는 나쁜 장소를 골랐구나." 그리고는 땅 위를 미끄러지듯 지나서 달지의 아내를 향해 몸을 움직였다.

"저 집 아이가 돌을 던져 부러뜨렸다고요!" 달지의 아내가 비명을 질렀다.

"내가 그 아이를 처리하게 될 거란 사실을 알면 죽어서도 꽤 위안이 될게다. 오늘 아침에는 내 남편이 쓰레기 더미에 누워 있었지만, 이 밤이 가기 전에 저 집에 사는 아이가 꼼짝없이 누워 있게 될 걸. 도망쳐도 소용없어. 내가 널 잡을 테니까. 멍청한 것, 날 봐!"

달지의 아내는 나가이나를 쳐다보는 바보짓 따위는 하지 않았다. 뱀의 눈을 쳐다보는 새들은 너무 겁을 먹어서 움직일 수가 없게 되기 때문이다. 달지의 아내는 구슬픈 목소리로 지저귀며 계속해서 푸드덕거렸지만 땅 근처에서 벗어나지는 않았다. 나가이나는 더욱 빨리 움직였다.

리키-티키는 그들이 마구간에서 벗어나 길 위로 올라가는 소리를 들었고 벽 근처 멜론 밭으로 질주했다. 리키-티키는 멜론들 위 따뜻한 짚을 깔아둔 곳에 아주 교묘하게 숨겨져 있는 스물다섯 개의 알을 찾아냈다. 계란 크기와 비슷했지만 껍질이 아닌 새하얀 허물이 씌워져 있었다.

"하루라도 더 빨리 왔으면 좋았으련만." 리키-티키가 말했다. 새끼 코브라들이 허물 속에서 똬리를 틀고 있었기 때문이다. 새끼 코브라들은 부화하는 순간, 사람이나 몽구스를 죽일 수 있었다. 그는 최대한 빠른 속도로 알의 가장 위쪽을 물어뜯고, 주의 깊게 어린 코브라를 으스러뜨렸다. 빠진 알이 없는지 확인하려고 짚을 뒤집어 엎어보기도 했다. 마침내 세 개의 알만 남게 되었고 리키-티키는 혼자 기뻐했다. 그때 달지의 아내가 비명을 질렀다.

"리키-티키, 내가 나가이나를 집까지 유인했는데 정자로 들어갔어. 아, 빨리 와. 사람들을 죽이려고 해!"

리키-티키는 두 개의 알을 으스러뜨렸고, 세 번째 알을 입에 물고 멜론 밭을 헤집고 나와 쏜살같이 정자로 내달렸다. 테디와 테디의 엄마, 아빠가 이른 아침식사를 하러 정자에 나와 있었지만 아무것도 먹지 않고는 돌처럼 굳은 채 얼굴이 백짓장처럼 새하얗게 되어 있었다. 나가이나는 테디의 의자 옆에 있는 매트 위에서 똬리를 틀었다. 테디의 맨다리를 한 번에 공격할 수 있는 거리였다. 나가이나는 승리의 노래를 부르며 몸을 앞뒤로 흔들었다.

"나그를 죽인 큰 남자의 아들-" 나가이나가 쉭 소리를 냈다. "꼼짝 마라. 아직 준비가 되지 않았으니. 잠깐 기다려. 꿈쩍도 말거라, 너희 셋! 움직이면 확 덤벼들 테다. 움직이지 않아도 덤벼들 테고. 오오, 어리석은 인간들. 내 남편 나그를 죽이다니!"

테디가 아빠를 뚫어져라 바라보았다. 그의 아빠가 할 수 있는 일이란 이렇게 속삭이는 것뿐이었다. "테디, 가만히 있어. 절대 움직이지 말거라, 그대로 있어, 테디."

그 때 리키-티키가 다가와서 소리쳤다. "돌아서라, 나가이나. 돌아서서 싸우자!"

"잘 왔다." 나가이나가 시선을 돌리지 않은 채 말했다. "곧 네게 진 빚을 갚아주지. 네 친구들을 봐, 리키-티키. 꼼짝도 못하고 하얗게 질려 있잖아. 무서운 거지. 저들은 감히 움직이지도 못해. 네 놈이 한 발짝만 가까이 오면 저들을 공격하겠다."

"네 알이나 보러 가지 그래." 리키-티키가 말했다. "담장 근처 멜론 밭에 가 보라고, 나가이나!"

커다란 뱀은 반쯤 몸을 돌려서 정자에 있는 알을 보았다. "세상에! 내 알 이리 내놔." 나가이나가 말했다.

리키-티키는 알 양쪽에 발톱을 얹었고, 두 눈이 붉은 핏빛으로 변했다. "알을 넘기면 어떻게 되지? 어린 코브라? 어린 코브라 왕? 네 마지막 핏줄을 살리게? 다른 놈들은 멜론 밭에서 개미가 파먹고 있지."

마지막 알을 보자 나가이나는 넋이 나간 채 몸을 홱 돌렸다. 리키-티키는 테디의 아빠가 커다란 손을 쭉 뻗어서 테디의 어깨를 움켜잡고 찻잔이 있는 작은 탁자 쪽으로 잡아끄는 것을 보았다. 그곳은 안전했고, 나가이나가 닿을 수 없는 곳이었다.

"속았군! 속았어! 속고야 말았어! 릭-칙-칙!" 리키-티키가 깔깔 웃었다. "아이는 무사하겠군. 어젯밤 욕실에서 나그의 뒷덜미를 잡았던 건 바로 나, 나, 나였다고!" 리키-티키는 머리는 바닥 근처에 둔 채 네 다리를 모으고 위아래로 폴짝폴짝 뛰었다. "그가 나를 앞뒤로 내리쳤지만 뿌리칠 순 없었어. 큰 남자가 나그를 두 동강 낸 건 그가 죽고 나서지. 내가 죽인 거야! 리키-티키-칙-칙! 그러니 이리 와, 나가이나. 와서 나와 싸우자. 네 과부 인생도 곧 끝내주마."

나가이나는 테디를 죽일 기회를 놓치고 말았다는 사실을 눈치챘다. 알은 리키-티키의 발톱 사이에 놓여 있었다. "알을 넘겨 줘. 마지막 알을 넘겨주면 여길 떠나 다시는 돌아오지 않겠어." 목덜미를 낮게 드리우며 나가이나가 말했다.

"그래, 여길 떠나 다시는 돌아오지 않겠지. 나그와 함께 쓰레기 더미로 보내질 테니. 덤벼, 이 과부야! 큰 남자가 총을 가지러 갔어! 덤벼!"

리키-티키는 눈을 뜨거운 석탄처럼 붉게 뜨고 나가이나가 공격할 수 없는 위치에서 그녀의 주변을 돌며 뛰어올랐다. 나가이나는 정신을 차리고 리키-티키 쪽으로 달려들었다. 리키-티키는 뛰어오르며 뒤로 물러났다. 나가이나는 거듭 공격했고 그때마다 정자 매트 위를 세게 후려치고는 시계 스프링처럼 원래 자세로 돌아왔다. 리키-티키는 나가이나의 뒷덜미를 목표로 원을 그리며 빙빙 돌았다. 리키-티키를 쏘아보며 나가이나도 빙빙 돌았다. 매트 위로는 마른 잎이 바람에 날리듯 나가이나의 꼬리가 스치는 소리가 났다.

리키는 나가이나의 알을 깜박 잊고 있었다. 알은 정자에 그대로 놓여 있었고, 리키-티키가 숨을 돌리는 사이 나가이나가 서서히 알 근처로 다가오더니 급기야 알을 입으로 잡아 물고 정자 계단으로 몸을 돌려서는 저 아래 길바닥으로 쏜살같이 달아나 버렸다. 리키-티키는 나가이나의 뒤를 쫓았다. 코브라가 필사적으로 도망칠 때에는 말의 목을 후려치는 채찍처럼 달아나버린다.

리키-티키는 나가이나를 붙잡지 않으면 모든 문제가 다시 시작될 것이라는 사실을 알았다. 나가이나는 곧장 가시덤불을 지나 길게 뻗은 잔디로 향했다. 뒤쫓는 리키-티키의 귀에 달지가 부르는 바보 같은 승리의 노래가 희미하게 들렸다. 하지만 달지의 아내는 달지보다 현명했다. 나가이나가 도망치는 것을 보고 달지의 아내는 둥지 밖으로 날아올라 나가이나의 머리 주변에서 퍼덕거렸다. 달지가 아내를 도왔다면 나가이나가 돌아섰을 테지만, 나가이나는 그저 고개를 수그리고 계속 달아났다. 그러나 그렇게 잠깐 지체한 덕분에 리키-티키는 나가이나를 따라잡을 수 있었다. 나가이나가 나그와 살던 쥐구멍 아래로 뛰어들려는 순간, 리키-티키의 작고 하얀 이가 나가이나의 꼬리를 악물었고 함께 구멍 속으로 들어가고야 말았다. 아무리 현명하고 노련하더라도 코브라를 쫓아 구멍 속까지 들어가는 몽구스는 거의 없다. 구멍 안은 어두웠고, 나

가이나가 언제 탁 트인 공간을 만나 반격해올지도 전혀 알 수 없었다. 리키는 안간힘을 쓰며 나가이나를 붙잡고는, 뜨겁고 축축한 흙으로 된 어두운 경사면에서 속도를 줄이려고 발을 쭉 뻗었다. 구멍 입구 근처에서 움직이던 잔디가 멈추자 달지가 말했다. "리키는 이제 끝났어! 그를 위한 장송곡을 불러야겠어. 용맹스러운 리키-티키가 죽었네! 나가이나가 분명 땅 속에서 죽일 테니."

달지는 구슬픈 노래를 즉흥적으로 불렀다. 슬픔이 절정에 이르는 순간, 잔디가 다시 흔들렸고 흙을 뒤집어쓴 리키-티키가 수염을 핥으며 구멍 밖으로 몸을 힘겹게 끌어냈다. 달지가 작은 소리로 탄성을 지르며 노래를 멈췄다. 리키-티키는 몸을 흔들어 털에 붙은 흙먼지를 떨어내더니 재채기를 했다.

"이제 끝났어." 그가 이어서 말했다. "저 과부는 다시는 밖으로 나오지 못할 거야." 풀줄기 사이에서 사는 붉은 개미도 리키가 하는 말을 들었고 그 말이 사실인지 알아보려고 차례로 떼를 지어 몰려들기 시작했다.

리키-티키는 잔디에서 몸을 잔뜩 웅크리고 그대로 잠들어버렸다. 고된 일로 하루를 보낸 터라 오후가 다 가도록 그렇게 자고 또 잤다.

잠에서 깨자 리키가 말했다. "이제 집으로 돌아가야지. 달지, 오색조에게 말해줘. 그러면 나가이나가 죽었다고 그 새가 온 정원에 알릴 거야."

오색조는 작은 망치로 양철 항아리를 두드릴 때 나는 소리와 정확히 같은 소리를 내는 새다. 오색조가 늘 그런 소리를 내는 이유는 인도 전역의 정원에서 마을의 일이나 새로운 소식을 들으려는 이들의 통신원 역할을 하기 때문이다. 리키-티키가 길 위에 올라서자, 저녁식사를 알리는 작은 종소리처럼 "주목"이라고 알리는 신호가 들렸다. 뒤이어 간결한 노래가 들려왔다. "딩-동-딱! 나그가 죽었다. 동! 나가이나가 죽었다! 딩-동-딱!" 이 소리를 듣고 뜰에 있는 새들이 모두 지저귀고 개구리도 개굴개굴 노래했다. 나그와 나가이나가 작은 새뿐만 아니라 개구리까지 자주 먹어치웠기 때문이다.

리키가 집에 도착하자, 테디 가족은 밖으로 나와서 리키를 거의 울먹이며 맞이했다. 테디의 엄마는 그간 기절해 있어서 여전히 얼굴빛이 창백했다. 그날 밤 리키는 더 이상 먹을 수 없을 때까지 주는 음식을 모두 먹어치웠고 테디의 어깨 위에서 잠이 들었다. 테디의 엄마는 늦은 밤 테디의 잠자리를 보러 왔을 때 리키를 바라보며 말했다.

"리키가 우리와 테디의 목숨도 구해 주었어요." 그녀가 남편에게 이어서 말했다. "리키가 우리 모두를 구하다니 정말 놀라워요."

리키-티키는 후다닥 잠에서 깨어났다. 몽구스는 깊이 잠드는 법이 없기 때문이다.

"아, 다들 오셨네요." 리키가 이어서 말했다. "뭐가 걱정이세요? 코브라는 모두 죽었잖아요. 살아 있더라도 제가 있잖아요."

리키-티키는 자랑스러워할 만 했지만 심하게 우쭐거리지는 않았다. 몽구스가 당연히 그래야 하는 것처럼 껑충 뛰어올라 코브라를 이빨로 물어뜯어 정원을 지켰고, 그 후로 어떤 코브라도 담장 너머로 감히 머리를 들이밀며 얼씬거리지 못했다.

〈달지의 찬가〉

(리키-티키-타비를 기리며 부르는)

나는 가수이자 재단사

그래서 두 배로 즐겁다네

하늘 끝까지 닿도록 노래하리.

바느질한 둥지도 뽐내리라.

위로 아래로 음악을 엮듯, 둥지도 그렇게 엮지요.

어린 새에게 다시 노래를 불러줘요.

어미 새여, 오오 고개를 드세요!

우리를 괴롭히던 악당이 죽었으니,

정원에 살던 죽음이 사라졌네.

장미 속에 숨어 있던 두려움이 그 힘을 잃고

거름더미에 버려져 죽었다네.

우리를 구한 이는 누구, 누구일까?

둥지와 이름을 알려 주오.

리키, 용감하고 진실한

티키, 불타는 눈을 가진

리키-티키-티키, 상아빛 송곳니를 가진,

불타는 눈빛의 사냥꾼이여!

새들이 그에게 감사를 표하노니,

꼬리털을 활짝 펴고 인사하네!

나이팅게일의 노래로 찬사를-

아니, 내가 직접 찬양하리라.

들어보라! 눈은 붉은 빛을 띤 채,

병 닦는 솔 모양의 꼬리를 지닌 리키에게 찬사의 노래를 부르나니.

(이 때, 리키-티키가 끼어들어서 나머지 노래는 들을 수 없었다.)

코끼리들의 투마이

나의 본모습을 기억하리. 나는 밧줄과 쇠사슬에 지쳤다네.

예전에 지녔던 힘과 숲 속에서의 일을 기억하리.

사탕수수 한 묶음에 내 등을 팔지 않으리.

나의 종족들과, 그들의 보금자리로 돌아가리.

해가 떠 있는 한, 아침이 열리기 전까지 나아가리.

깨끗한 바람이 스치고 맑은 물이 어루만져주는 곳으로

발목에 채워진 고리도 잊고, 말뚝 울타리도 부러뜨리고

잃어버린 사랑과 자유로운 벗들을 다시 만나리.

검은 뱀이라는 뜻의 이름을 가진 칼라 나그는, 47년간 인도 정부를 위해 그 어떤 일도 가리지 않고 했다. 스무 살을 꽉 채울 무렵 잡혀 왔으니 지금은 거의 일흔이 되었다. 코끼리로서는 고령에 속했다. 칼라 나그는 이마에 커다란 가죽 보호대를 덧댄 채, 진흙 깊숙이 박힌 대포를 끌어내고 있었다. 때는 1842년의 아프간 전쟁이 일어나기 전이었고, 그때는 그리 힘이 세지 않았다. 칼라 나그의 엄마인 라다 피아리(사랑스러운 라다)는 사냥 몰이에서 칼라 나그와 함께 잡혔다. 칼라 나그의 조그마한 젖상아가 떨어져 나가기 전부터, 라다 피아리는 코끼리가 겁을 내면 다치기 마련이라고 일러두었다. 칼라 나그는 처음으로 폭탄이 터진 것을 보고 비명을 지르며 소총 더미가 있는 쪽으로 뒷걸음질을 치다가 여린 살갗은 죄다 총검에 찔렸고, 엄마의 조언이 옳다는 사실을 깨달았다. 그리하여, 스물다섯 즈음에 칼라 나그는 겁을 먹지 않기로 다짐했다. 덕분에 그는 인도 정부에서 일하는 코끼리 중 가장 총애 받고 융숭한 대접을 받게 되었다. 칼라 나그는 인도의 북부에서 치러졌던 행군에서 550킬로그램 가량의 텐트를 날랐다. 증기 기중기 끝에 매달려 배에 태워진 뒤 바다를 건너 인도로부터 아주 멀리 떨어진 기이하고 바위투성이인 나라에서 박격포를 나르기도 했으며, 테오도르 황제가 죽어서 마그달라에 누워 있는 것을 보기도 했다. 병사들에 따르면, 증기선을 타고 돌아오기 전 칼라 나그는 아비시니아 전쟁에서 훈장을 수여 받았다고 한다. 10년이 흘러 칼라 나그는 알리 무스지드라는 곳에서 추위와 발작, 배고픔과 일사병으로 동료 코끼리들이 죽어가는 것을 보았다. 그 후에는 수천 킬로미터 떨어진 남쪽 지방으로 옮겨져, 모울메인의 목재 저장소에서 대량의 티크 목재를 끌어 운반하고 쌓는 일을 했다. 그곳에서 칼라 나그는 공평하게 배당받은 일을 회피하던 어린 코끼리 한 마리를 반쯤 죽여 놓았다.

그 후 칼라 나그는 목재를 나르는 일에서 손을 떼게 되었다. 그리고는 사냥에 적합하게 길들인 수십 마리의 다른 코끼리와 가로 언덕의 야생 코끼리 사냥에 배치 받았다. 인도 정부는 매우 엄격하게 코끼리를 관리했다. 코끼리를 사냥하고 잡아서 길들인 다음 코끼리가 필요할 때 인도 남쪽이나 북쪽으로 보내는 일만 담당하는 부서도 있었다.

칼라 나그의 키는 어깨까지 3미터 정도였다. 두 엄니는 그 반 정도 길이로 짧게 잘려 끝이 뭉툭했으며, 갈라지지 않도록 구리 밴드로 감싸져 있었다. 그렇게 잘려나간 엄니로도, 엄니만 날카롭지 훈련받지 못한 코끼리들보다 일을 더욱 잘했다. 코끼리 몰이는 언덕 곳곳에 흩어진 코끼리들을 여러 주에 걸쳐 조심스레 모은 다음에, 사오십 마리 가량 되는 그 야생 동물들을 말뚝을 둘러친 울타리 안쪽으로 몰아서, 나무둥치를 묶어 만든 내리닫이문을 코끼리들 뒤로 덜커덕 닫는 식이었다. 명령이 떨어지자, 칼라 나그는 불길이 활활 타오르고, 코끼리들이 울부짖는 지옥 속으로 들어가서(보통 밤에는 횃불이 깜박이는 바람에 거리를 가늠하기 힘들어진다), 무리들 중 가장 크고 가장 사나운 코끼리를 맹렬히 공격하고 조용한 곳으로 밀어냈다. 그 사이, 사람들은 다른 코끼리들 뒤에서 밧줄을 던져 어린 코끼리들을 걸어 잡은 뒤 묶고 있었다. 칼라는 일생동안 몇 번이고 다친 호랑이와 겨뤘다. 그래서 노련하고 똑똑한 검은 뱀 칼라 나그는 싸움에 관해서 모르는 것이 없다고 해도 과언이 아니었다. 매끈한 코를 동그랗게 말아 안전하게 방어한 뒤 공중에서 머리를 잽싸게 돌리며 뛰어오르던 야수를 후려쳤다. 이 기술은 칼라가 직접 고안해낸 것이었다. 그렇게 호랑이를 쓰러뜨린 다음 녀석이 헐떡거리고 울부짖을 때까지 자기의 거대한 무릎으로 내리 누른다. 그러면 결국 호랑이는 죽고 줄무늬 호피만 바닥에 놓여 있었다.

"그래." 칼라 나그의 몰이꾼 빅 투마이가 말했다. 그는 칼라 나그를 아비시니아로 데려간 블랙 투마이의 아들이자, 칼라 나그가 잡혀오는 장면을 목격했던 '코끼리들의 투마이'의 손자였다. "검은 뱀은 나 말고는 두려울 게 없어. 우리 가문이 삼대 째 자기를 먹여주고 돌봐주는 걸 봐왔잖아. 아마 다음 대까지 살게 될 거야."

"검은 뱀은 나도 두려워한다고요." 몸에 천 하나만 달랑 걸친 채, 리틀 투마이가 몸을 일으켜 1미터가 조금 넘는 키를 쭉 뻗으면서 말했다. 그는 열 살이었고 빅 투마이의 맏아들이었다. 관습에 따라 그는 장차 아버지의 자리를 물려받아 칼라 나그의 목 위에 앉게 될 것이다. 그리고 그의 아빠와 할아버지와 증조할아버지가 닳도록 사용해서 매끈해진 몰이용 쇠막대기 안쿠스로 몰이를 지휘하게 될 터였다. 리틀 투마이는 자기 말의 뜻을 정확히 알고 있었다. 칼라 나그의 그늘 아래에서 태어나서 걷기 전부터 그의 코끝에서 놀았고, 걸을 수 있게 되자 칼라 나그를 물가로 데려갔기 때문이다. 빅 투마이가 엄니 아래에 그 작고 거무스름한 아기를 데려다 놓으며 장래의 주인과 인사를 나누라고 말했을 때 칼라 나그는 그 아기를 죽일 생각은 눈곱만큼도 하지 않았다. 꼬마의 작지만 날카로운 명령을 거역하는 일 또한 꿈도 꿔 본 적 없었다. "맞아요, 앤 나를 두려워해요." 리틀 투마이가 말했다. 그러더니 칼라 나그를 향해 두 다리를 쭉 뻗어 성큼성큼 걸어오더니, 그를 뚱뚱하고 늙은 돼지라고 부르며, 다리를 하나씩 들어 올려 보라고 했다.

"와아! 넌 정말 커다란 코끼리야." 리틀 투마이가 아버지의 말을 따라하며 부드러운 머리카락이 날리도록 고개를 흔들었다. "정부가 코끼리에 드는 비용을 주지만, 이들의 진짜 주인은 우리 코끼리 조련사들이야. 칼라 나그, 네가 나이를 먹으면 어떤 부유한 왕자가 와서 너의 몸집과 기품을 보고 정부에게 돈을 주고 너를 사겠지. 그러면 넌 귀에 금귀고리를 걸고, 등에는 황금 하우다를 얹고, 양 옆에 금으로 뒤덮인 빨간 천을 늘어뜨린 채, 왕의 행렬의 선두에서 걷는 일 말고는 아무것도 하지 않아도 돼. 오오 칼라 나그, 그 때가 되면 나는 은빛 안쿠스를 들고 네 등에 앉을 테야. 사람들은 금으로 된 지팡이를 들고 '물러나라, 왕의 코끼리 행차시다!' 하고 소리치겠지. 칼라 나그, 그렇게 되면 좋겠지만 그래도 정글에서 사냥하는 게 더 좋을 거야."

"참 나!" 빅 투마이가 말했다. "넌 그저 어린애에 불과하고 버

팔로 새끼처럼 무모하지. 언덕에 둘러싸인 채 오르내리는 이 일은 최고의 일거리가 아니야. 나는 점점 늙고 있고 야생 코끼리를 좋아하지도 않아. 벽돌로 지어진 코끼리 전용 막사와 코끼리 한 마리당 마구간 하나씩, 그들을 안전하게 묶을 수 있는 커다란 나무둥치와 운동하기 좋도록 평평하고 넓은 길이 필요할 뿐이야. 그러면 이렇게 왔다 갔다 하며 야영하지 않아도 될 텐데. 아아, 칸푸르 막사가 좋았지. 근처에 시장도 있고 하루에 세 시간만 일하면 되었는데."

리틀 투마이는 칸푸르 코끼리 야영지를 떠올리고는 아무 말도 하지 않았다. 그는 지금의 야영 생활이 훨씬 더 좋았다. 사료 비축지에서 매일 짚단을 찾아 뒤져야 하는 넓고 평평한 길바닥도 싫었고, 칼라 나그가 말뚝에 매여 안절부절못하는 걸 지켜보는 일 외에는 아무 일도 하지 않는 따분한 시간도 싫었다.

리틀 투마이가 좋아한 것은 따로 있었다. 코끼리 한 마리만 다닐 수 있을 정도의 길을 기어오르거나, 계곡물에 살짝 몸을 담가보는 것이었다, 수 킬로미터 떨어진 곳에 서 있는 야생 코끼리를 보거나 칼라 나그의 발밑에서 돼지와 공작새가 화들짝 놀라서 후다닥 도망치는 모습을 보는 일도 즐거웠다. 후덥지근한 비가 눈앞을 가릴 만큼 뿌옇게 내려 언덕과 계곡이 온통 자욱해지는 풍경과 지난밤의 야영지를 알아볼 수 없을 만큼 짙은 안개가 펼쳐진 근사한 아침 풍경도 좋았다. 그리고 침착하고 조심스럽게 야생 코끼리를 몰아가다가 마지막 날 밤에 코끼리들을 미친 듯이 질주시키는 왁자지껄한 분위기도 즐겼다. 그럴 때면 마치 산사태에서 많은 바위가 굴러 떨어지듯이 코끼리들이 말뚝을 둘러친 울타리 안으로 밀려 들어왔다. 갇혔다는 사실을 깨달은 코끼리들은 묵직한 말뚝에 부딪쳐보지만, 활활 타오르는 횃불을 들고 고함을 지르면서 공포탄을 쏘는 몰이꾼들 때문에 결국 뒤로 물러날 수밖에 없었다.

어린 남자아이들도 그곳에서는 쓸모가 있었고 특히 리틀 투마이는 제 또래 아이 셋만큼이나 쓸모가 있었다. 그는 직접 횃불을 들고 흔들었으며 누구 못지않게 소리를 질렀다. 하지만 진짜 신나는 일은 몰이가 시작된 후였다. 케다(말뚝을 둘러친 울타리)는 마치 세상의 끝을 담은 그림 같았다. 사람들은 서로 말소리를 들을 수 없어서 손짓을 주고받았다. 그럴 때면 리틀 투마이는 흔들리는 케다 꼭대기에 기어 올라갔다. 투마이의 빛바랜 갈색 머리카락은 축 늘어져 어깨 위로 온통 휘날렸는데, 마치 횃불을 든 도깨비처럼 보였다. 조금 잠잠하다 싶으면 이내 칼라 나그를 격려하는 소리가 들렸다. 리틀 투마이의 고함소리는 코끼리 울음과 굉음, 끊어지는 밧줄 소리, 밧줄에 묶인 코끼리의 신음 소리를 뛰어넘을 정도로 크고 높았다. "마엘, 마엘, 칼라 나그! (자자! 어서! 검은 뱀!) 당 두!(엄니로 들이받아!) 소말로! 소말로!(조심, 조심해야지!) 마로! 마르! (박아, 박아버려!) 말뚝을 조심해! 아레! 아레! 하이! 야이! 키야-아-아!" 리틀 투마이가 고함을 치고, 칼라 나그와 야생 코끼리는 케다를 오가며, 앞서거니 뒤서거니 엄청난 싸움을

이어갔다. 나이 든 포수들은 눈가에 맺힌 땀방울을 닦았고, 그 와중에도 말뚝 꼭대기에서 좋아서 들썩이는 리틀 투마이에게 고개를 끄덕였다.

리틀 투마이는 거기에 그치지 않았다. 어느 날 밤, 그는 말뚝을 미끄러지듯 타고 내려와서 코끼리들 사이로 슬며시 들어가서는 발길질하는 어린 코끼리의 다리를 (새끼들은 다 큰 놈들보다 늘 말썽을 일으킨다) 단단히 붙들어 매려는 몰이꾼에게 밧줄 끝을 느슨하게 만들어 던져 주었다. 리틀 투마이를 본 칼라 나그가 코로 그를 붙잡아서 빅 투마이에게 넘겨주었다. 그는 리틀 투마이를 그 자리에서 찰싹 때리고는 말뚝으로 되돌려 놓았다.

다음날 아침 리틀 투마이는 빅 투마이에게 혼쭐이 났다. "코끼리용 벽돌 막사와 작은 천막으로는 부족한 게냐? 자원해서 코끼리 사냥을 꼭 해야겠어? 쓸모없는 녀석아! 우리보다 급여가 적은 저 멍청한 사냥꾼들이 피터슨 씨에게 그 일을 일러바쳤단 말이다." 리틀 투마이는 겁에 질렸다. 백인에 대해서는 아는 바가 없지만, 그에게 피터슨 씨는 세상에서 가장 위대한 백인이었다. 피터슨은 모든 케다를 지휘하는 사람이었다. 코끼리를 잡아서 인도 정부에게 넘기는 사람이었고, 그 누구보다도 코끼리의 습성에 대해 잘 알고 있었다.

"어-어떤 일이 생길 거라고요?" 리틀 투마이가 더듬거렸다.

"그래! 최악의 상황이 벌어질게다. 피터슨 씨는 미치광이야. 그게 아니면 왜 이 야생 악마들을 사냥하겠어? 심지어 너에게 코끼리 포수 일을 맡길지도 모른다. 그럼 너는 열병이 퍼진 이 밀림 곳곳에서 잠을 자다가, 급기야 케다 안에서 밟혀 죽게 되겠지. 이 어처구니없는 짓이 무사히 끝나면 다행이지. 다음 주에 포획이 끝나면 그들이 우리를 평원에서 본부로 돌려보낼게다. 그렇게 되면 매끈한 도로에서 걸을 수도 있고 이놈의 사냥 따위 다 잊을 수 있어. 그런데 네 녀석이 지저분한 아삼 밀림 족이나 하는 일에 끼어들어서 분통이 터지는 게야. 칼라 나그는 내 말만 들을 테니 케다에 가면 내가 가야만 해. 하지만 칼라는 싸움만 하는 코끼리라서 밧줄로 코끼리 잡는 일은 돕지 않아. 그러니 코끼리 사육사에 걸맞게 나는 편히 앉아 있는 거야. 사냥 따윈 절대 하지 않고 코끼리를 사육하면서 퇴직연금을 받는 사람이라고. 코끼리를 사육하는 투마이 가문이 케다의 흙먼지 속에서 코끼리한테 밟힌다고? 못된 녀석! 되먹지 못한 놈! 하찮은 놈! 가서 칼라 나그를 씻어 주고 귀를 살펴. 발바닥에 가시는 없나 확인하고. 그렇지 않으면 피터슨 씨가 분명 네 놈을 잡아서 야생 밀렵꾼이 되라고 할게다. 코끼리 발자국이나 쫓는 놈들 알지? 밀림의 곰 같은 놈들. 창피하구나! 썩 나가!"

리틀 투마이는 아무 말도 못하고 자리를 떠나 칼라 나그의 발을 살피며 얼마나 슬픈지 털어놓았다. "상관없어." 투마이는 칼라 나그의 커다란 오른쪽 귀의 가장자리를 뒤집으며 말했다. "피터슨 씨에게 내 이름을 얘기했대. 혹시, 그러니까 만약에, 진짜 만약에, 모르는 일이지……. 우와! 이렇게 큰 가시를 뽑다니!"

그 후 며칠은 코끼리를 모으며 보냈다. 평원으로 내려가는 길에 큰 문제를 일으키지 않도록 새로 포획한 야생 코끼리들 틈에 길들인 코끼리도 두어 마리 끼어 함께 산책을 시켰다. 닳거나 숲에서 잃어버린 담요나 밧줄, 물건들의 재고조사도 했다. 피터슨 씨는 영리한 암코끼리 푸드미니를 타고 왔다. 사냥철이 끝날 무렵이라 그는 언덕에 있는 다른 야영지들에 급료를 주고 다니는 중이었다. 나무 아래 원주민 사무원이 테이블 앞에 앉아서 몰이꾼에게 급료를 주었고 돈을 받은 이들은 막사에서 출발 준비를 마친 코끼리에게 돌아갔다. 포수와 사냥꾼, 몰이꾼과 늘 밀림에 머무르는 케다의 정규직 근무자들은 피터슨 씨의 소유 재산인 코끼리의 등에 앉았다. 그들은 팔 사이에 총을 끼운 채 나무에 기대어 그곳을 떠나는 이들을 비웃거나, 새로 포획한 코끼리가 막사를 뚫고 나와 이리저리 쏘다니는 광경을 보며 웃어댔다. 리틀 투마이는 빅 투마이의 뒤를 따라 사무원에게 다가갔다. 사냥꾼의 우두머리인 마추아 아파가 친구에게 조용히 말했다. "저기 코끼리를 제대로 다룰 줄 아는 녀석이 가는구먼. 저 수컷 멧닭처럼 어린 녀석이 평원에서 자라게 되다니 참 안됐어."

그런데 피터슨 씨는 귀가 무척 밝은 사람이었다. 야생 코끼리처럼 살아 있는 생명체의 침묵까지도 귀 기울여 듣는 사람이라면 그래야만 할 것이다. 그는 푸드미니의 등에 누워 있다가 몸을 돌리며 말했다. "무슨 얘기야? 평원에서 몰이꾼을 하는 자 중에 죽은 코끼리를 밧줄로 잡아챌 만큼 재주 좋은 남자는 모르는데."

"다 큰 남자가 아니라 사내아이입니다. 마지막 몰이 때 케다에 가서 바르마오에게 밧줄을 던졌습죠. 그 때 저희는 어깨에 반점이 있는 아기 코끼리를 제 어미에게서 떼어내고 있었지요." 마추아 아파는 리틀 투마이를 가리켰고, 피터슨 씨는 그를 쳐다보았다. 리틀 투마이는 머리가 바닥에 닿도록 절을 했다.

"저 아이가 밧줄을 던졌다고? 말뚝보다 더 작은 녀석인걸. 꼬맹아, 네 이름이 뭐지?" 피터슨 씨가 말했다. 리틀 투마이는 겁에 질려서 입도 뻥긋하지 못했다. 하지만 빅 투마이가 뒤에 있는 칼라 나그에게 손으로 신호를 보내자 칼라 나그는 코로 아이를 잡아채어 푸드미니의 이마, 즉 위대한 피터슨 씨의 바로 앞까지 끌어올렸다. 그러자 투마이는 손으로 얼굴을 가렸다. 아직 어린아이에 지나지 않았기 때문이다. 투마이는 코끼리와 관련된 일이 아니면 다른 아이들만큼 수줍음을 탔다.

W.H. Drake '93.

"오호!" 피터슨 씨가 콧수염 아래에 미소를 띠며 말했다. "네 코끼리에게 왜 저런 걸 가르쳤지? 곡식을 말리려고 밖에 내놓을 때 지붕에 얹어둔 풋옥수수를 훔쳐 먹는 일에 필요해서?"

"풋옥수수가 아니라 멜론입니다, 빈민의 수호자시여." 리틀 투마이가 말하자 주위에 앉은 사람들이 크게 웃음을 터뜨렸다. 이들은 대부분 어린 시절 그런 속임수를 코끼리에게 가르쳐보았던 것이다. 리틀 투마이는 2.5미터 공중에 매달려 있었지만 오히려 그만큼 땅 속 깊이 숨고만 싶었다.

"저 아이는 제 아들 투마이입니다. 나리." 빅 투마이는 험악한 표정으로 말했다. "아주 못돼먹은 녀석이라 교도소에나 갈 녀석입죠, 나리."

"그럴 리가 있나." 피터슨 씨가 말했다. "저 나이에 케다에 들어갈 수 있는 아이라면 교도소에서 인생을 보낼 녀석은 아니네. 자, 꼬마야. 여기 4아나를 주마. 이걸로 사탕과자나 사 먹어라. 그 덥수룩한 머리털 아래에 있는 작은 머리가 똑똑하니 주는 게다. 때가 되면 너도 사냥꾼이 되겠구나." 빅 투마이는 얼굴을 잔뜩 찌푸렸다. 피터슨 씨가 말을 이었다. "하지만 명심해. 케다는 아이들이 놀만한 곳이 아니야."

"절대로 가면 안 되나요, 나리?" 리틀 투마이가 크게 한숨을 쉬며 물었다.

"갈 수야 있지." 피터슨 씨가 다시 미소를 머금으며 말했다. "코끼리가 춤을 출 때가 있지. 그때는 가도 괜찮아. 코끼리가 춤을 추면 내게 오너라. 그러면 케다란 케다는 죄다 들어가도록 허락해 주마."

다시 폭소가 터졌다. 피터슨의 말은 코끼리 포수들 사이에서 오래된 농담이었고 그 말인즉슨 절대로 들어가면 안 된다는 뜻이었다. 숲속에는 크고 깨끗하고 평평한 땅이 숨겨져 있었는데 사람들은 그곳을 코끼리들의 무도장이라 불렀다. 하지만 그 곳은 우연히 발견되는 곳이었고 코끼리가 춤을 추는 것을 본 사람은 이제껏 아무도 없었다. 몰이꾼이 자기의 기술이나 용맹스러움을 자랑할 때면 다른 몰이꾼이 "그런데 코끼리가 춤추는 건 언제 구경해보았소?"라고 묻는다.

칼라 나그는 리틀 투마이를 바닥으로 내려주었다. 투마이는 다시 머리가 땅에 닿도록 절을 하고 아버지와 함께 자리를 떴다. 4 아나는 남동생을 돌보고 있던 어머니에게 드렸다. 가족들은 모두 칼라 나그의 등에 올라탔고 웅얼대거나 큰 소리로 소리치는 코끼리들은 평원으로 이어진 언덕길 아래로 행군했다. 새로 포획한 코끼리들 때문에 행군은 시끌벅적했다. 강을 지날 때마다 말썽을 일으키고 매순간 달래거나 때려야 움직였기 때문이다.

빅 투마이는 무척 화가 나서 칼라 나그를 심술궂게 쿡쿡 찔렀지만 리틀 투마이는 너무 기쁜 나머지 아무 말도 하지 못했다. 피터슨 씨가 자기를 알아보고 돈까지 주었던 것이다. 투마이는 마치 일개 병사가 열 밖으로 나와 총사령관의 부름을 받고 칭찬을 받은 듯한 느낌이 들었다.

"피터슨 씨는 코끼리 춤을 왜 말한 거예요?" 리틀 투마이가 마침내 입을 열어 엄마에게 조용히 물었다.

빅 투마이가 이를 듣고 투덜거렸다. "그 말은 네가 이 언덕에서 물소를 쫓는 사냥꾼이 되어서는 절대로 안 된다는 소리다. 그래서 한 소리야. 야, 너! 그 앞에 가로막는 넌 뭐야?"

두어 마리의 코끼리를 앞세우고 뒤따르던 아삼족 몰이꾼이 화를 내며 돌아섰고 이렇게 소리쳤다. "칼라 나그를 이쪽으로 좀 보내서 어린 코끼리 녀석들이 말을 듣도록 혼쭐을 내야겠소. 피터슨 씨는 왜 나한테 논밭의 당나귀 같은 당신들과 함께 가라 하셨는지 몰라. 당신 짐승들을 옆으로 보내서 엄니로 좀 찌르게 하쇼. 이 언덕의 신께 맹세코, 새로 잡은 이 코끼리 녀석들은 미쳤소. 아니면 정글에 있는 자기 친구들 냄새를 맡았거나."

칼라 나그가 새로 잡은 코끼리들의 갈비뼈를 세게 쳐서 그들의 숨통을 막자 빅 투마이가 말했다. "우리는 마지막 포획 때 언덕에 있는 야생 코끼리를 싹 쓸어왔을 뿐이야. 모두 조심성 없이 몰이를 한 당신 잘못이지. 내가 전체 열을 다니면서 일일이 명령해야 되나?"

"뭐라는지 들었어?" 다른 몰이꾼이 말했다. "언덕을 싹 쓸었대! 하하! 자네 평원 사람들은 아주 잘났구만! 밀림은 구경도 못한 멍청한 양반들도 이번 사냥철 몰이가 끝난 걸 코끼리들이 이미 깨달았다는 사실 정도는 안다고. 그러니 모든 야생 코끼리가 오늘 밤에 – 그런데 왜 내가 민물거북이나 떠다니는 물가에서 내 지식을 허비하고 있는 거지?"

"코끼리들이 뭘 하는데요?" 리틀 투마이가 소리쳤다.

"오호라, 꼬마야. 거기 있었구나. 자, 내가 말해주지. 너는 똑똑하게 생각할 수 있을 테니. 춤을 출게다. 언덕에 있는 모든 코끼리를 싹쓸이한 네 애비가 오늘밤에 꼭 할 일은 말뚝에 사슬을 여러 번 감는 거야."

"뭐라는 거야?" 빅 투마이가 말했다. "사십년간 코끼리를 돌보아 왔지만 코끼리가 춤을 춘다는 뜬구름 잡는 소린 처음 들어."

"그렇겠지. 마구간에 사는 평원 사람들은 마구간을 둘러싼 사방의 벽만 알 테니까. 자, 오늘 밤 코끼리 족쇄를 풀어놓아 보시지. 무슨 일이 일어나는지 보게 말이야. 춤이라면, 내가 또 장소를 본 적이 있지. 그곳이 –. 바프리 밥! 디항 강은 왜 이렇게 구불구불한 거야? 여기 또 강이 있어서 어린 코끼리 녀석들이 헤엄쳐야 해. 그 뒤, 꼼짝 말고 기다려."

그들은 이런 식으로 말을 주거니 받거니 다투면서 첨벙대며 강을 통과했고, 새로 포획한 코끼리를 받는 야영지까지 첫 번째 행군을 마쳤다. 그러나 야영지에 다다르기 훨씬 전부터 그들은 화가 나서 인내심을 잃은 상태였다.

도착한 후에는 코끼리들의 뒷다리에 사슬을 감아 커다란 말뚝 그루터기에 매어놓았다. 여분의 밧줄이 있어 새로 잡은 코끼리들을 묶을 수 있었다. 언덕 몰이꾼들은 그들 앞에 사료를 쌓아주고는 내리쬐는 한낮의 햇볕을 뚫고 피터슨 씨에게 돌아갔다. 평원의 몰이꾼들에게 밤이 되면 각별히 조심하라고 했는데, 평원의 몰이꾼들이 이유를 묻자 그저 웃기만 했다.

리틀 투마이는 칼라 나그에게 사료를 챙겨주었고, 저녁이 되자 무척 들뜬 기분으로 탐탐을 찾아 야영지를 이리저리 돌아다녔다. 인도 아이들은 마음이 벅차올라도 마구 뛰어다니거나 아무렇게나 고함을 치지 않는다. 그저 앉아서 혼자만의 축하잔치를 벌인다. 피터슨 씨가 리틀 투마이 얘기를 듣게 되다니! 리틀 투마이는 손바닥으로 치는 작은 북 탐탐이 너무나 간절했고 못 찾으면 앓아누울 정도였다. 다행히 야영지의 사탕과자 판매원이 그에게 작은 탐탐을 빌려 주었다. 리틀 투마이는 별빛이 고개를 내밀기 시작할 즈음 칼라 나그 앞에 책상다리를 하고 앉아서 탐탐을 무릎 위에 얹고는 두들기고, 두들기고, 또 두들겼다. 그 날 있었던 위대하고 명예로웠던 순간을 떠올리면 떠올릴수록, 코끼리 여물에 홀로 앉아 더욱 세게 북을 쳤다. 선율도, 가사도 필요 없었다. 그저 두들기는 것만으로도 리틀 투마이는 기분이 좋았다. 새로 포획한 코끼리들은 밧줄에 지쳐서 이따금씩 소리를 지르거나 나팔소리를 내며 울어댔다. 리틀 투마이의 엄마가 야영지의 마구간에서 노래를 부르며 동생을 재우는 소리도 들렸다. 모든 동물의 먹이를 정해준 위대한 시바 신에 관한 아주 오래된 노래로, 매우 감미로운 자장가였다. 첫 소절은 다음과 같았다.

추수할 수 있도록 아낌없이 베풀고 바람을 보내주시는 시바 신이시여,

태곳적 문간에 앉아서

왕좌의 왕부터 문 앞의 거지에 이르기까지

사람들에게 제 몫의 음식, 고통과 운명을 나누어 주시었네.

천지를 창조하신 분, 수호자 시바 신이시여.

마하데오! 마하데오! 만물을 창조하신 분

낙타에게는 가시나무를, 소에게는 여물을

졸린 아이에게 엄마의 마음을 주시네. 오 내 예쁜 아들!

리틀 투마이는 졸려서 칼라 나그의 옆에 있는 사료에 몸을 쭉 뻗어 누울 때까지, 흥에 겨워 노랫말이 끝날 때마다 탐탐을 두들겼다. 마침내 코끼리들은 늘 그랬던 것처럼 한 마리씩 눕기 시작했다. 하지만 줄의 맨 오른쪽 끝에 있던 칼라 나그만 계속 서 있었다. 그는 몸을 천천히 흔들었다. 언덕을 가로지르며 밤바람이 매우 부드럽게 불었다. 칼라 나그는 바람소리에 귀를 기울였다. 대나무 줄기들이 맞부딪히는 소리와 덤불 속에 살아 있는 무언가가 바스락거리는 소리, 잠이 반쯤 깬 새들이 몸을 긁으며 짹짹대는 소리(새들은 밤사이 생각보다 훨씬 자주 깬다), 아주 저 멀리서 들려오는 물 떨어지는 소리 등, 들려올 수 있는 온갖 소리들이 모여 하나의 커다란 정적을 이루며 밤공기를 메웠다. 리틀 투마이는 한참 동안 잤다. 눈을 뜨자 눈부신 달빛이 드리워져 있었고, 칼라 나그는 귀를 쫑긋거리며 가만히 서 있었다. 리틀 투마이는 사료 더미 위에서 바스락거리며 돌아누웠다. 별이 이는 하늘의 절반을 배경으로, 칼라 나그의 커다란 등 곡선이 흘렀다. 그 사이 들려오는 야생 코끼리가 "후뚜" 하는 소리는 너무 아득해서 바늘이 적막을 찔러 난 구멍에서 새어나오는 것처럼 느껴졌다.

막사에 있던 모든 코끼리들이 총을 맞은 것처럼 펄쩍 뛰었고, 그 울음소리는 급기야 코끼리 조련사의 잠을 깨웠다. 그들은 나와서 나무망치로 말뚝 못을 때려 박고 모두 조용해질 때까지 밧줄을 꽉 조이고 매듭을 묶었다. 포획한 코끼리 중 한 마리는 말뚝을 거의 파내다시피 했다. 빅 투마이는 칼라 나그의 발에 감은 사슬을 빼내어 그 코끼리의 앞다리와 뒷다리까지 묶었다. 대신 칼라 나그의 발에는 풀로 만든 고리를 슬며시 밀어 넣고는 단단히 묶여 있다는 점을 명심하라고 일러두었다. 빅 투마이도, 그의 아버지도, 그의 할아버지도, 전에 그와 같은 일을 수백 번쯤 했다는 것을 칼라 나그는 알았다. 평소답지 않게 칼라는 목을 꺽꺽 울리며 대답하지 않았다. 고개는 살짝 치켜들고 귀는 부채처럼 펼친 채, 달빛 너머 거대한 만곡을 이루는 가로 언덕을 바라보며 가만히 서 있었다.

"밤사이에 저 녀석이 얌전히 있는지 살피도록 해." 빅 투마이가 리틀 투마이에게 말하고는 마구간으로 들어가서 잠들었다. 리틀 투마이도 잠들려던 차에 야자 껍질로 만든 끈이 '핑' 끊어지는 소리를 들었다. 협곡 입구에서 구름이 흘러나오듯 칼라 나그가 자기 말뚝 밖으로 천천히 그리고 조용히 걸어 나왔다. 리틀 투마이는 후다닥 맨발로 칼라 나그를 뒤따라 달빛이 드리워진 길로 내려가며 나지막한 소리로 말했다. "칼라 나그! 칼라 나그! 나도 데려가, 칼라 나그!" 코끼리는 돌아보더니, 달빛 아래에 있는 아이 쪽으로 소리 없이 성큼성큼 세 걸음 뒷걸음질 쳤다. 그런 다음 코로 아이를 그네 태워 자기 목 위에 올렸고, 리틀 투마이가 미처 제대로 앉기도 전에 숲 속으로 미끄러지듯 들어가 버렸다.

막사에서는 한 줄기 성난 코끼리 울음소리가 터져 나왔지만 곧 정적이 모든 것을 뒤덮었다. 칼라 나그는 움직이기 시작했다. 파도가 배의 옆면을 씻어 내리듯 가끔 높이 자란 잔디 다발이 그의 옆을 스쳤다. 순비기나무 덩굴이 그의 등을 긁었고, 칼라 나그의 어깨에 닿은 대나무가 삐걱거렸다. 하지만 그 동안에도 칼라 나그는 소리 없이 걸었다. 마치 연기처럼, 표류하듯 빽빽한 가로 숲을 통과했다. 칼라 나그는 오르막을 오르고 있었다. 리틀 투마이는 나무 틈 사이로 별을 보았지만 어디로 가고 있는지는 통 알 수 없었다. 칼라 나그는 언덕 꼭대기에 도착했고 잠시 멈추었다. 리틀 투마이는 달빛 아래 수 마일에 걸쳐져 있는 얼룩덜룩하고 북슬북슬한 나무들의 우듬지와, 골짜기를 따라 흐르는 강 위로 푸르스름하고 창백한 안개가 드리워진 풍경을 볼 수 있었다. 투마이가 몸을 숙이고 바라보자 저 아래에 있는 숲이 깨어나 살아서 북적이는 듯했다. 과일을 먹는 커다란 밤색 박쥐가 그의 귓가를 스쳐 날아갔다. 고슴도치의 가시가 잡목 숲에서 바스락거렸다. 나무둥치 사이의 어둠 속에서는 멧돼지가 축축하고 뜨끈한 땅을 열심히 파고, 판 곳을 킁킁거리는 소리가 났다. 가지들은 리틀 투마

이의 머리 위에 닿을 듯 말 듯했다. 칼라 나그는 계곡 아래로 내려가기 시작했다. 이번에는 조용히 가지 않았다. 마치 제동 장치가 풀린 대포가 가파른 비탈을 타고 아래로 내려가듯 급속도로 내려갔다. 큼지막한 네 다리는 한 걸음에 약 3미터씩 피스톤처럼 꾸준히 오르내렸고, 관절 부위의 접힌 피부는 사각거렸다. 칼라 나그의 양쪽에 있던 관목들은 캔버스 천을 찢는 듯한 소리를 내며 찢어졌다. 어깨에 밀린 묘목들은 다시 튕겨 올라 칼라 나그의 옆구리를 후려쳤다. 머리를 좌우로 흔들며 지나갈 길을 뚫자 엄청난 덩굴식물이 한데 뒤엉켜 엄니에 드리워졌다. 리틀 투마이는 휙휙 움직이는 가지에 휩쓸려 땅바닥으로 떨어지지 않으려고 몸을 숙여 칼라 나그의 굵은 목에 바짝 붙었다. 그쯤 되니 막사로 다시 돌아가고 싶은 마음이 간절했다. 잔디는 질퍽질퍽해지기 시작했고, 칼라 나그의 발은 젖어서 내려놓을 때마다 철벅철벅 소리가 났다. 리틀 투마이는 계곡 바닥에 깔린 밤안개 때문에 으슬으슬 추웠다. 물이 튀고 첨벙거렸으며, 콸콸 흐르는 물소리도 들렸다. 칼라 나그는 발로 조심스레 더듬으며 강을 성큼성큼 통과했다. 칼라 나그의 다리를 굽이치며 감싸는 물소리 너머로 상류와 하류에서 더욱 첨벙대는 소리와 코끼리 우는 소리가 들렸다. 크게 웅얼대는 소리와 성난 듯 힝힝거리는 콧소리도 들렸다. 투마이를 둘러싼 안개는 모두 넘실거리며 물결치는 그림자처럼 보였다. "아아, 코끼리 친구들이 오늘 밤 외출하는 거야. 아까 말했던 그 춤을 추려나 봐!" 투마이가 이를 딱딱 맞부딪치며 반쯤 잠긴 목소리로 소리쳤다.

칼라 나그는 철썩 물을 튀겼고 코 속의 물을 말끔하게 뿜어낸 뒤 다시 언덕을 오르기 시작했다. 이번에는 혼자가 아니었다. 길을 새로 낼 필요도 없었다. 칼라 나그 앞으로 이미 2미터 너비의 길이 펼쳐져 있었는데 굽었던 밀림 잔디는 길 위에서 원래 모양으로 일어서고 있었다. 여러 마리의 코끼리가 몇 분 전에 그 길을 지난 것이 틀림없었다. 리틀 투마이는 뒤를 돌아보았다. 엄니가 달린 무척 큰 야생 코끼리가 뜨거운 숯 같은 조그마한 눈을 반짝이며 몸을 일으켜 안개 낀 강물 밖으로 나오고 있었다. 그러자 나무들이 다시 드리워졌다. 코끼리들은 나팔 소리를 내거나 요란하게 울어대면서 계속해서 걷고 올랐다. 그들이 지날 때마다 나뭇가지가 부러지는 소리도 들렸다. 마침내 칼라 나그는 언덕의 맨 꼭대기에 있는 두 나무둥치 사이에 가만히 섰다. 사오천 평 정도의 모양이 고르지 못한 땅 여기저기에는 한 쌍의 나무둥치들이 원을 그리며 자라 있었다. 칼라 나그의 나무둥치도 그 중 일부였다. 리틀 투마이는 그 공간에 있는 땅은 모두 벽돌바닥처럼 단단하게 밟힌 것을 알게 되었다. 어떤 나무는 공터의 한복판에 자라기도 했지만 그 나무껍질은 벗겨져 있었다. 껍질이 벗겨진 흰색 부분은 달빛을 받아 모두 반짝이거나 윤이 났다. 그 위로부터 드리워진 덩굴나무와 종처럼 핀 꽃, 밀랍의 광택이 도는 커다란 것들이 삼색메꽃처럼 아래로 늘어져 깊은 잠에 빠져 있었다. 하지만 공터를 이루는 땅에서는 녹색 빛이 도는 잎사귀 하나조차 보이지 않았다. 오직 밟혀서 굳어진 땅만 보일 뿐이었다. 달빛이 비친 땅은 몇몇 코끼리가 서 있는 곳 외에 모두 잿빛 회색을 이루었다. 코끼리들의 그림자는 아주 새까맸다. 리틀 투마이는 머리 밖으로 튀어나올 것처럼 놀란 눈을 뜨고 숨을 죽인 채 그 광경을 지켜보았다. 그렇게 지켜보는 사이, 점점 더 많은 코끼리가 몸을 흔들며 나무둥치 사이로부터 탁 트인 공간으로 나왔다. 리틀 투마이는 열까지만 셀 수 있었고 손가락으로 열을 세고 또 세다가 그 열 번을 몇 번이나 셌는지 잊어버리고 말았다. 머리가 핑 돌기 시작했다. 코끼리들은 공터 밖의 언덕 위로 오르는 동안은 덤불 속에서 요란하게 울어댔지만 나무둥치로 이루어진 원 안에만 들어서면 마치 유령처럼 움직였다.

하얀 엄니가 달린 야생 수코끼리의 목주름과 접힌 귀에는 낙엽과 열매, 나뭇가지가 물려 있었다. 뚱뚱하고 느릿느릿하게 걷는 암코끼리도 있었는데, 배 아래에서는 겨우 1미터가 넘는 작고 연분홍빛이 도는 거무스름한 새끼 코끼리가 열심히 뛰고 있었다. 한창 젊은 코끼리는 엄니가 갓 자라기 시작해서 거드름을 피웠다. 흐느적거리고 앙상하게 여윈 노처녀 코끼리의 표정에는 근심이 서려 있고 얼굴은 움푹 꺼져 있었으며, 코는 거친 나무껍데기 같았다. 몹시 사납고 늙은 수코끼리의 어깨와 옆구리 사이에는 여러 싸움에서 얻은 크고 길고 부르튼 상처와 베인 흉터가 그려져 있었고, 진흙찜질을 홀로 한 뒤 들러붙은 흙이 어깨에서 뚝뚝 떨어졌다. 어떤 코끼리는 엄니가 부러지거나 제대로 강타당한 흔적이 있었는데, 호랑이가 발톱으로 옆구리에 무시무시한 선을 긁어놓은 것이었다. 코끼리들은 서로 얼굴을 맞댄 채 서 있거나 짝을 지어 땅 위를 이리저리 걷거나, 혹은 홀로 몸을 흔들었다. 족히 수십 마리는 되었다. 투마이는 칼라 나그의 목에만 잘 누워 있으면 아무 일도 없으리라고 생각했다. 케다에서 야생 코끼리를 몰면서 서로 세게 부딪히거나 앞 다투어 밀치는 상황에서도 코를 뻗어 길들인 코끼리의 목에서 사람을 끌어내리는 일 따윈 없었다. 게다가 다들 그날 밤에는 사람은 안중에도 없었다. 한번은 숲에서 족쇄가 쟁그랑거리는 소리를 듣고서 펄쩍 뛰거나 귀를 앞으로 세우긴 했지만, 나타난 것은 피터슨 씨의 애완 코끼리 푸드미니였다. 족쇄가 끊어진 채로 끙끙거리고 킁킁대며 언덕 위를 올라온 것이었다. 분명 말뚝을 부수고 피터슨 씨의 야영지로부터 곧장 왔을 것이다. 또 다른 코끼리도 보였는데 리틀 투마이가 모르는 녀석이었다. 등과 가슴에는 밧줄이 깊게 패인 자국이 있었는데 녀석도 분명 근처 언덕에 있는 어떤 야영지에서 도망쳐 온 것이었으리라.

마침내, 숲에서 코끼리가 움직이는 소리는 더 이상 들려오지 않았다. 칼라 나그는 자신이 서 있던 나무둥치 자리에서 꺽꺽 목을 울리면서 서서히 걸어서 무리 한가운데로 나왔다. 그러자 코끼리들은 모두 자기만의 언어로 말하고 돌아다니기 시작했다. 리틀 투마이는 여전히 누운 채 널찍한 등 수십 개와 귀를 흔들고 코를 발딱 들거나 작은 눈을 굴리는 코끼리들을 내려다보았다. 어쩌다가 엄니들이 부딪히는 소리도 났다. 서로 코가 휘감겨 건조하게 바스락거리는 소리와 무리 속에서 거대한 옆구리와 어깨가 서로 스치는 소리, 훽훽, 쉭쉭 하며 커다란 꼬리를 휘두르는 소리도 쉴 새 없이 들려왔다. 그 때 달을 구름이 가렸고 리틀 투마이는 깜깜한 어둠 속에 앉아 있었다. 코끼리들은 조용한 가운데 이전처럼 떠밀거나 누르거나 꺽꺽대며 목을 울렸다. 리틀 투마이는 코끼리들이 모두 칼라 나그를 빙 둘러쌌다는 것, 그 모임에서 슬쩍 빠져나갈 수 없다는 것을 알고는 이를 악물고 부들부들 떨었다. 케다에서는 적어도 횃불이나 고함소리가 있었지만 그 캄캄한 곳에서는 오로지 혼자였다. 한 번 정도 어느 코끼리의 코가 올라와 그의 무릎에 닿았을 뿐이었다.

그때 한 코끼리가 나팔소리를 내며 울었고 다른 코끼리들도 모두 5초에서 장장 10초 동안이나 함께 울었다. 어두워서 보이지 않는 코끼리의 등 위로 나무 위 이슬이 비처럼 후두둑 떨어졌고, 둔탁하게 울리는 소리가 나기 시작했다. 처음에는 그렇게 크지 않아서 무슨 소리인지 알 수 없었지만 그 소리가 점점 커졌다. 칼라 나그는 한 쪽 앞발을 들고 다른 앞발도 든 다음, 두 발을 땅에 같이 내렸다. 하나, 둘, 하나, 둘, 기계 망치처럼 계속 그렇게 발을 굴렀다. 곧 코끼리들은 모두 함께 발을 굴렀고 그 소리는 마치 굴 입구에서 울리는 전쟁 북소리처럼 들렸다. 이슬은 남김없이 떨어졌고, 울림도 계속되어 땅이 흔들렸다. 리틀 투마이는 두 손으로 귀를 막았다. 하지만 수백 개의 발을 맨 땅 위에 쿵쿵 구르는 소

리는 투마이의 몸 속 곳곳을 파고들만큼 엄청난 충격이었다. 한두 번은 칼라 나그와 다른 코끼리들이 모두 앞으로 성큼성큼 물결치듯 몇 걸음을 내딛는 것을 느낄 수 있었다. 쿵쿵거리는 소리는 촉촉하고 녹색 빛이 도는 풀들이 멍이 드는, 짓밟히는 듯한 소리로 바뀔 것만 같았다. 하지만 일이 분 후에 쿵 하고 두 발을 땅에 구르는 소리가 다시 시작되었다. 투마이 근처에 있는 나무는 삐걱거리며 신음했다. 그는 손을 뻗어 나무껍질을 더듬었지만, 칼라 나그는 계속 발을 구르며 앞으로 나아갔다. 리틀 투마이는 자기가 공터 어디쯤에 있는지 알 수 없었다. 두어 마리의 새끼 코끼리가 딱 한 번 함께 끽 하는 소리를 내는 것 말고는 다른 코끼리들은 어떤 소리도 내지 않았다. 그때 쿵 내려찍은 후 발을 질질 끄는 소리가 들렸다. 그리고는 쾅 하는 소리가 계속되었다. 그렇게 두 시간은 족히 흐른 것이 틀림없었다. 리틀 투마이는 온몸이 쑤셨지만 밤공기의 냄새로 날이 밝아오고 있다는 것을 알아차렸다.

아침이 밝아오자 푸른 언덕 저 편은 온통 노란빛으로 물들었다. 첫 햇빛이 솟아오르자 쿵쾅거리는 소리가 멎었다. 빛이 멈추라는 명령을 내린 것만 같았다. 리틀 투마이의 머리에서 그 울림이 사라지기도 전에, 고개를 들기도 전에 코끼리들은 모두 시야에서 사라졌다. 칼라 나그와 푸드미니, 그리고 밧줄 자국이 패인 코끼리만 남아 있었다. 코끼리들이 갈 법한 언덕 아래에서도 어떤 신호나 바스락거리는 소리, 살랑대는 소리조차 들리지 않았다. 리틀 투마이는 계속해서 둘러보았다. 공터는 밤사이 더 넓어졌다. 한가운데에는 더욱 많은 나무들이 서 있었지만, 공터 옆의 덤불과 밀림잔디는 모두 뒤로 말려 있었다. 리틀 투마이는 한 번 더 찬찬히 살펴보았다. 이제 그 쿵쿵거림이 무엇이었는지 알 수 있었다. 코끼리들은 더 많은 공간을 확보하며 땅을 밟았다. 두꺼운 잔디와 즙이 가득 찬 줄기를 밟아 찌꺼기로 만들고, 그 찌꺼기는 여러 조각으로, 여러 조각들은 아주 작은 섬유질로, 섬유질은 단단한 땅이 된 것이다.

"와아!" 리틀 투마이가 말했다. 눈꺼풀이 무거웠다. "칼라 나그, 나의 코끼리님. 푸드미니 옆에 붙어서 피터슨 씨의 야영지로 가자. 안 그러면 네 목에서 떨어질 것 같아."

세 번째 코끼리는 다른 두 코끼리가 가버리는 것을 지켜보고서는 콧김을 뿜으며 뒤돌아서 자기 갈 길을 갔다. 그 코끼리는 아마도 백에서 이백 킬로미터 정도 떨어져 있는 어떤 원주민 부족의 코끼리였던 모양이다.

두 시간 뒤 피터슨 씨가 이른 아침식사를 하고 있을 때, 전날 밤 이중 사슬에 묶여 있던 코끼리가 나팔소리로 울어대기 시작했다. 진흙탕에 어깨까지 빠진 푸드미니가 칼라 나그와 함께 욱신대는 발을 디디며 비틀비틀 야영지로 들어왔다. 리틀 투마이의 얼굴은 잿빛으로 초췌해졌고, 머리카락은 잎사귀와 이슬에 푹 절어 있었다. 그럼에도 피터슨 씨에게는 인사를 하려 애썼고 힘겹게 소리쳤다. "그 춤이요. 코끼리 춤! 제가 봤어요. 힘들어 죽을 것 같아요!" 칼라 나그가 주저앉자, 리틀 투마이는 실신해서 칼라 나그의 목을 타고 쭉 미끄러졌다.

하지만 인도의 여느 아이들과 달리 두 시간이 지난 뒤, 투마이는 피터슨 씨의 수렵복을 머리 아래에 베고 매우 만족스러운 듯 피터슨 씨의 해먹에 누워 있었다. 따뜻한 우유 한 잔과 약간의 브랜디와 키니네로 정신을 차린 뒤였다. 늙고 털이 많은데다 흉터 자국이 남은 밀림의 사냥꾼들이 세 줄로 투마이 앞에 앉아 마치 정령을 쳐다보듯 아이를 바라보았다. 투마이는 여느 아이가 그러듯 그들에게 짧게 이야기를 들려주고는, 이렇게 마무리를 지었다.

"자, 제가 한마디라도 거짓말한 게 있는지 알아보셔도 상관없어요. 코끼리 친구들이 자기들의 무도회장을 밟아서 더 넓은 공간을 마련해놓은 걸 보게 될 테니까요. 그리고 그 무도회장으로 난 열 개에, 또 열 개, 아주 많은 열 개의 길을 발견할 거예요. 코끼리들이 발로 공간을 더욱 많이 넓혔어요. 제가 봤어요. 칼라 나그의 등에 타서 본걸요. 칼라 나그도 발에 힘이 다 빠졌잖아요!"

리틀 투마이는 뒤로 기대어 오후 내내, 땅거미가 질 때까지 잠을 잤다. 투마이가 자는 사이 피터슨 씨와 마추아 아파는 언덕을 가로질러 두 코끼리를 따라 25킬로미터 가량 걸어가 보았다. 피터슨 씨는 열여덟 해 동안 코끼리를 포획하는 일을 해 왔지만 그런 곳은 단 한 번밖에 보지 못했다. 마추아 아파는 그 공터에서 무슨 일이 있었는지 금방 알아차렸다. 다시 살펴보거나 단단히 다져서 굳힌 땅을 발톱으로 긁어볼 필요도 없었다.

"아이 말이 맞았습니다." 마추아 아파가 말했다. "이 모든 게 어제 밤에 일어난 일입니다. 강을 건너면서 세어보니 일흔 마리의 발자국이 나 있었습니다. 보십시오, 나리. 푸드미니의 발에 채웠던 쇳덩어리가 저 나무껍질을 베어 버렸습니다! 맞아요. 푸드미니도 여기 있었던 겁니다." 그들은 서로를 쳐다보았고 시선이 위아래로 흔들렸다. 놀라운 일이었다. 흑인이건 백인이건 관계없이, 인간이 가늠할 수 있는 코끼리의 습성에 관한 지식을 훌쩍 뛰어넘었던 것이다.

"마흔하고도 다섯 해 동안이나 코끼리들을 추적했지만 이 아이가 보았던 것을 본 사람 이야기는 들어 본 적이 없습니다." 마추아 아파가 말했다. "언덕의 모든 신들을 두고서, 이 일에 대해—뭐라 말할 수 있을까요?" 그는 고개를 가로저었다.

야영지로 돌아오니 저녁 시간이었다. 피터슨 씨는 막사에서 홀로 식사를 했다. 하지만 두 마리의 양과 몇 마리의 가금류, 뿐만 아니라 밀가루와 쌀, 소금 배급량을 두 배로 늘리라고 지시했다. 축제가 벌어질 것을 예상했던 것이다. 빅 투마이는 평원의 야영지에서 아들과 코끼리를 찾으러 부리나케 쫓아왔지만 막상 그들을 발견하고서는 두려운 듯 쳐다보았다. 타오르는 모닥불 주변에 축제가 열렸다. 그 앞 말뚝에 매어놓은 코끼리들의 막사가 있었다. 리틀 투마이는 모두의 영웅이었다. 덩치가 크고 구릿빛 피부를 가진 포수, 사냥꾼과 몰이꾼, 목동, 그리고 야생 코끼리의 비밀을 모두 파헤친 사람들이 한 명씩 리틀 투마이 앞으로 와서 갓 잡은 수탉의 가슴에서 흐른 피로 리틀 투마이의 이마에 표식을 남겼다. 투마이가 숲의 주민이며 밀림 어디든지 자유롭게 오갈 수 있음을 알리기 위해서였다.

마침내 불길이 사그라졌고, 코끼리들은 통나무의 붉은 빛 때문에 피로 물든 것처럼 보였다. 마추아 아파는 모든 케다에서 일하는 몰이꾼들의 수장이었다. 또한 그는 피터슨 씨의 분신이며, 지난 사십년간 포장된 도로는 본 적도 없었다. 그 이름도 위대한 마추아 아파, 세상에 단 하나뿐인 마추아 아파인 그가 벌떡 일어서서 리틀 투마이를 공중으로 번쩍 들어 올려 이렇게 외쳤다.

"들으시오, 형제들. 막사에 있는 우리 코끼리님들도 들어주시오. 이 꼬마는 더 이상 리틀 투마이로 불리지 않을 것이오. 대신, 이 아이의 증조부처럼 '코끼리들의 투마이'로 불릴 것이오. 이 아이는 인간이 한 번도 보지 못한 것을 기나긴 밤 내내 보았소. 또한 이 아이는 코끼리 부족과 밀림의 신들의 사랑도 받고 있소. 이 아이는 훌륭한 사냥꾼이 될 것이오. 나보다, 이 마추아 아파보다 훨씬 훌륭해질 것이오! 새로운 발자국도, 오래된 발자국도, 여러 발자국이 뒤섞인 곳도 초롱초롱한 눈으로 모두 추적하게 될 것이오! 케다에서 커다란 엄니를 가진 짐승에게 밧줄을 던지기 위해 그들의 배꼽 아래에서 달릴지언정, 어떤 부상도 입지 않을 것이오. 돌진하는 수코끼리의 발 위에서 미끄러진다 한들 모두 이 아이가 누구인지 알고 그를 밟지 않을 것이오. 아이하이! 사슬에 묶인 우리 코끼리님들이여!" 그는 막사의 말뚝을 빙 돌며 말을 이었다. "여기 당신들의 은신처에서 춤을 추는 것을 본 아이가 있나이다. 인간이 한 번도 보지 못한 그 모습을 말입니다! 그에게 경의를 표해 주십시오! 살람 카로, 나의 아이들아. 코끼리들의 투마이에게 정중히 인사를 올려라! 군가 페르샤드, 아하! 히라 구즈, 버치 구즈, 쿠타 구즈, 아하! 푸드미니, 너희들은 그가 무도회장에 있는 것을 보았다. 그리고 진주처럼 귀한 칼라 나그 너도 보았다. 아하! 모두들! 코끼리들의 투마이를 향하여. 바라오!"

그 커다란 마지막 외침에 모든 코끼리들은 코끝이 이마에 닿을 정도로 코를 있는 힘껏 치켜 올리고 정중하게 경의를 표했다. 인도의 총독이 들을법한, 훌륭하고 우렁찬 코끼리 나팔소리였다.

하지만 그것은 바로 케다에서 볼 수 있는 최고의 예식, 그 누구도 아닌 리틀 투마이에게 올리는 예식이었다. 누구도 본 적이 없는 코끼리들의 춤을 한밤중에 홀로 가로 언덕의 심장부에서 지켜본 투마이에게 보내는 경의였던 것이다!

〈시바신과 메뚜기〉

(투마이의 엄마가 아기에게 불러준 노래)

추수할 수 있도록 아낌없이 베풀고 바람을 보내주시는 시바 신이시여,
태곳적 문간에 앉아서
왕좌의 왕부터 문 앞의 거지에 이르기까지
사람들에게 제 몫의 음식, 고통과 운명을 나누어 주시었네.
천지를 창조하신 분, 수호자 시바 신이시여.
마하데오! 마하데오! 만물을 창조하신 분
낙타에게는 가시나무를, 소에게는 여물을
졸린 아이에게 엄마의 마음을 주시네. 오 내 예쁜 아들!

부자에게는 밀을, 가난한 이들에게는 수수를 주셨고,
집집마다 구걸하는 성자에게는 남은 부스러기를 주셨으며,
호랑이에게는 싸움을, 탐욕스러운 자에게는 썩은 고기를,
사악한 늑대들에게도 벽 없이 밤을 보내도록 넝마와 뼈를 주시네.
그분께는 너무 오만한 자도, 너무 비천한 자도 없다네—
시바 신 옆에 있던 파르바티는 그들이 오가는 것을 지켜보고는,
지아비인 시바 신을 속이기로 마음먹고, 조롱거리로 삼으려 했다네.
파르바티는 작은 메뚜기를 훔쳐 자기 품에 숨기고는
수호자이신 시바 신을 속였다네.
마하데오! 마하데오! 뒤돌아보세요.

큰 것은 낙타, 무거운 것은 암소,

하지만 이것은 세상에서 가장 작은, 오오 우리 어린 아들입니다!

시바 신이 모두 베푼 후, 그녀는 웃으며 말하였네.

"주군이시여, 수많은 입들 중에, 먹이지 않은 자가 있나요?"

시바신이 웃으며 답하였네, "모두 각자의 몫을 받았다,

그 녀석, 네 품안에 숨겨둔 그 작은 녀석조차도."

도둑 파르바티가 품안에서 아이를 꺼냈더니,

세상에서 가장 작은 그 아이가 갓 피어난 이파리를 갉아먹고 있었네!

그 광경에 겁을 먹고 놀라서 시바 신에게 기도를 올렸다네.

살아 있는 모든 생명에게 빠짐없이 양식을 주신 그 분께.

만물을 창조하신 분—우리의 수호자 시바 신이시여.

마하데오! 마하데오! 만물을 창조하신 분

낙타에게는 가시나무를, 소에게는 여물을

졸린 아이에게 엄마의 마음을 주시네. 오 내 예쁜 아들!

여왕 폐하의 신하들

분수나 간단한 비례식으로 답은 찾을 수 있다네,
하지만 트위들덤과 트위들디*의 방식이 똑같지는 않다네.
그만두기 전까지 구부리거나, 돌리거나, 엮을 수 있지만,
필리 윙키와 윙키 팝의 방식이 똑같지는 않다네!

한 달 내내 폭우가 내리고 있었다. 비는 막사 위로 내렸으며, 삼만 명의 인간들과 수천 마리의 낙타, 코끼리, 말, 수송아지, 노새들이 라왈핀디라는 곳에 모두 함께 모여 있었다. 인도의 총독이 열병식을 참관할 예정이었다. 아프가니스탄의 왕이 손님으로 와

* 루이스 캐럴이 쓴 《거울 나라의 앨리스》에 등장하는 쌍둥이들의 이름

있었는데, 미개한 나라의 미개한 왕이었다. 왕은 팔백 명의 신하와 말을 거느리고 왔는데 신하와 말들은 캠프나 기관차를 한 번도 본 적이 없었다. 중앙아시아 변두리 출신의 야만인과 야생마들이었다. 매일 밤마다 이 말들은 떼를 지어 달아나지 못하도록 묶어놓은 밧줄을 끊고, 어둠 속에서 진창을 지나 주둔지 사방을 우르르 달리곤 했다. 또는 낙타들이 도망가서 온 사방을 뛰어다니고 텐트를 쳐놓은 줄에 걸려 넘어졌다. 이 때문에 잠들려고 애쓰던 신하들이 얼마나 우스워했을지 독자들도 상상할 수 있을 것이다. 내가 있던 텐트는 낙타들이 있던 곳에서 멀리 떨어져 있어서 안전하다고 생각했지만 어느 날 밤, 한 남자가 텐트 안으로 머리를 들이밀더니 소리쳤다. "빨리 나와! 놈들이 몰려오고 있다고! 내 텐트는 벌써 무너졌어!"

나는 "놈들"이 누구인지 알고 있었기에 군화를 신고 우비를 걸친 뒤에 진창길로 허둥지둥 뛰쳐나왔다. 나의 폭스테리어 강아지

빅슨은 텐트의 다른 쪽을 통해서 밖으로 나왔다. 으르렁, 꿀꿀, 부글부글 소리가 들렸다. 지지대가 뚝 꺾이면서 텐트가 무너지고 정신 나간 귀신처럼 미친 듯이 춤추기 시작했다. 낙타가 어둠 속에서 더듬거리다가 텐트에 부딪친 것이었다. 온몸이 비에 젖고 화가 났지만, 웃음이 터지고 말았다. 얼마나 많은 낙타들이 도망을 갔는지 알 수 없었기 때문에 나는 뛰기 시작했다. 나는 진창길을 지나 가까스로 나아갔고, 얼마 지나지 않아서 텐트는 더 이상 보이지 않았다.

그러다가 결국 나는 대포 끝에 걸려 넘어졌고, 포열 근처 어딘가에 와 있다는 사실을 깨닫게 되었다. 포열은 밤에 대포들을 거치해놓는 곳을 뜻한다. 나는 이슬비가 내리는 어둠 속에서 더 이상 첨벙거리고 싶지 않았기 때문에 총을 세워놓고 총구에 비옷을 덮어씌운 뒤 꽂을대를 두세 개 찾아내어 작은 원형 천막을 세웠다. 대포 옆에 누워서 나는 내 개가 어디로 가버렸으며, 나는 도대체 어디에 와 있는지를 생각하고 있었다.

내가 막 잠이 들려고 할 때 히힝 소리와 마구의 딸랑딸랑 소리가 들렸고, 노새 한 마리가 젖은 귀를 흔들면서 나를 지나갔다. 그 안장 위에서 쇠띠와 고리와 사슬과 그 밖의 많은 것들이 덜거덕거리는 소리가 들리는 것을 보니 나선형 포대 소속인 것 같았다. 나선형 포는 두 부분이 연결된 조그만 대포로, 사용할 때에는 두 부분이 맞물려 돌아갔다. 주로 산 위에 노새가 길을 찾을 수 있는 곳은 어디든지 설치했으며, 바위가 많은 지역에서 전투를 할 때 매우 쓸모가 있다. 노새 뒤에 낙타가 한 마리 있었다. 낙타의 크고 부드러운 두 발은 진창 속에서 미끄러지며 철벅거렸고 낙타의 목은 길 잃은 암탉처럼 앞뒤로 까닥거렸다. 다행히 나는 짐승들의 언어를, 그러니까 당연히 야생동물 언어가 아니라 막사에 주둔한 동물들의 언어를 원주민에게 배워 알고 있었다. 내 텐트에 털썩 주저앉은 것이 그 낙타임에 틀림없었다. 낙타가 노새에게 이렇게 소리쳤기 때문이다. "이제 어떡하지? 이제 어떡하지? 나는 하얀 것과 싸움을 벌였는데, 그게 장대를 쑥 뽑아들더니 내 목을 쳤어. (그것은 내 부러진 텐트 기둥이었고, 그 사실을 알아서 나는 무척 기뻤다.) 계속 도망가야 하나?"

"아, 바로 너였구나." 노새가 말했다. "지금껏 너와 네 친구들이 지금까지 막사에서 소란을 피웠단 말이지? 좋아. 내일 아침에 이 일로 매를 좀 맞게 될 거야. 하지만 일단 지금 미리 널 좀 혼내야겠다."

노새가 뒷걸음치면서 딸랑거리는 마구 소리가 들렸다. 노새가 낙타의 갈비뼈를 두 번 걷어찬 것이었다. "이젠," 노새가 말했다. "'도둑이다. 불이야!'라고 소리 지르면서 밤에 노새 막사를 달리면 어떻게 되는지 잘 알았겠지. 가만히 앉아 있어. 목은 흔들지 말고. 이 멍청아."

낙타는 접이식 자처럼 몸을 웅크렸고, 훌쩍거리며 주저앉았다. 어둠 속에서 딸그락딸그락 말발굽 소리가 들려왔다. 커다란 기병대 말이 행진하는 것처럼 절도 있게 달려와 대포 끝 부분을 뛰어넘어 노새 가까이에 착지했다.

“체면이 말이 아니군.” 기병대 말이 콧바람을 내뿜으며 말했다. “낙타들이 또 우리 전선에 와서 소란을 피우다니. 이번 주만 해도 벌써 세 번째야. 잠을 못 자는데, 어떻게 컨디션을 유지하겠어? 그런데 넌 누구냐?”

“나는 첫 번째 나선형 포병대대의 2번포를 맞고 있는 약실 담당 노새다.” 노새가 말했다. “그리고 다른 놈은 당신 친구인가 보군. 나도 덕분에 깼다고. 그런데 넌 누구냐?”

“9번 창기병, E부대, 15번 딕 컨리프의 말이다. 저기에 좀 떨어져 서 있어.”

“오, 미안하네.” 노새가 말했다. “너무 어두워서 못 봤어. 이 낙타들 너무 진절머리가 나지. 난 그저 조용히 잠깐 쉬려고 나온 거야.”

“각하,” 낙타가 우물거리며 말했다. “저희는 밤에 악몽을 꿔서 무척 겁에 질렸습니다. 저는 39 원주민 보병대대의 수화물 낙타일 따름입니다. 각하만큼 용감하지는 않습니다.”

“그러면 부대 막사를 이리저리 뛰어다니지 말고, 그냥 조용히 있다가 39 원주민 보병대대의 짐을 나르는 게 어때?” 노새가 말했다.

“정말 끔찍한 악몽을 꿔서요.” 낙타가 말했다. “죄송합니다. 잠깐만요! 무슨 소리죠? 또 도망쳐야 할까요?

“앉아. 안 그러면 대포들 사이에서 네 긴 막대기 같은 다리가 부러질 테니까.” 노새가 그렇게 말하더니 한쪽 귀를 곧추세우고 귀를 기울였다. "수송아지들이군!" 노새가 말했다. "대포 끄는 수송아지들. 세상에 자네와 자네 친구들이 부대를 아주 제대로 깨웠잖아. 저들을 상대하려면 힘이 얼마나 많이 드는데."

땅 위로 쇠사슬을 끄는 소리가 들렸고, 거대하고 뿌루퉁한 흰 수송아지 한 쌍이 함께 어깨를 맞대고 왔다. 수송아지는 코끼리들이 발포하는 곳에 더 가까이 가려 하지 않을 때, 대신 무거운 공성포를 날랐다. 그리고 다른 포대의 노새가 거의 쇠사슬을 밟을 정도로 바짝 붙어서는 "빌리!"라고 외치고 있었다.

"우리 신병이야." 늙은 노새가 기병대 말에게 말했다. "날 찾고 있군. 이리 와, 젊은이, 쇠사슬 끄는 소리는 그만 내고. 어둠 속에서는 아무도 다치지 않을 테니까."

대포 담당 수송아지가 함께 누워 되새김질을 시작했다. 하지만 어린 노새는 빌리에게 옹송그리며 가까이 붙었다.

"무서워요!" 노새가 말했다. "빌리! 우리가 잠들어 있을 때, 저 놈들이 우리 전선에 왔어요. 우리를 죽이려는 거 아녜요?"

"너를 한 방 냅다 차버리고 싶은데." 빌리가 말했다. "키가 1미터 40센티미터가 넘는 훈련받은 노새가 이 신사분 앞에서 부대의 명예에 먹칠을 하다니!"

"진정해! 진정!" 기병대 말이 말했다. "노새들도 처음에는 늘 이렇다는 거 기억하라고. 내가 처음으로 인간을 봤을 때 (세 살이었을 때, 호주에서 말이지) 반나절을 도망쳤어. 만약 내가 낙타를 봤다면 여전히 달리고 있을걸."

인도의 영국 기병대 말들은 거의 대부분 호주에서 들여와서 부대원들이 직접 훈련시킨다.

"그렇긴 하지." 빌리가 말했다. "신참, 그만 떨어. 인간들이 내 등에 처음으로 줄과 함께 마구를 씌웠을 때, 나는 뒷발을 들고 전부 다 걷어차 버렸지. 걷어차는 법을 정식으로 배운 적은 없었지만, 포대 대원들은 나처럼 걷어차는 모습은 생전 처음 본다고 했어."

"그렇지만 마구의 짤랑거리는 소리가 아니었어요." 어린 노새가 말했다. "아시다시피 나는 이제 괜찮아요. 빌리. 나무 같은 게 전선 위로 쓰러졌고, 거품이 부글부글 일었어요. 그러더니 내 머리에 달린 줄이 끊어졌고, 나는 나를 몰던 병사를 찾을 수 없었어요. 게다가 빌리, 당신도요. 그래서 달린 거예요. 이 신사분과 함께."

"흠!" 빌리가 말했다. "낙타들이 도망치는 소리를 듣자마자 혼자 빠져나와 이쪽으로 왔어. 나선 포대 노새가 포대 수송아지들을 신사라고 하다니 무척이나 놀란 게 틀림없어. 거기 땅 위에 넌 누구지?"

대포 수송아지들은 되새김질을 하면서 동시에 대답했다. "대형 포대 첫 번째 포의 일곱 번째 멍에를 맡고 있지. 낙타들이 왔을 때, 우리는 잠들어 있었어. 하지만 우리를 짓밟고 지나갔을 때, 우리는 눈을 떠서 나왔고. 좋은 짚 위에서 방해받으면서 자느니 차라리 진창에서 조용히 누워 있는 편이 낫지. 여기 있는 네 낙타 친구에게 아무것도 무서워할 필요가 없다고 말했지만 낙타는 아는 게 많아서 그런지 생각이 다른 것 같던데. 하하!"

수송아지들은 계속 되새김질을 했다.

"무서워한다는 말이지." 빌리가 말했다. "넌 수송아지들에게서 비웃음을 사는구나. 참 좋겠네. 애송이 녀석아."

어린 노새가 이빨을 딱딱거리면서 늙은 거세소는 무섭지 않다는 등 떠드는 소리가 들렸다. 하지만 수송아지들은 뿔을 부딪치면서 되새김질만 계속 할 뿐이었다.

"자, 네가 겁이 났다고 해서 화내지는 마. 그게 바로 가장 못난 겁쟁이가 하는 짓이니까." 기병대 말이 말했다. "밤엔 누구라도 알 수 없는 것들을 봤다면 겁에 질리는 것도 무리가 아니라고 생각해. 우리도 말뚝을 부수고 뛰쳐나온 적이 한두 번이 아니야. 그것도 사백 오십 마리가 한꺼번에 말이지. 왜냐하면 신병이 고향 호주의 채찍 뱀 이야기를 했는데, 그 뒤에 우리는 머리에 매인 고삐가 늘어진 것을 보고 그만 무서워 죽을 것 같았거든."

"막사에서는 그래도 괜찮아." 빌리가 말했다. "나도 우르르 몰려간다고 해서 부끄럽지는 않아. 하루나 이틀 정도밖에 나가지 못하면 재미로 그런 적도 있으니까. 그런데 실전에서는 무슨 일을 하지?"

"오, 그건 완전히 다른 얘기인데." 기병대 말이 말했다. "딕 컨리프가 등에 올라타서 양쪽 무릎으로 내 옆구리를 치면서 몰아. 내가 해야 할 일은 발을 어디에 내딛을지 확실히 보고, 뒷발은 들어 올리지 않고, 고삐를 잘 따르는 거지."

"'고삐를 잘 따른다'는 게 뭐죠?" 어린 노새가 말했다.

"어디 촌구석에서 유칼립투스 뜯어먹는 소리하고 있네." 기병대 말이 콧방귀를 뀌면서 말했다. "노새로 일하면서 고삐를 잘 따른다는 법도 배우지 않았단 말이야? 어떻게 그럴 수 있지? 고삐가 목을 누르면 바로 돌아서야 해. 네 주인에게는 생사가 걸린 문제야. 물론 너에게도 그렇고. 목에 고삐를 당기는 느낌이 들면 바로 뒷발로 돌 준비를 해야 해. 만약에 방향을 바꿀 공간이 없으면, 약간 몸을 일으키고, 뒷발로 서서 방향을 바꾸는 거, 그게 바로 고삐에 잘 따르는 것이지."

"우리는 그런 식으로 배우지는 않았어." 노새 빌리가 퉁명스러운 목소리로 말했다. "우리는 앞에서 우리를 모는 주인의 명령에 따르도록 배웠어. 그가 앞으로 가라고 하면 가고, 멈추라고 하면 멈추고. 내 생각에 결국 마찬가지인 것 같아. 이제 이렇게 멋진 훈련과 사육을 받고 나서, 뒷다리 무릎 관절에는 분명히 안 좋겠지만, 어떤 일을 해?"

"경우에 따라 달라." 기병대 말이 말했다. "나는 대개 칼을 들고 소리를 질러대는 털투성이 사람들 속으로 달려가야 해. 그들의 길고, 번쩍이는 칼에 비하면 장제사*의 칼은 아무것도 아니지. 나는 딕의 군화가 옆 사람의 군화에 살짝 닿거나 구겨지지 않도록 신경 써야 해. 딕의 창이 내 오른쪽 눈의 옆에 보이면, 내가 무사하다는 것을 알지. 급할 때는 딕과 내게 맞서는 인간이나 말은 신경 쓰면 안 돼."

"칼에 베이면 아프지 않나요?" 어린 노새가 말했다.

"뭐, 난 가슴에 한 번 베인 적이 있긴 하지만 딕의 잘못은 아니야-"

"저라면 누구 잘못인지 따졌을 거예요. 정말 아프다면!" 어린 노새가 말했다.

"그럼, 꼭 그러렴." 기병대 말이 말했다. "네가 주인을 믿지 못하면, 곧바로 도망치는 편이 나아. 우리 중에도 실제로 그런 말이 있어. 하지만 나는 그 말들을 탓하지 않아. 내가 말한 대로 내가 다쳤던 것은 딕의 잘못이 아니야. 땅에 누워 있는 사람이 있기에 나는 그를 밟지 않으려고 몸을 쭉 뻗었지. 하지만 그가 칼로 나를 베어버렸어. 다음번에 내가 누워 있는 사람 위를 지나가야 한다면 그냥 힘껏 밟고 지나가버릴 거야."

---

* 말발굽기술자로 발굽이나 편자의 상태를 점검해서 말발굽을 깎고 편자를 가공해서 장착하는 사람.

"흠!" 빌리가 말했다. "정말 바보같이 들리는군. 칼은 언제나 그렇지만 지저분한 물건이지. 정말 해볼 만한 일은 산에 오르는 것이지. 균형을 맞춰 안장을 싣고, 네 다리로 버티면서 몸부림치며 나아가다 보면 수백 미터 위의 절벽에서 튀어나온 바위에 도착하는데 발굽을 겨우 디딜 자리밖에 없지. 그런 다음에 가만히 서서 조용히 있는 거야. 이봐, 애송이. 주인에게 머리 좀 잡아달라고 하지는 마. 대포들이 한 곳에 모일 동안 가만히 있어. 그런 다음에 저 작은 포탄들이 저 밑의 나무 꼭대기 위로 떨어지는 것을 보는 거지."

"발을 헛디딘 적은 없나?" 기병대 말이 말했다.

"노새가 발을 헛디디다니 수탉이 알을 낳을 일이군." 빌리가 말했다. "가끔 안장을 잘못 싣는 바람에 노새가 헛디딜 수 있지만, 그런 경우는 아주 드물지. 우리가 하는 일을 자네에게 보여주고 싶군. 아름다우니까. 인간들이 의도하는 것이 뭔지 알아내는 데만 삼 년이 걸렸지. 만물의 이치 중의 하나는 절대 수평선을 등지고 나타나면 안 된다는 거야. 왜냐하면 만약 그랬다가는 포탄을 맞을 수 있으니까. 애송이, 기억해 둬. 되도록 항상 눈에 띄지 않도록 몸을 숨겨야 해. 가던 길을 벗어나서 1킬로미터를 넘게 가더라도 말야. 그런 식으로 산을 올라가야 하면 내가 부대를 이끌지."

"포를 쏘는 사람들에게 미처 달려들 기회도 없이 공격을 당하다니!" 기병대 말이 골똘히 생각하면서 말했다. "나라면 도저히 못 견딜 것 같아. 돌격하고 싶을 거야– 딕과 함께 말이지."

"이런, 아냐, 그럴 수 없을 거야. 너도 알다시피 일단 대포들이 배치되면, 공격은 죄다 대포들이 하니까. 그게 과학적이고 깔끔하지. 하지만 칼이란-휴!"

수화물을 나르는 낙타는 아까부터 앞뒤로 머리를 까닥거리면서 한마디 하고 싶어서 기회를 엿보고 있었다. 그러다가 헛기침을 하며 초조하게 말하는 소리가 들렸다.

"나-나-난 전투는 좀 해봤지만, 높은 곳을 올라가거나 달려보지는 못했어요."

"그렇겠지. 이제 말을 꺼내서 하는 말인데." 빌리가 말했다. "높은 곳을 올라가거나 멀리 뛰기에 알맞은 몸을 타고난 것 같지는 않아 보여. 음, 낙타 양반은 어떻게 싸우지?"

"가장 알맞은 방식은," 낙타가 말했다. "우리 모두 앉아서 -."

"어휴, 안장 끈 풀리는 소리하고 있네!" 기병대 말이 작은 소리로 말했다. "앉아서라니!"

"우리는 모두 앉아서 - 백 마리가 말이죠." 낙타가 계속 말했다. "커다란 사각형 모양으로 말이에요. 그러면 사람들이 사각형 밖에서 우리의 배낭과 안장을 쌓아올려요. 그런 뒤에 우리 등에 몸을 맡기고 사방을 향해 총을 쏘죠."

"어떤 인간? 만나는 사람은 누구든지 그렇게 하게 한단 말이야?" 기병대 말이 말했다. "승마학교에서는 우리보고 앉게 하고, 주인이 우리에게 몸을 기대어 총을 쏘도록 가르쳤어. 그렇지만 그렇게 해도 좋을 정도로 믿음이 가는 사람은 딕 컨리프밖에 없어. 그럴 때에는 배에 매는 뱃대끈이 간지러운데다가, 머리를 땅 위에 내려놓고 있어서 보이지가 않거든."

"총을 누가 쏘는지가 무슨 상관인가요?" 낙타가 말했다. "바로 옆에는 수많은 사람들과 수많은 낙타들이 있고, 연기로 자욱한데 말이에요. 그럴 때 나는 무섭지 않아요. 가만히 앉아서 기다리죠."

"아니, 그런데," 빌리가 말했다. "밤에 악몽을 꿨다고 부대를 발칵 뒤집어 놓는단 말이야? 허 참! 내가 앉기 전에, 무릎을 꿇는 것은 말할 것도 없거니와 누가 와서 내게 기대어 총을 쏜다면 내 발굽으로 그의 머리를 냅다 걷어찰 거야. 이렇게 어처구니없는 얘기 들어본 적 있어?"

긴 침묵이 흐른 뒤에 대포 수송아지들 중 한 마리가 커다란 머리를 들고 말했다. "정말 어리석군. 전투를 하는 방법은 한 가지뿐이야."

"아, 어디 말해봐." 빌리가 말했다. "제발 난 신경 쓰지 말고. 자네들은 꼬리로 서서 싸우나?"

"오직 한 가지 방법뿐이지." 두 마리가 함께 말했다. (둘은 쌍둥이인 것이 분명했다.) "이게 바로 그 방식이야. 두 꼬리가 울자마자 스무 쌍의 수송아지들이 대포를 옮기는 거야." ('두 꼬리'는 부대에서 코끼리를 뜻하는 은어이다.)

"두 꼬리가 왜 울어요?" 어린 노새가 말했다.

"반대편의 연기가 나는 쪽으로는 더 가까이 가지 않겠다는 것을 보여주기 위해서지. 두 꼬리는 정말 겁쟁이니까. 그래서 우리는 대포를 함께 당기지-히야-훌라!-히야! 훌라! 우리는 고양이처럼 높은 곳을 기어오르지 않고, 송아지들처럼 뛰지 않지. 우리 스무 쌍의 수송아지는 평원을 가로지른 뒤에 멍에를 벗고 풀을 뜯어. 그 동안 대포들이 평원 저 멀리 떨어진 마을을 향해 꽝 울리면 흙벽이 무너져 내리면서 소떼가 집으로 오는 것처럼 먼지가 피어오르지."

"아니! 그 시간에 풀을 뜯는다고요?" 어린 노새가 말했다.

"그때든 다른 때든. 먹는 것은 언제든 즐거운 일이니까. 우리는 풀을 뜯다가 다시 멍에를 쓰고 대포를 끌고 두 꼬리가 기다리는 곳으로 되돌아오지. 이따금 도시 쪽에서 되쏘는 대포들이 있어서 우리 중 몇몇은 죽기도 해. 그러면 살아남은 우리들이 먹을 풀이 늘어나지. 그게 바로 운명이야. 그렇더라도 두 꼬리는 정말 겁쟁이야. 이게 바로 우리에게 어울리는 우리만의 싸우는 방식이지. 우리는 하푸르* 출신이거든. 우리의 아버지는 시바 신의 신성한 황소였어. 전에도 말했지만."

"음, 확실히 오늘밤엔 뭔가 새로운 것들을 알게 되는군." 기병대 말이 말했다. "그러니까 나선형 포대의 두 신사분은 대포 포격을 받는 와중에도 배가 고프다고 느낀단 말인가? 두 꼬리가 뒤에 있는데도?"

"주저앉고 싶다거나, 사람들이 자신 위에 대자로 눕게 하고 싶다거나, 칼을 든 사람들에게로 뛰어들고 싶다니. 한 번도 그런 이

* 뉴델리에서 동쪽으로 65km 떨어진 곳에 있는 도시.

야기는 들어본 적이 없어. 노새인 나는 바위 턱을 지나갈 때 짐을 잘 싣고, 믿음이 가는 주인이 내게 길도 맡겨놓으면 더 바랄 게 없어. 하지만-다른 것들은-아니야!" 빌리는 쿵 발을 구르면서 말했다.

"당연하지." 기병대 말이 말했다. "저마다 똑같은 방식으로 창조되지는 않았으니까. 그리고 자네 가족, 그러니까 자네 아버지 쪽으로는 분명히 이런 위대한 많은 것들을 이해하지 못할 것 같군."

"우리 가족, 특히 아버지 쪽 얘기는 하지 마." 빌리가 화를 내며 말했다. 왜냐하면 모든 노새들은 아버지가 당나귀라는 사실을 상기시키는 것을 무척 싫어하기 때문이다. "아버지는 남부 출신의 신사였고, 당신이 마주치는 말들은 전부 물어뜯거나 발로 걷어찰 수 있었다는 사실을 기억해 둬. 이 덩치 큰 갈색 브럼비야!"

브럼비란 품종 개량을 하지 않은 야생마를 뜻한다. 유명한 경주마 오몬드가 마차를 끄는 보잘 것 없는 말에게서 "말라깽이 늙은이"라는 말을 들었을 때의 기분을 짐작해본다면, 이 호주산 말이 어떻게 느꼈을지 상상할 수 있을 것이다. 어둠속에서 빛나는 말의 눈이 보였다.

"이봐, 이 수입산 말라가 수컷 당나귀 자식아." 화가 난 말이 이빨을 꽉 깨물며 말했다. "우리 외가 쪽으로 말할 것 같으면 멜버른 컵 대회 우승자인 카빈이 있다는 것을 알려두어야겠군. 내 고향에서는 장난감 콩알 총 부대 출신의 앵무새처럼 입만 나불대고, 돼지처럼 고집불통인 노새 따위한테 당하는 것은 영 익숙하지 않아서 말이지. 싸울 준비 됐나?"

"좋아. 덤벼!" 빌리가 날카롭게 소리쳤다. 둘 다 서로를 마주보며 일어섰고, 곧 격렬한 싸움이 벌어질 것 같았다. 그때 오른쪽 어둠 속에서 우르릉 소리가 들려왔다. "얘들아, 대체 뭣 때문에 싸우는 거냐? 조용히들 해라."

두 짐승은 지긋지긋하다는 듯 콧방귀를 뀌면서 두 발을 땅 위에 내려놓았다. 말도 노새도 코끼리의 목소리는 도저히 견딜 수 없었기 때문이다.

"두 꼬리다." 기병대 말이 말했다. "도저히 못 봐주겠네. 양쪽에 꼬리가 하나씩 달리다니 불공평해!"

"내 말이 그렇다니까." 빌리가 기병대 말에게 알랑거리며 곁으로 다가가 말했다. "우리도 어떤 점은 아주 닮았단 말이야."

"어머니에게서 물려받았는지도 모르지." 기병대 말이 말했다. "그런 우리가 싸울 필요는 없잖아. 어이! 두 꼬리, 너 묶여 있냐?"

"그래." 두 꼬리가 코를 번쩍 들어 올리며 말했다. "밤에는 묶여 있단다. 너희들이 하는 말을 다 들었어. 하지만 겁낼 필요는 없어. 그쪽으로 건너가진 않을 테니까."

수송아지들과 낙타가 약간 큰 목소리로 말했다. "두 꼬리를 겁낸다고? 말도 안 돼!" 그리고 수송아지들이 이어 말했다. "자네가 그 말을 들었다니 미안하군. 그래도 사실이니까. 어이, 두 꼬리, 자네는 대포를 발사할 때 왜 그렇게 무서워하지?"

"음," 두 꼬리가 뒷다리로 다른 다리를 문지르면서 시를 외우는 어린 소년처럼 더듬거리며 말했다. "너희들이 과연 내 말을 이해할 수 있을지를 잘 모르겠어."

"이해하든 못하든, 우리가 대포를 끌어야 하잖아." 수송아지들이 말했다.

"나도 알아. 너희들이 스스로 생각하는 것보다 훨씬 더 용감하다는 것도 알고 있어. 하지만 난 너희들과 달라. 부대장은 지난번에 나를 시대착오적인 후피동물*이라고 불렀거든."

"그것은 또 다른 싸우는 방식 같은데?" 빌리가 생기를 되찾으며 말했다.

"물론, 너희들은 그게 뭘 뜻하는지를 모르겠지만 난 알아. 그것은 이도저도 아니게 어중간하다는 뜻이야. 그게 바로 지금의 나라고. 포탄이 터지면 어떤 일이 벌어질지를 나는 알지만, 너희 수송아지들은 모르지."

"난 알아." 기병대 말이 말했다. "적어도 조금은. 그 생각을 하지 않으려고 애를 쓰지."

"넌 너보다 더 많은 것을 볼 수 있고, 그것에 대해 생각해. 내가 신경 쓸 일도 많은데다 내가 아플 때 치료할 줄 아는 사람이 아무도 없다는 것도 알아. 그들은 그저 내가 나을 때까지 조련사의 급료를 주지 않을 뿐이야. 난 조련사를 믿을 수 없어."

"아!" 기병대 말이 말했다. "이제 까닭을 알겠군. 나는 딕을 믿

* 가죽이 두꺼운 동물. 키플링이 글을 쓸 당시 이 용어는 이미 더 이상 쓰이지 않고 있었다.

을 수 있는데."

"네가 딕과 같은 인간들을 아무리 많이 데려와서 내 등에 태운다고 해도 내 기분은 조금도 더 나아지지 않을 거야. 난 마냥 편히 지내기에는 너무 많이 알고 있지만, 그런 마음을 이겨내고 나아가기에는 내가 아는 것이 부족해."

"무슨 말인지 모르겠어." 수송아지들이 말했다.

"너희들이 이해하지 못한다는 건 나도 알아. 너희들에게 하는 말이 아니야. 너희는 피가 뭔지도 모르니까."

"우리도 알아." 수송아지들이 말했다. "그것은 붉은 색으로 땅에 스며들고 냄새가 나잖아."

그러자 기병대 말은 땅을 박차고 펄쩍 뛰어오르면서 콧김을 뿜었다.

"그 얘기는 하지 마." 기병대 말이 말했다. "생각만 해도 냄새나는 것 같으니까. 피 생각만 해도 나는 막 달아나고 싶어져. 내 등에 딕만 없다면 말이지."

"하지만 여기에는 피가 없는데." 낙타와 수송아지들이 말했다. "왜 그렇게 멍청하지?"

"피를 보면 정말 기분이 나빠." 빌리가 말했다. "도망갈 정도까진 아니지만, 피 얘기는 더 이상 하고 싶지 않아."

"그것 보라고!" 두 꼬리가 이에 대해 설명하고 싶어서 꼬리를 흔들며 말했다.

"그래, 보라고. 우린 밤새 여기 있었어." 수송아지들이 말했다.

두 꼬리가 발을 굴렀고, 발에 찬 쇠고리가 절그럭거렸다. "난 너희들에게 말하는 게 아니야. 너희들은 자신의 머릿속도 못 보잖아."

"아니, 우린 눈이 네 개인걸." 수송아지들이 말했다. "우린 앞을 똑바로 본다고."

"다른 건 몰라도 내가 너희들 같다면, 너희들이 대포를 끌지 않아도 될 텐데. 우리 대장 같은 분만 된다면 좋을 텐데. 그 분은 포격이 시작되기도 전에 자기 머릿속을 훤히 들여다보고 사시나무 떨듯 떨어. 하지만 아는 게 워낙 많아서 도망을 못 가. 그분처럼만 된다면 대포를 끌 수 있을 텐데. 하지만 내가 그리 똑똑하면 여기 있겠어? 늘 그랬듯이 하루의 반을 자거나 원할 때마다 목욕도 하면서 숲 속의 왕처럼 살겠지. 한 달 동안 제대로 씻질 못했네."

"그런 건 다 괜찮아." 빌리가 이어서 말했다. "그런데 말이 길어진다고 나아질 건 없어."

"조용!" 기병대 말이 말했다. "두 꼬리가 뭘 말하는지 알 것 같아."

"조금만 있으면 더 잘 알게 될 거야." 두 꼬리가 화를 내며 말했다. "이제 네가 왜 이 소리를 싫어하는지도 말해봐!"

두 꼬리는 화가 나서 목청껏 나팔 소리로 울었다.

"그만해!" 빌리와 기병대 말이 함께 소리쳤다. 발을 구르고 부르르 떨리는 소리도 들렸다. 코끼리의 울음소리는 늘 끔찍했지만 캄캄한 밤에는 유난히 고약했다.

"멈추지 않을 테다." 두 꼬리가 말했다. "왜 싫은지 이유를 대봐. 으르렁! 끄응! 뿌으응!" 코끼리는 그렇게 큰 소리로 울다가 갑자기 멈췄다. 어둠 속에서 무언가가 조그마하게 낑낑대는 소리가 들렸다. 빅슨이 마침내 나를 찾아낸 것이다. 코끼리가 세상에서 가장 무서워하는 게 왕왕 짖어대는 작은 개라는 사실을 빅슨도 나만큼 잘 알고 있었다. 빅슨은 말뚝에 매인 두 꼬리를 괴롭히려고 멈춰 서고는 코끼리의 커다란 발을 빙빙 돌며 요란하게 짖어댔다. 두 꼬리는 이리저리 몸을 흔들며 끙끙거렸다. "저리 가, 손톱만한 강아지 녀석!" 그가 말했다. "내 발목 근처에서 킁킁대지 말라고! 확 차버릴 테니까. 착하고 작은 강아지야, 그렇지? 말 잘 듣지? 집에 가버려. 시끄럽게 짖어대는 작은 짐승 녀석! 오, 누가 쟤 좀 안 데려가나? 금방 날 물 거 같아."

"내가 보기엔," 빌리가 기병대 말에게 말했다. "우리 친구 두 꼬리는 안 무서운 게 없을 정도야. 행군하는 길바닥에서 내가 강아지를 차버릴 때마다 여물을 얻어먹기만 해도 거의 두 꼬리만큼 살이 찔 텐데."

내가 휘파람을 부르자 온 몸에 진흙이 묻은 빅슨이 달려왔다. 빅슨은 내 코끝을 핥더니 부대를 샅샅이 뒤지면서 나를 찾아다닌 기나긴 이야기를 들려주었다. 나는 빅슨에게 내가 짐승들의 말을 알아들을 수 있다고 말해주지 않았는데, 그랬으면 버릇없이 행동할 것 같아서였다. 나는 빅슨을 내 외투 속 가슴팍에 품고 단추를 채웠다. 두 꼬리는 몸을 이리저리 흔들고 쿵쾅거리며 발을 구르고 으르렁거리며 중얼거렸다.

"말도 안 돼! 납득할 수 없다고!" 그가 말했다. "우릴 코끼리에게 이런 겁쟁이의 피가 흐르다니. 그런데 그 고약하고 쥐새끼만 한 녀석은 어디로 가버린 거야?"

두 꼬리가 코로 이리저리 더듬는 소리가 들렸다.

"우린 모두 각자의 방식으로 반응하나 봐." 코로 나팔소리를 내면서 두 꼬리가 계속 말했다. "아, 이제 알았어. 내가 코로 나팔을 불면 너희 신사 양반들이 안절부절못하는 거군."

"정확하게 말하면, 안절부절못하는 게 아니야. 안장이 있어야 할 곳에 말벌이 앉은 느낌이랄까. 그러니까 그 소린 다시 내지 말아줘."

"나는 작은 강아지가 무서워. 여기에 있는 낙타는 밤에 악몽을 꿔서 벌벌 떨고."

"우리 모두 똑같은 방식으로 싸우지 않아도 되니 정말 다행이야." 기병대 말이 말했다.

"궁금한 게 있는데요." 오랫동안 잠자코 있던 어린 노새가 입을 떼며 말했다. "궁금한 게 뭐냐 하면요. 도무지 왜 싸워야 하는지 모르겠어요."

"명령을 받았으니까." 기병대 말이 경멸하듯이 콧방귀를 끼며 말했다.

"명령이라." 노새 빌리가 말하더니 이를 악 물었다.

"후큼 하이!(명령이야!)" 낙타가 까르륵거리며 말했고, 두 꼬리와 수송아지도 따라했다. "후큼 하이!"

"맞아요. 그런데 누가 명령을 내리나요?" 신병 노새가 말했다.

"네 머리말에 선 사람이나 등에 탄 사람, 아니면 코에 건 밧줄을 붙잡은 사람, 아니면 네 꼬리를 비트는 사람이지." 빌리와 기병대 말, 낙타와 수송아지가 한 마리씩 차례로 대답했다.

"하지만 그들에게는 누가 명령을 내리나요?"

"너무 많은 걸 알려고 하는군. 어린 녀석." 빌리가 말했다. "그런 식이면 걷어차이기 딱 좋다고. 그저 머리말에 있는 사람에게 순종하고 아무것도 묻지 마. 그게 네가 할 일이야."

"그렇고말고." 두 꼬리가 말했다. "나는 어중간해서 늘 복종할 수만은 없지만, 빌리 말이 맞아. 네 옆에서 명령을 내리는 사람에게 복종해야 해. 아니면 중대 전체가 멈춰서는데다 호되게 매질을 당하게 될 거야."

대포를 끄는 수송아지 부대가 몸을 일으켰다. "아침이 밝아오니 원래 있던 열로 복귀하겠어. 우리 수송아지들은 눈에 보이는 것만 보는데다 똑똑하지 못하지. 그래 맞아. 그래도 오늘 밤 두려움에 떨지 않은 건 우리뿐이잖아. 잘 자, 용감한 친구들."

이 말에 아무도 대답하지 않았다. 그러더니 기병대 말이 화제를 바꾸며 운을 떼었다. "그 작은 개는 어디에 있지? 개가 돌아다니면 주변에 사람이 있다는 뜻인데."

"나 여기 있어." 빅슨이 계속 시끄럽게 짖었다. "대포의 엉덩이 아래쪽이야. 사람과 함께 있지. 이 덩치만 큰 실수투성이 짐승아!

낙타 네 놈이 우리 부대를 쑥대밭으로 만들어 놓아서 우리 주인님이 노발대발하셨다고."

"어휴!" 수송아지들이 말했다. "백인이 분명하구만!"

"당연히 백인이지." 빅슨이 말했다. "그럼 인도인 수송아지 몰이꾼이 나를 돌본다고 생각한 거야?"

"후우! 우우! 우후!" 수송아지들이 말했다. "빨리 가버리자고." 그러다 수송아지들은 진흙에 푹 빠졌고, 탄약을 실은 수레의 장대에 멍에가 걸려버렸다.

"저런, 어쩌다 그런 짓을." 빌리가 차분하게 말했다. "너무 애쓰진 마. 해가 뜰 때까지 기다리라고. 도대체 왜 그리 허둥댄 거야?"

수송아지들은 인도의 소들이 그러듯, 쉭쉭거리고 길게 콧김을 뿜으며 가려고 했다. 그러더니 밀었다 당기며 몸을 비틀다가, 쿵쿵 발을 구르고 미끄러지며 급기야 거의 진창에 빠질 뻔해서 사납게 으르렁거렸다.

"그러다 금방 목이라도 부러지겠다." 기병대 말이 말했다. "백인이 어때서? 난 그들이랑 같이 지낸다고."

"놈들이 – 우릴 – 잡아먹어! 당겨!" 가까이 있던 수송아지가 말했다. 팅- 소리를 내며 멍에가 끊어졌고 모두 우르르 흩어졌다.

전에는 인도의 소들이 영국인들이 왜 그렇게 무서워하는지 알지 못했다. 우리는 소고기를 먹고—소몰이꾼들은 손도 대지 않았지만—소들은 그 사실을 당연히 좋아하지 않을 터였다.

"등에 씌운 안장 사슬에 얻어맞는 게 낫지! 덩치 큰 두 살덩이가 정신을 잃을지 누가 알았겠어?" 빌리가 말했다.

"신경 쓰지 마. 여기 이 사람을 잘 살펴봐야겠어. 내가 알기론, 백인들은 대부분 주머니에 뭘 넣어두거든." 기병대 말이 말했다.

"그럼, 잘 있어. 백인들이 아주 좋다고 말하진 못하겠어. 게다가 잘 곳이 없는 사람들은 대개 도둑이거든. 난 등에 정부의 재산을 아주 많이 싣고 있어. 신참, 날 따라와. 우리 자리로 돌아가자. 잘 자라고, 호주에서 온 말! 내일 행군할 때 보게 되겠군. 잘 자, 낙타 영감! 마음을 단단히 먹어, 알았지? 잘 자, 두 꼬리! 내일 공터에서 마주치면 나팔소리로 울지 말아줘. 우리 대열이 엉망이 되거든."

노새 빌리는 늙은 노병처럼 다리를 절며 걸어갔고, 기병대 말은 내 가슴 쪽에 와서 코로 냄새를 맡았다. 그래서 나는 말에게 비스킷을 주었고, 그 사이에 말에게 작은 개 빅슨이 잘난 체하며 나와 자기가 돌보는 말이 수십 마리라고 허풍을 늘어놓았다.

"난 내일 사열식에 참석할거야." 빅슨이 말했다. "넌 어디 있을 거야?"

"기병 제 2대대 왼쪽에 있을 거야. 내가 부대 전체의 속도를 정하거든. 아가씨." 말이 예의바르게 말했다. "이제 난 딕에게 가봐야 해. 꼬리가 온통 진흙투성이라서 딕이 사열식을 위해 날 단장하려면 꼬박 두 시간은 걸릴 거야."

그날 오후에는 삼만 명의 병사들이 참가한 대규모의 사열식이 진행되었고, 빅슨과 나는 총독과 아프가니스탄의 왕과 가까운 곳에 자리를 잡았다. 왕은 아스크라칸 직물로 만든 높고 커다란 검정 모자를 쓰고 있었는데 모자 가운데에는 거대한 다이아몬드 별 모양이 그려져 있었다. 화창한 햇살 속에서 열병식의 첫 부분이 진행되었고, 연대들은 발맞추어 다함께 이동했는데 그 모습은 마치 파도가 계속 밀려오는 것 같았다. 대포들도 모두 한 줄로 정렬되어 있어서 우리의 눈은 휘둥그레졌다. 그 때, '보니 던디'의 아름다운 기병대 구보에 맞추어 2륜 마차가 나타났다. 빅슨은 수레 위에 앉아서 한쪽 귀를 쫑긋 세우고 있었다.

기병 제2대대의 창기병이 지나갈 때, 기병용 말이 보였다. 꼬리는 견방사 같았고, 고개를 바짝 당겨서 가슴에 붙이고 있었으며, 한쪽 귀는 앞으로, 나머지 한쪽 귀는 뒤로 기울어져 있었다. 기병대대 전체의 구보 속도를 정하면서, 두 발을 왈츠에 따라 움직이듯이 부드럽게 옮겼다. 그런 뒤에 대포들이 지나갔고, 두 꼬리와 다른 두 마리의 코끼리가 18킬로그램짜리 공성포가 실린 마구를 끌었다. 스무 쌍의 수소들이 그 뒤를 따라 걸었다. 그 중에서 일곱 번째 수소들은 새 멍에를 지고 있었는데, 표정이 굳어 있었고 피곤해보였다. 마지막으로 나선형 포가 나왔고, 노새 빌리는 마치 자기가 모든 부대를 총괄하는 것처럼 행동했다. 그의 마구는 기름을 발라서 반짝였다. 나는 노새 빌리에게 환호를 보냈지만 빌리는 좌우로 시선을 전혀 돌리는 법이 없었다.

비가 다시 내리기 시작했고, 잠시 자욱해져서 병력이 무엇을 하고 있는지 보이지 않았다. 병사들은 평원을 가로지르는 커다란 반원을 만들었고, 한 줄로 길게 늘어서고 있었다. 열은 점점 더 길어지고, 길어지고, 길어져서 한쪽 끝에서 다른 쪽 끝까지 길이가 1.2킬로미터가 되었다. 병사들과 말들과 총들로 이루어진 하나의 견고한 벽이 만들어졌다. 그러더니 그 벽은 총독과 왕을 향해 곧장 걸어왔고, 점점 더 가까이 다가올수록 땅이 흔들리기 시작했다. 마치 엔진이 빨라질 때, 증기선의 갑판에 서 있는 것 같았다.

독자 여러분은 그 곳에 없었기 때문에 병력이 착착 밀려 내려오는 모습이 관중에게 얼마나 커다란 공포심을 불러일으켰는지 상상할 수 없을 것이다. 열병식에 지나지 않는다는 사실을 안다고 해도 말이다. 나는 왕을 쳐다보았다. 그 때까지도 그는 놀랍다는 표정이나 그 밖의 다른 어떤 표정도 전혀 내비치지 않았지만 두 눈이 점점 더 커졌다. 왕은 말의 고삐를 잡아당겼고, 뒤를 돌아보았다. 비록 잠시이지만 그 모습은 마치 칼을 뽑아 들고 뒤에서 마차를 타고 오는 영국 남자와 여자들을 베어버리려는 것 같은 모습이었다. 그때 병력이 행진을 멈춰 서자 땅은 더 이상 흔들리지 않았다. 열을 지어 늘어선 병사들이 경례를 했고, 그제야 서른 개의 밴드들이 다 함께 연주를 시작했다. 이로써 열병식은 끝났다. 연대들은 빗속에서 막사로 각각 해산했고, 보병 밴드는 연주를 시작했다.

동물들은 둘씩 짝을 지어 갔다네,
만세!
동물들은 둘씩 짝을 지어 갔다네,

코끼리와 포대 노새,

그리고 전부 다 방주에 들어갔다네

폭우에서 벗어나기 위해서!

그 때, 희끗희끗한 머리를 한 중앙아시아의 늙은 족장이 왕의 수행원 자격으로 원주민 장교에게 질문하는 소리가 들렸다.

"어떻게 이런 멋진 일을 해낼 수 있죠?"

그러자 장교가 대답했다. "명령을 내리면 복종하죠."

"하지만 짐승도 인간만큼 똑똑한가요?" 족장이 물었다.

"짐승도 인간처럼 복종하죠. 말과 노새, 코끼리와 수송아지는 자신을 모는 사병에게 복종하고, 사병은 부사관에게 복종하고, 부사관은 중위에게 복종하며, 중위는 대위에게 복종하고, 대위는 소령에게 복종하며, 소령은 대령에게 복종하고, 대령은 여단장에게 복종하며, 여단장은 육군 대장에게 복종하고, 육군 대장은 총독에게 복종하며, 총독은 바로 여왕 폐하의 신하입니다. 이렇게 되는 셈이죠."

"아프가니스탄에서도 이렇다면 얼마나 좋을까!" 족장이 말했다. "아프가니스탄에서 우리는 오직 자신의 의지에만 복종합니다."

"바로 그렇게 당신이 왕에게 복종하지 않기 때문에," 원주민 장교가 콧수염을 배배 꼬면서 말했다. "당신의 왕이 여기 와서 우리 총독의 명령을 받아야 하는 것이지요."

〈부대 동물들의 열병식 행진곡〉

코끼리 대포부대

우리는 알렉산더에게 빌려 주었지. 헤라클라스의 강인함과
이마에서 샘솟는 지혜, 무릎에서 나오는 솜씨를.
군대에 고개를 숙여 충성했더니 두 번 다시 풀려나지 못했어.
길을 비켜라. 3미터 거구의 짐승의 무리가 나가신다.
18킬로그램의 대포를 나르는 수송부대가!

수송아지 대포부대

마구를 찬 영웅들은 대포알을 피하고
화약에 대해 좀 안다는 것들도 화들짝 놀라지.
이때야말로 우리가 나서서 다시 대포를 끌 시간.
길을 비켜라. 멍에를 맨 스무 쌍의 수송아지 나가신다.
18킬로그램의 대포를 나르는 수송부대가!

기병대를 태운 말들

창기병과 경기병, 총을 가진 기마병이
내 어깨에 찍힌 낙인 옆에 서서 근사한 곡조를 흥얼거리지.
"마구간"이나 "물"보다 더욱 달콤하다네.
"보니 던디"와 함께한 기병대의 구보 시간이!

이제 먹여주고, 마구에 길들이고, 짐을 부리고, 손질하고,

훌륭한 기수와 드넓은 공간도 마련해 주며

기병 종대로 세우고는 바라본다네.

"보니 던디"에 맞춘 기병대 말의 발걸음을!

나사포를 끄는 노새들

나와 내 벗들은 언덕을 기어오르다

구르는 돌에 길을 잃었지만 묵묵히 앞으로 나아갔지.

요리조리 피해서 오를 수 있으니. 제군들, 어디로든 갈 수 있으니.

오, 한두 발로 버틴 채 높은 산에 올라서니 기쁘기 그지없어라.

갈 길을 정해준 상사들에게 모두 행운이 깃들기를

짐 하나도 못 꾸리는 마부는 불행해라.

요리조리 피해서 오를 수 있으니. 제군들, 어디로든 갈 수 있으니.

오, 한두 발로 버틴 채 높은 산에 올라서니 기쁘기 그지없어라.

병참 낙타

걸음마다 힘을 북돋아줄

우리 낙타들만의 선율은 따로 없어.

하지만 우리의 목은 모두 털로 된 트롬본.

(룻-타-타-타! 털로 된 트롬본이라네!)

우리가 부르는 행군의 노래란 바로 이거지.

없어! 안 돼! 못해! 안 해!

대열 옆에서 잘 따라붙으면 그만이지.

누군가의 꾸러미가 등에서 쭉 미끄러졌어.

내 꾸러미면 좋겠네!

누군가의 짐이 길바닥에 쏟아졌어.

환호성을 질러! 멈춰서 싸움이나 나버렸으면!

어르르르! 야르르! 그르르! 아르르!

이런! 누가 꾸러미를 잡아채고 말았어!

동물들의 합창

우리는 부대의 후예라네

계급에 따라 복종하는

멍에와 막대기, 꾸러미와 마구,

안장 받침과 짐의 후예들이지.

평원을 가로질러 정열한 우리를 보라.

다시 구부러진 뒷발의 밧줄처럼

몸을 쭉 뻗고, 비틀고, 저 멀리 굴려서

파죽지세로 전장을 향하자!

곁에서 인간들이 걸어가네.

흙먼지투성이, 입은 꾹 다물고, 눈은 게슴츠레.

우리도 그들도 알 수 없어.

왜 나날이 행군하고 시달리는지

우리는 막사의 후예라네
계급에 따라 복종하는
멍에와 막대기, 꾸러미와 마구,
안장 받침과 짐의 후예들이지.

《정글북》에서 그려진 '두 모글리': 늑대-아이의 이중정체성

19세기 말 인도는 대영제국의 가장 중요한 식민지였다. 이런 시대 상황 속에서 인도와 영국의 양쪽 문화권의 영향을 받은 작가로 조셉 러디어드 키플링(1865-1936)이 있다. 연보를 살펴보면 그의 독특한 생애를 알 수 있다. 양쪽 부모님은 영국인이었지만 본인은 인도에서 태어나 어린 시절을 보냈고, 잠시 영국에서 교육을 받았지만, 곧 다시 인도로 돌아와 특파원으로 활동했다. 인도에서의 경험을 담은 작품을 일찍부터 발표해 주목을 받았으며, 많은 인기를 누렸다. 영국인이자 인도인으로 지낸 키플링의 독특한 삶은 정글과 마을을 오가는 늑대이자 사람인 모글리의 모습과 어딘가 닮아 있다. 바로 둘 다 이중정체성을 지니고 있다는 점이다. 거칠게 말해서 모글리는 동물/자연과 인간/문명의 경계선에서 있다. 그렇지만 자세히 들여다보면 정글북의 세계는 단순한 이분법적 세계관으로는 설명되지 않는다. 인간의 문명 세계에도 무질서가 있으며, 정글의 야생 세계에도 나름의 질서가 있다. 《정글북》에 그려진 세계는 문명/질서/인간/제국과 이에 대비되는 자연/무질서/짐승/식민지라는 이분법을 쉽게 벗어나며, 늑대-아이인 모글리의 모험을 통해 독자들은 두 세계를 오간다.

키플링이 늑대-아이 모글리에게서 이런 가능성을 찾았다는 점은 또한 19세기가 아동문학의 전성기였다는 점을 떠올리게 한다. 《정글북》이 출간된 1894년은 19세기 말 후기 빅토리아 시대이지만, 이렇듯 기존의 질서와 가치관에 물들지 않은 '아이'에게서 새로운 전망을 발견하고, 자신의 세계를 만들어가는 점은 윌리엄 워즈워스의 《서곡》으로 대표되는 18세기 낭만주의에 그 뿌리를 두고 있다. 아이는 자신의 감정에 솔직하며, 어른이 지닌 편견을 지니고 있지 않기에 사물을 꿰뚫어본다. 기존의 어른 세계가 지닌 한계와 문제점을 발견하고, 고민하며, 새로운 대안을 찾아 모험을 겪는다. 모글리와 리틀 투마이와 하얀 바다표범 코틱은 모두 이 점에서 새로운 가능성을 찾아 헤매는 '아이'이며, 모험을 통해 자신이 진정으로 속할 수 있는 사회적 위치를 찾아가면서 성장한다. 이 점에서 본서에 실린 키플링의 작품들은 모두 '성장'이라는, 아동문학에서는 빠질 수 없는 주제를 다루고 있다.

《정글북》은 모글리에 관한 이야기 세 편과 그 밖의 다른 동물들이 등장하는 네 편으로 이루어져 있다. 간략한 줄거리를 살펴보면 〈모글리의 형제들〉은 시어 칸에게 쫓기던 아기 모글리가 늑대들에게 발견되어 무리에 들어가지만, 십년 뒤에 시어 칸과 늑대 무리들의 모함을 받아 결국 쫓겨나게 되는 이야기이다. 〈카아의 사냥〉은 발루에게 정글의 법칙과 언어를 익히던 모글리가 반달로그라 불리는 원숭이 무리의 손에 납치당했다가 카아를 비롯한 정글 동료들의 도움을 받아 구출되는 이야기로 모글리가 늑대 무리를 떠나기 얼마 전 있었던 일이다. 〈호랑이다! 호랑이!〉는 마을로 들어간 모글리가 인간으로 살아가지만 시어 칸을 사냥한 뒤에 사람들의 오해를 받아서 다시 정글로 돌아오는 이야기를 다루고 있다.

주인공들이 겪는 내면의 갈등이 바로 이들의 정체성을 이룬다. 늑대-아이 모글리는 정글과 마을의 두 세계에 온전히 속하지 못하고 오간다. 처음에는 동물의 세계인 정글에서 추방되어 인간의 세계인 마을로 가며, 두 번째에는 다시 마을에서 추방되어 정글로 돌아온다. 이렇게 두 번에 걸쳐서 모글리가 추방을 당하게 되는 이유는 바로 모글리가 지닌 늑대이자 인간이라는 이중정체성을 두 무리가 각각 배척하기 때문이며, 이렇게 두 번의 추방을 겪으면서 모글리는 자신의 한 사회에 온전히 속하지 못하는 '추방자'로서의 정체성을 깊이 인식하고 "박쥐 망이 짐승과 새들 사이를 오가듯, 나도 / 마을과 정글을 오간다네. [...] 내 안은 두 모글리로 갈라졌지만,"이라며 슬픔을 토로한다. 노래 속에서 모글리의 이중성은 조류와 설치류의 중간에 있는 박쥐에 비유되며, 모글리의 애칭인 개구리도 물과 육지를 오간다는 점에서 모글리가 지닌 이중정체성을 상징한다고 볼 수 있다.

모글리와 닮은 또 다른 주인공으로 〈코끼리들의 투마이〉에 나오는 리틀 투마이가 있다. 모글리처럼 정글의 짐승들과 구체적인 대화를 나누지는 않지만, 리틀 투마이는 길들여진 코끼리와 몸짓으로 의사를 주고받는다. 길들여진 코끼리 칼라 나그의 등을 타고 인간으로서는 유일하게 코끼리들의 춤을 본 뒤에 리틀 투마이는 정식으로 '코끼리들의 투마이'가 되어 '숲의 주민'으로 인정을 받고 밀림 어디든지 자유롭게 오갈 수 있게 된다. 이처럼 키플링의 이야기에서 아이는 인간과 동물의 경계에 서 있는 열린 존재로 두 세상을 오갈 수 있다.

비록 인간은 아니지만, 모글리와 리틀 투마이를 닮은 또 다른 주인공으로 〈하얀 바다표범〉의 코틱이 있다. 무리의 다른 바다표범들은 기존의 약육강식의 논리 속에서 보금자리를 놓고 수없는 결투를 벌이는 삶의 방식을 체념 속에서, 무관심 속에서, 무지 속에서 방관한다. 하지만 코틱은 사냥꾼들이 바다표범의 털가죽을 벗기는 광경을 본 뒤 충격을 받고 인간의 발길이 닿지 않는 섬을 찾아 전 세계의 바다를 누비며 여러 모험을 겪는다. 사냥을 당하며 살아가는 현실을 묵인하고 방관하는 바다표범들과 다르게 코틱은 새로운 삶의 공간을 적극적으로 찾아 헤매고, 결국 찾아내어 다른 바다표범들을 이끌고 간다. 이런 코틱의 모습을 통해 키플링은 기존의 삶의 방식을 무비판적으로 따라가는 것보다 코틱처럼 더 나은 삶의 방식과 공간을 고민하고 용기 있게 실천하는 깨어 있는 태도가 소중함을 강조한다. 무리에서 떨어져 나와 지금 현재에는 없는 유토피아적인 이상을 구현하려고 애쓰는 코틱의 '하얀' 털가죽 색은 다른 잿빛 바다표범 무리들과 구분되는 코틱의 예외성을 나타낸다. 자신의 가치관을 찾고, 실현하려는 코틱의 모습에서 백색은 태어날 때 어떠한 정신적인 기제를 미리 갖추지 않은 상태인 백지 상태, 즉, 라틴어로 빈 서판을 뜻하는 '타블라 라사'를 상징하는 색으로 볼 수 있다. 이와 함께 작품 속에 등장하는 바다소가 작품이 발표될 때 이미 멸종된 상태라는 점을 감안하면 바다소를 쫓아가다가 섬을 발견하게 되는 일은 결국 이루어지지 않을 것이라는 점을 간접적으로 암시한다. 이러한 현실과 이상의 괴리는 바다표범의 운명에 대해 비애와 안타까움을 느끼게 한다.

본서에 실린 나머지 이야기인 〈“리키-티키-타비”〉와 〈여왕 폐하의 신하들〉은 키플링의 문학적 기교에 대한 이해를 엿볼 수 있는 작품들이다. 〈“리키-티키-타비”〉는 군영지에 사는 테디 가족에 의해 구출된 몽구스 리키-티키가 가족의 목숨을 노리는 코브라 나그와 나가이나와 한판 대결을 벌이면서 은혜를 갚는 이야기이다. 19세기에 동물들이 나오는 우화는 독자들의 사랑을 많이 받았다. 우화는 전통이 아주 오래된 문학 형식이며, 〈“리키-티키-타비”〉와 같은 풍자적인 톤의 대표적인 예는 제프리 초서의 《캔터베리 이야기》에서 찾아볼 수 있다. 우화의 인기는 《정글북》 이후에 베아트릭스 포터의 《피터 래빗 이야기》(1902)

로 이어진다. 이처럼 〈"리키-티키-타비"〉는 화장실이나 야외 정자처럼 인위적으로 만든 공간에서 벌어지는 인간과 동물의 상호작용을 재미있게 풀어낸 이야기다. 마지막 작품인 〈여왕 폐하의 신하들〉은 사열식 전날 밤 겁이 많은 낙타가 소란을 피운 바람에 한밤중에 잠을 깬 노새 빌리, 기병대 말, 코끼리와 그 밖의 동물들이 이야기와 토론을 나누는 줄거리다. 이들은 대화를 통해서 전투에서 각자 싸우는 방식이 다르며, 또 각자 두려워하는 대상도 다르다는 사실을 깨닫게 된다. 작품 처음에 나오는 "분수나 간단한 비례식으로 답은 찾을 수 있다네, / 하지만 트위들덤과 트위들디의 방식이 똑같지는 않다네."라는 구절에서 미리 알 수 있듯이 이 작품은 루이스 캐럴의 《거울 나라의 앨리스》(1871)의 영향을 받았다. 앨리스가 만나는 동물들은 서로 말장난과 모순적인 대화를 통해 기존의 논리들을 뒤집는 데 열중한다. 반면 키플링의 작품에 나오는 동물들은 대화를 통해서 각자 두려워하는 대상이 다르고, 싸우는 방식도 다른 점을 토론하다가 결국 개인에 따라 바라보는 세계가 다르다는 '관점주의'를 깨닫게 된다. 이러한 깨달음과는 상반된 분위기로 다음날 거행되는 기계적이며 천편일률적으로 진행되는 대규모 열병식은 그야말로 보여주기 식 공연이 아닌가 하는 의문을 낳게 한다. 오히려 동물들의 현실은 "아프가니스탄에서 우리는 오직 자신의 의지에만 복종합니다."라는 족장의 말에 더욱 가깝다는 점에서 독자는 의문에 빠지게 된다. 이처럼 작품의 끝이 이전과는 상반된 가치관을 제시

하면서 작품의 앞과 뒤는 서로 엇갈린다. 이는 하나의 주제로 정리되지 않는다는 점에서 역설적이다.

키플링의 작품에는 활기와 에너지가 넘친다. 인도에서 겪은 경험과 문학전통에 대한 전통과 이해가 만나면서 나온 태어난 작품들이기 때문이다. 어른 아이 구분할 것 없이, 독자라면 누구나 저마다 마음속에 있는 아이를 불러내 모글리와 함께 모험을 떠나도 좋을 것이다.

구자언

1865년 본명은 조셉 러디어드 키플링. 12월 30일, 인도 봄베이에서 존 록우드 키플링과 앨리스 맥도널드 사이에서 태어났다. 아버지는 왕립예술학교에서 건축조각을 가르쳤다.

1868년 영국 첫 방문에서 여동생 앨리스가 태어났다.

1871년 여동생과 함께 영국 사우스시의 론 로지에 사는 할로웨이 부부에게 맡겨지면서 인도에 사는 부모와 떨어져 지냈다. 할로웨이 부인과 그 아들에게 미움을 받으며 힘든 어린 시절을 보냈다. 휴일마다 런던에 있는 이모(조지아나 번 존스) 댁에서 시간을 보내며 마음의 위안을 받았다. 이모부는 라파엘 전파 대표 화가인 에드워드 번 존스였다.

1877년 군인 자제들이 다니는 남학생 전용 공립기숙학교인 유나이티드 서비스 칼리지에 입학하여 스파르타 교육을 받았다. 여동생 앨리스는 사우스시에 남았다.

1880년 여동생을 데리러 사우스시로 왔다가 같은 집에서 하숙하게 된 플로렌스 개러드를 만나 사랑에 빠진다. 이후 만나고 헤어짐을 반복하게 된다.

1881년 교지 편집장으로 활동했다. 키플링 부부는 아들의 습작을 모아 〈학생시집 Schoolboy Lyrics〉을 발행했다. 인도로 돌아와 영국인을 위한 신문사인 〈시민과 군대의 가제트 Civil and Military Gazette〉의 라호르 지사에서 근무했다.

1883년 〈캘커타의 영국인 The Englishman of Calcutta〉과 〈시민과 군대의 가제트 Civil and Military Gazette〉 지에 시를 게재했다.

1884년 여동생 앨리스와 함께 《메아리들 Echoes》을 출간했다.

1885년 성탄 연감 《사중주 Quartette》를 가족과 함께 출간했다.

1886년 한 달간 인도 북부 심라에서 〈파이오니어 The Pioneer〉 지 기자로 활동했다. 인도의 영국인에 관한 희극시 《부문별 노래 Departmental Ditties》를 출간하여 엄청난 인기를 얻고 제2판도 출간했다.

1887년 〈파이오니어〉 지의 알라하바드 지사로 전근을 간다. 알렉 힐 교수와 미국인

아내 에드모니아를 만나 이후 많은 영향을 받았다. 라지푸타나 특파원으로 파견되어 이때 작성한 기사를 모아 《마르크의 편지 Letters of Marque》라는 제목으로 출간했다.

1888년 힐 가족의 저택에서 하숙하게 된다. 주간지 〈금주의 소식 The Week's News〉의 증보판 편집자로 일했다. 새커 스핑크에서 《산중야화 Plain Tales from the Hills》를 출간했다. 철도 도서관 단편 시리즈를 집필하고 문고판 여섯 권으로 출간했다가 나중에 《세 병사와 다른 이야기들 Soldiers Three and other Stories》과 《위 윌리 윙키와 다른 이야기들 Wee Willie Winkie and other Stories》 두 권으로 다시 출간했다.

1889년 인도를 떠나 〈파이오니어〉 지의 순회 특파원으로 활동했다. 힐 부부와 미얀마와 싱가포르, 홍콩, 광동지방, 일본, 샌프란시스코를 여행했다. 미국을 횡단해 비버 펜실베이니아에 있는 힐 부인의 집을 방문했다가, 에드모니아의 동생 캐롤라인 테일러를 만났다. 캐롤라인과 비공식적으로 약혼했다. 9월, 런던으로 돌아와 통신사에서 근무했다.

1890년 키플링의 작품에 관한 사설이 3월 25일자 〈타임 The Times〉 지에 실려 사람들에게 널리 알려졌다. 전 작품이 영국판과 미국판으로 나뉘어 출간되었다. 캐롤라인과 파혼했다. 플로렌스 개러드를 우연히 만나지만 연인으로 발전하는 데 실패하고 신경쇠약에 시달렸다. 미국의 출판인이자 작가인 울콧 밸러스티어와 그의 가족과 가까워졌다. 《꺼져버린 불빛 The Light that Failed》을 집필했다. 〈파이오니어〉 지의 기자 시절 게재했던 기사 모음집 《무시무시한 밤의 도시 The City of Dreadful Night》가 인도에서 무단 복제 출판되었다.

1891년 인도에서의 경험을 다룬 단편집 《인생의 불리한 조건 Life's Handicap》을 출간했다. 밸러스티어와 함께 《놀래카 The Naulahka》를 집필하고 그의 도움으로 미국에서의 저작권 문제를 해결했지만 다시 과로로 인한 신경쇠약에 시달렸다. 남아프리카와 호주, 뉴질랜드를 여행하고 인도에서 가족과 함께 성탄휴가를 보내던 중 밸러스티어의 부고 소식을 듣고 런던으로 급히 돌아갔다.

1892년 1월 18일, 밸러스티어의 여동생 캐롤라인과 결혼한 후 세계여행을 떠났다. 캐롤라인의 친정인 버몬트 주의 브래틀버러에 방문했다가 처남에게 소액을 주고 부지를 매입했다. 일본을 여행하던 중 은행 파산으로 무일푼이 되었다. 브래틀버러에 돌아와 밸러스티어 가족이 마련해 준 집에서 지냈다. 첫 딸 조세핀이 태어났다. 어린이 소설을 집필하기 시작했고밸러스티어와 공저한 《놀래카》와 함께 《막사의 담에 관한 시와 그 외 Barrack-Room Ballads and Other

Verses》를 출간했다.

1893년 아일랜드 군인 멀베이니를 화자로 한 마지막 이야기와 모글리가 등장하는 첫 이야기가 수록된 《꾸며낸 이야기들 Many Inventions》을 출간했다. 매입한 부지에 지은 집 '놀래카'로 이사했다.

1894년 《정글북 The Jungle Book》을 출간했다.

1895년 《두 번째 정글북 The Second Jungle Book》을 출간했다.

1896년 둘째 딸 엘시가 태어났다. 매입한 부지 문제로 처남과 법정 분쟁 후 브래틀버러를 떠나 영국 토키로 이사했다. 《7대양 The Seven Seas》을 출간했다.

1897년 번 존스 가문과 다른 지인들이 사는 서섹스 주 로팅딘에 정착했고 아들 존이 태어났다. 소설 《용감한 선장들 Captains Courageous》을 출간했다.

1898년 남아프리카를 방문하여 로디지아(지금의 잠비아와 짐바브웨)를 여행했다. 《그날의 일과 The Day's Work》를 출간했다.

1899년 생애 마지막으로 미국을 방문했다. 첫째 딸 조세핀과 함께 폐렴에 시달리다 조세핀이 사망했다. 《바다에서 바다로 From Sea to Sea》를 출간했다. 기사 작위 수여 제안을 거절했다.

1900년 남아프리카를 다시 방문했다. 영국군이 발행하는 신문 〈친구들 The Friend〉에 글을 기고했다. 《킴 Kim》과 《바로 그런 이야기들 The Just So Stories》을 집필했다.

1901년 인도에 관한 마지막 소설 《킴》을 출간했다.

1902년 버몬트 주의 집을 팔고 생애를 마감하게 될 서섹스 주의 버워시에 있는 베이트만즈 저택으로 이사했다. 어린이를 위한 《바로 그런 이야기들》을 출간했다.

1903년 보어 전쟁과 그 여파를 다룬 《5개국 The Five Nations》을 출간했다.

1904년 최초의 모더니즘 작품이라고 알려진 〈바서스트 부인〉이 수록된 단편집 《여행과 발견 Traffics and Discoveries》을 출간했다.

1906년 어린이를 위한 이야기와 시가 수록된 《푸크 언덕의 요정 Puck of Pook's Hill》을 출간했다.

1907년 영미권 작가 최초, 최연소로 노벨 문학상을 수상했다.

1909년 공상과학 단편 〈야간우편과 함께 With the Night Mail〉가 수록된 《작용과 반작용 Actions and Reactions》을 출간했다. 《굴뚝의 뒤쪽으로 Abaft the Funnel》

를 출간했다.

1910년 《푸크 언덕의 요정》 속편이자 어른을 위한 이야기와 시가 수록된 《보답과 요정 Rewards and Fairies》을 출간했다. 어머니가 사망했다.

1911년 보수주의 역사학자 C. R. L. 플레처와 공저한 《학교에서 배우는 영국사 A School History of England》를 출간했다. 아버지가 사망했다.

1913년 이집트를 방문했다. 《키플링의 산문 속 시 모음집 Songs from Books》을 출간했다.

1915년 제1차 세계대전에 참전한 아들, 존 키플링이 실종되어 사망했다는 소식을 들었다. 만성 위경련에 시달렸다. 《훈련 중인 새 군대 The New Army in Training》 《전쟁에 휩싸인 프랑스 France at War》를 출간했다.

1916년 《해전 Sea Warfare》 《아시아의 눈 The Eyes of Asia》을 출간했다.

1917년 《피조물의 다양성 A Diversity of Creatures》 《산악전투 The War in the Mountains》를 출간했다.

1919년 보어 전쟁과 제1차 세계대전을 다룬 《그 시절 The Years Between》을 출간했다.

1920년 일본과 미국, 캐나다, 이집트를 여행하면서 쓴 《여행 편지 1892–1913 Letters of Travel 1892–1913》을 출간했다.

1923년 《제1차 세계대전의 아일랜드 근위 연대 The Irish Guards in The Great War》 《정찰병을 위한 육지와 바다 이야기 Land and Sea Tales for Scouts and Guides》를 출간했다.

1924년 둘째 딸 엘시가 뱀브리지 대위와 결혼했다.

1926년 《차변과 대변 Debits and Credits》을 출간했다.

1928년 《키플링 연설 모음집 A Book of Words》을 출간했다.

1930년 개의 관점에서 바라본 영국인 시골 가족 이야기를 담은 《당신을 섬기는 개로부터 Thy Servant a Dog》를 출간했고 이 책이 베스트셀러가 되었다. 서인도제도의 버뮤다에서 요양했다.

1932년 마지막 단편집, 《한계와 회복 Limits and Renewals》을 출간했다.

1933년 자전적 에세이집 《프랑스에서의 추억 Souvenirs of France》을 출간했다.

1936년 1월 18일 십이지장 궤양과 천공으로 사망했다. 1월 23일, 화장된 유골은 웨스트민스터 사원의 시인 묘역(Poet's Corner)에 안치되었다.

1937년 《나에 관한 특별한 이야기 Something of Myself》가 출간되었다.

1985년 《키플링의 인도, 1884–1888 Kipling's India: Uncollected Sketches, 1884–1888》가 출간되었다.

1991년 ~ 2004년 《러디어드 키플링의 편지 The Letters of Rudyard Kipling》가 출간되었다.

옮긴이 구자언

서강대학교에서 영문학 학사와 석사를 마치고, 연세대학교에서 박사 과정을 수료했다. 한성대학교에서 강의했고, 19세기 영국소설과 영화에 관한 논문들을 발표했다. 현재 꾸준한 번역 활동을 하고 있으며, 번역서로는 《정글북》을 비롯해 《악마의 덧셈》《프랑켄슈타인》《피터 래빗 이야기》《킬리만자로의 눈》 등이 있다.

정글북

개정판 1쇄 펴낸 날 2022년 2월 22일

지은이 러디어드 키플링
옮긴이 구자언
펴낸이 장영재
펴낸곳 (주)미르북컴퍼니
자회사 더클래식
전 화 02)3141-4421
팩 스 0505-333-4428
등 록 2012년 3월 16일(제313-2012-81호)
주 소 서울시 마포구 성미산로32길 12, 2층 (우 03983)
E-mail sanhonjinju@naver.com
카 페 cafe.naver.com/mirbookcompany

* (주)미르북컴퍼니는 독자 여러분의 의견에 항상 귀 기울이고 있습니다.
* 파본은 책을 구입하신 서점에서 교환해 드립니다.
* 책값은 뒤표지에 있습니다.

1 | 노인과 바다 | 어니스트 헤밍웨이
1953년 퓰리처상 수상작 / 1954년 노벨문학상 수상작 / 미국대학위원회 선정 SAT 추천도서

2 | 동물 농장 | 조지 오웰
미국대학위원회 선정 SAT 추천도서 / 〈타임〉지 선정 현대 100대 영문소설
한국 문인이 선호하는 세계명작소설 100선 / 서울시 교육청 추천도서
논술 및 수능에 출제된 책(1998~2005)

3 | 어린 왕자 | 앙투안 드 생텍쥐페리
전 세계 1억 부 이상 판매 기록 / 16개국 언어로 번역

4 | 사람은 무엇으로 사는가(톨스토이 단편선 1) | 레프 니콜라예비치 톨스토이
영어권 문학가들이 가장 좋아하는 작가 / 전 세계 거의 모든 언어로 번역된 필독서

5 | 검은 고양이(포 단편선) | 에드거 앨런 포
포 최고의 미스터리 세계를 보여 준 호러 문학의 걸작

6 | 예언자 | 칼릴 지브란
'현대의 성서'로 불리는 책

7 | 젊은 베르테르의 슬픔 | 요한 볼프강 폰 괴테
세기의 철학가와 문인들의 찬사를 받은 대표작

8 | 독일인의 사랑 | 프리드리히 막스 뮐러
잊히지 않는 낭만적 사랑의 향기 / 독일 낭만주의 시인 막스 뮐러의 유일 순수문학 작품

9 | 이방인 | 알베르 카뮈
노벨 연구소 선정 최고의 세계문학 100선 / 1957년 노벨문학상 수상작
대한민국 명사 101인의 대표 추천작 / 연세대학교 필독도서 / 미국대학위원회 선정 SAT 추천도서
〈타임〉지 선정 세상을 움직인 책 100권

10 | 데미안 | 헤르만 헤세
노벨문학상 수상 작가 / 20세기 일대 센세이션을 일으킨 성장 소설의 고전
서울시 교육청 추천도서

11 | 그리스인 조르바 | 니코스 카잔차키스
미국대학위원회 선정 SAT 추천도서 / 한국간행물윤리위원회 선정추천도서
한국출판인회의 출판인이 선정한 100권의 도서

12 | 위대한 개츠비 | 프랜시스 스콧 피츠제럴드

〈타임〉지 선정 현대 100대 영문소설 / 어니스트 헤밍웨이가 인정한 완벽한 일급 작품
20세기 100대 영문소설 1위 / 미국대학위원회 선정 SAT 추천도서 / 뉴욕 공립도서관 추천도서
대한민국 명사 101인의 대표 추천작 / WTO 북클럽 추천도서

13 | 도리언 그레이의 초상 | 오스카 와일드

미국대학위원회 고교 추천도서 101 / 대한민국 명사 101의 대표 추천작

14 | 벨 아미 | 기 드 모파상

모파상의 가장 매력적이고 파격적인 작품 / 19세기 파리를 뒤흔든 파격 스캔들
2012년 개봉한 영화 〈벨 아미〉 원작

15 | 이상한 나라의 앨리스 | 루이스 캐럴

난센스와 판타지의 대표작 / 아카데미 '미술상' 수상한 영화의 원작
19세기 가장 유명한 영국 아동문학 작가

16 | 두 도시 이야기 | 찰스 디킨스

영국이 낳은 가장 위대한 소설가 / 영화 〈다크나이트〉의 모티프
미국대학위원회 선정 SAT 추천도서 / 서울시 교육청 선정 청소년 필독도서

17 | 햄릿 | 윌리엄 셰익스피어

대한민국 명사 101인의 대표 추천작 / 서울대학교 권장도서 100선 / 서울대학교 동서고전 200선
연세대학교 필독도서 / 미국대학위원회 선정 SAT 추천도서 / 국립중앙도서관 선정 청소년 권장도서

18 | 오페라의 유령 | 가스통 르루

4대 뮤지컬 〈오페라의 유령〉 원작 소설 / 프랑스 최고 추리소설 작가

19 | 1984 | 조지 오웰

〈타임〉지 선정 세상을 움직인 책 100권 / 〈텔레그라프〉지 완벽한 도서관을 위한 권장도서 100
세계 3대 디스토피아 미래 소설 / 〈가디언〉지 권장도서 / 뉴욕 공립도서관 추천도서
하버드 대학생이 가장 많이 산 책 1위

20 | 수레바퀴 아래서 | 헤르만 헤세

대한민국 명사 101인의 대표 추천작 / 헤르만 헤세의 사춘기 시절 경험을 바탕으로 한 자전적 소설
노벨문학상 수상 작가/ 국립중앙도서관 선정 청소년 권장도서

21 22 23 | 안나 카레니나 1~3 | 레프 니콜라예비치 톨스토이

톨스토이 생애 최고의 리얼리즘 소설 / 서울대학교 권장도서 100선 / 서울대학교 동서고전 200선
연세대학교 필독도서 / 미국대학위원회 선정 SAT 추천도서 / 오프라 윈프리 북클럽 권장도서
논술 및 수능에 출제된 책(1998~2005)

24 | 오즈의 마법사 1 – 오즈의 위대한 마법사 | 라이먼 프랭크 바움

미국대학위원회 선정 SAT 추천도서 / 연세대학교 필독도서 / 국립중앙도서관 선정 우수 번역서

25 | 리어 왕 | 윌리엄 셰익스피어

대한민국 명사 101인의 대표 추천작 / 서울대학교 권장도서 100선 / 연세대학교 필독도서
미국대학위원회 선정 SAT 추천도서 / 〈가디언〉지 권장도서 / 세인트존스 대학교 권장도서
논술 및 수능에 출제된 책(1998~2005)

26 27 28 29 30 | 레 미제라블 1~5 | 빅토르 위고

저명한 문학비평가들이 극찬한 세기의 걸작 / WTO 북클럽 추천도서
2013년 개봉한 영화 〈레 미제라블〉의 원작 / 전자책 베스트셀러 1위(2013)

31 | 월든 | 헨리 데이비드 소로

미국대학위원회 고교추천도서 101 / 미국대학위원회 선정 SAT 추천도서

32 | 겨울 왕국(안데르센 단편선 1) | 한스 크리스티안 안데르센

어린이문학에 꽃을 피운 불멸의 작가 / 세계를 움직인 100권의 책 선정
노벨 연구소 선정 세계 100대 문학 작품

33 | 오만과 편견 | 제인 오스틴

서울대학교 동서고전 200선 / 연세대학교 필독도서 / 세인트존스 대학교 권장도서
〈텔레그라프〉지 완벽한 도서관을 위한 권장도서 100 / 〈가디언〉지 권장도서
미국대학위원회 선정 SAT 추천도서 / 국립중앙도서관 선정 청소년 권장도서

34 | 로미오와 줄리엣 | 윌리엄 셰익스피어

서울대학교 동서고전 200선 / 미국대학위원회 선정 SAT 추천도서
칼리지보드 선정 고교생 필독서 101권

35 | 바람이 분다 | 호리 다쓰오

미야자키 하야오의 애니메이션 영화 〈바람이 분다〉 원작

36 | 맥베스 | 윌리엄 셰익스피어

서울대학교 권장도서 100선 / 연세대학교 필독도서 / 미국대학위원회 선정 SAT 추천도서
국립중앙도서관 선정 청소년 권장도서

37 | 신곡 - 인페르노(지옥) | 단테 알리기에리

서울대학교 권장도서 100선 / 국립중앙도서관 선정 청소년 권장도서
미국대학위원회 선정 SAT 추천도서 / 〈뉴스위크〉지 선정 100대 명저

38 | 외투 · 코(고골 단편선) | 니콜라이 바실리예비치 고골

러시아 사실주의 문학의 지평을 연 작품

39 | 인간 실격 | 다자이 오사무

교육과학기술부 산하 사단법인 한국교육지원회 선정 아침독서 10분 운동 필독서
영화 평론가 이동진 추천도서

40 | 마지막 잎새(오 헨리 단편선) | 오 헨리

서울대학교 · 연세대학교 추천도서 / 서울시 교육청 추천도서
EBS 주최 북퀴즈 왕 선발 추천도서

41 | 오즈의 마법사 2 - 환상의 나라 오즈 | 라이먼 프랭크 바움

미국대학위원회 선정 SAT 추천도서

42 | 좁은 문 | 앙드레 지드

교육과학기술부 산하 사단법인 한국교육지원회 선정 아침독서 10분 운동 필독서

43 | 깨끗하고 밝은 곳(헤밍웨이 단편선) | 어니스트 헤밍웨이
국립중앙도서관 선정도서 / 남산도서관 선정도서

44 | 벤자민 버튼의 시간은 거꾸로 간다(피츠제럴드 단편선 1) | 프랜시스 스콧 피츠제럴드
전미비평가협회 선정 '톱 10 작품', 영화 〈벤자민 버튼의 시간은 거꾸로 간다〉의 원작
2013 화제의 영화 〈위대한 개츠비〉 작가, 피츠제럴드 단편선

45 | 광란의 일요일(피츠제럴드 단편선 2) | 프랜시스 스콧 피츠제럴드
2013 화제의 영화 〈위대한 개츠비〉 작가, 피츠제럴드 단편선

46 | 천로역정 | 존 버니언
성경 다음으로 많이 읽힌 기독교 3대 고전 중 하나 / 2003년 국립중앙도서관 선정 고전 100선

47 | 세 가지 질문(톨스토이 단편선 2) | 레프 니콜라예비치 톨스토이
영어권 문학가들이 가장 좋아하는 작가 / 전 세계 거의 모든 언어로 번역된 필독서

48 | 갈매기(체호프 희곡선 1) | 안톤 체호프
미국대학위원회 선정 SAT 추천도서 / 서울대학교 권장도서 100선

49 | 개를 데리고 다니는 여인(체호프 단편선 1) | 안톤 체호프
서울대학교 동서고전 200선 / 노벨 연구소 선정 세계문학 100선

50 | 귀여운 여인(체호프 단편선 2) | 안톤 체호프
노벨 연구소 선정 세계문학 100선

51 | 폭풍의 언덕 | 에밀리 브론테
서울대학교 · 연세대학교 · 고려대학교 권장도서
1940 아카데미 상 최우수작 지명 〈폭풍의 언덕〉 원작

52 | 지킬 박사와 하이드 | 로버트 루이스 스티븐슨
2004 한국 문인이 선호하는 세계 명작 소설 100선 / 브로드웨이 뮤지컬 역사상 가장 아름다운 스릴러 / 〈지킬 앤 하이드〉 원작

53 | 바냐 아저씨(체호프 희곡선 2) | 안톤 체호프
서울대학교 권장도서 100선 / 노벨문학상 수상자 네이딘 고디머, 앨리스 먼로의 표본

54 55 | 이솝 이야기 1~2 | 이솝
어린이독서위원회, 서울 독서교육연구회 권장도서

56 | 오즈의 마법사 3 – 오즈의 오즈마 공주 | 라이먼 프랭크 바움
미국대학위원회 선정 SAT 추천도서

57 | 주홍색 연구(셜록 홈스 시리즈 1) | 아서 코난 도일
영국 BBC 제작, KBS 방영 〈셜록〉의 원작 / 대한민국 대표 추리 소설가 백휴의 작품해설 수록

58 | 네 개의 서명(셜록 홈스 시리즈 2) | 아서 코난 도일
영국 BBC 제작, KBS 방영 〈셜록〉의 원작 / 대한민국 대표 추리 소설가 백휴의 작품해설 수록

59 | 배스커빌 가의 개(셜록 홈스 시리즈 3) | 아서 코난 도일

영국 BBC 제작, KBS 방영 〈셜록〉의 원작 / 대한민국 대표 추리 소설가 백휴의 작품해설 수록

60 | 공포의 계곡(셜록 홈스 시리즈 4) | 아서 코난 도일

영국 BBC 제작, KBS 방영 〈셜록〉의 원작 / 대한민국 대표 추리 소설가 백휴의 작품해설 수록

61 | 페스트 | 알베르 카뮈

노벨문학상 수상 작가 / 1947년 프랑스 비평가상 수상 / 서울대학교 권장도서 100선

62 | 무기여 잘 있거라 | 어니스트 헤밍웨이

노벨문학상 수상 작가 / 〈타임〉지가 뽑은 20세기 최고의 문학 100선

미국 대학 위원회 선정 SAT 추천 도서 / 서울대학교 권장도서 200선

63 | 야간 비행 | 앙투안 드 생텍쥐페리

1931년 페미나 문학상 수상 / 작가의 경험이 들어간 직업 소설

64 | 톰 소여의 모험 | 마크 트웨인

미국 현대문학의 효시 마크 트웨인의 대표작 / 일본 후지TV 애니메이션 〈톰 소여의 모험〉 원작

65 | 프랑켄슈타인 | 메리 셸리

오늘날 SF소설의 선구 / 과학기술이 야기하는 사회적, 윤리적 문제를 다룬 최초의 소설

66 | 마음 | 나쓰메 소세키

서울대 권장도서 100선 / 일본의 셰익스피어 나쓰메 소세키의 대표작

67 | 노예 12년 | 솔로몬 노섭

2014 아카데미 시상식 3관왕 〈노예 12년〉 원작 / 노예 해방의 도화선이 된 작품

68 | 성냥팔이 소녀(안데르센 단편선 2) | 한스 크리스티안 안데르센

SBS 드라마 〈신의 선물-14일〉 메인 테마 도서 / 어린이문학에 꽃을 피운 불멸의 작가

69 70 | 제인 에어 1~2 | 샬럿 브론테

150년간 사랑받은 로맨스 소설의 고전 / 미국 대학위원회 선정 SAT 추천도서

영국 〈가디언〉이 선정한 세계 100대 최고의 소설 / 연세대학교 권장도서

영국 BBC 조사 영국인들이 가장 사랑하는 소설 100선 / 현대 여성들이 가장 사랑하는 필독서

71 | 예수의 생애 | 찰스 디킨스

2014년 개봉 〈선 오브 갓〉 원작 / 종교철학자 헤겔의 사상을 만든 고전

대문호 찰스 디킨스의 숨은 명작

72 | 싯다르타 | 헤르만 헤세

대한민국 명사 시인 장석남이 강력 추천한 작품 / 출간과 동시에 10만 부가 넘게 팔린 역작

진정한 자아를 깨닫기 위해 늘 고민하던 헤르만 헤세의 자전적 소설

73 | 신곡-연옥 | 단테 알리기에리

서울대 권장도서 100선 / 미국대학위원회 선정 SAT 추천도서

국립중앙박물관 선정 청소년 권장도서 / 〈뉴스위크〉 선정 100대 명저

74 75 | 테스 1~2 | 토머스 하디
미국 영국 BBC 선정 영국인이 사랑한 책 100선 / 서울대 추천 고등학생 권장도서 100선

76 | 신데렐라(샤를 페로 단편선) | 샤를 페로
프랑스 아동 문학의 아버지

77 | 미녀와 야수(보몽 단편선) | 쟌 마리 르 프랭스 드 보몽
변신 모티프의 전형을 완성 / 미야자키 하야오와 디즈니 애니메이션 원작

78 79 80 | 웃는 남자 1~3 | 빅토르 위고
빅토르 위고가 최고로 자부한 걸작 / 출간 당시 전 유럽을 충격에 빠트린 문제작
뮤지컬, 영화 등 여러 매체로 알려진 〈웃는 남자〉의 원작
한국간행물윤리위원회 선정 청소년 권장도서(2007)

81 | 마담 보바리 | 귀스타브 플로베르
사실주의 문학의 거장 귀스타브 플로베르의 대표작 / 서울대학교 추천 도서 100선
외설적이라는 이유로 19세기 교황청 금서목록에 선정된 작품 / 〈뉴스위크〉지 선정 100대 명저

82 | 별(도데 단편선 1) | 알퐁스 도데
자연주의와 인상주의의 절묘한 조화 / 서정적인 감수성과 아름다운 문체
부산시 교육청 선정 중학생 권장도서 / 포스코 교육재단 선정 중학생 필독도서

83 | 보이첵(뷔히너 단편선) | 게오르그 뷔히너
세계 최초로 한국에서 뮤지컬화 된 〈보이첵〉의 원작
시대를 폭로하는 천재 작가의 현실감 넘치는 작품

84 | 오셀로 | 윌리엄 셰익스피어
셰익스피어 4대 비극 중 하나 / 〈뉴스위크〉 선정 100대 명저 / 서울대학교 권장도서 100선

85 | 변신(카프카 단편선) | 프란츠 카프카
소외된 인간이었던 작가의 갈등과 고독을 반영 / 서울대 추천도서 100선 / 명사 101명이 추천한 파워클래식

86 | 피노키오 | 카를로 콜로디
월트 디즈니 인생 최고의 애니메이션으로 재탄생
스티븐 스필버그 감독의 2001년작 〈A.I.〉의 모티브 / 260개 언어로 번역된 교훈적 내용

87 | 세상을 보는 지혜 | 발타자르 그라시안 · 쇼펜하우어
세기를 아우르는 저명한 철학자가 쓰고 철학자가 옮긴 대표적인 작품
세상을 살아가는 데 꼭 필요한 빛나는 지혜를 전수해 주는 인생 처세서

88 | 마지막 수업(도데 단편선 2) | 알퐁스 도데
중 • 고등학교 국어 교과서 수록 작품 / 교육청 선정 청소년 권장도서 100선

89 | 키다리 아저씨 | 진 웹스터
출간 이래 100년 동안 사랑받아 온 스테디셀러 / 세상의 편견을 뛰어넘은, 편지 형식 소설의 대명사

90 | 키다리 아저씨 2 —그 후 이야기 | 진 웹스터
미국 • 일본 • 한국에서 2차 창작된 작품의 속편 / 여성의 대외 활동을 고양시킨 사회적 걸작

91 92 93 | 피터 래빗 이야기 1~3 | 베아트릭스 포터
세상에서 가장 사랑받는 토끼 이야기 / 자연 보호와 동물 존중 사상이 담긴 작품

94 95 | 드라큘라 1~2 | 브램 스토커
지금까지 가장 많은 동명의 영화로 제작된 고딕 소설의 대명사
2004년 뮤지컬로 만들어져 브로드웨이 초연 이후 세계 각국에서 사랑 받아온 작품

96 97 98 99 | 카라마조프가의 형제들 1~4 | 표도르 도스토옙스키
신 • 종교, 삶 • 죽음, 사랑 • 욕망 등 인간 내면의 본성의 문제를 다룬 작품
정신분석학자 프로이트가 꼽은 세계문학사 3대 걸작 중 하나

100 | 하늘과 바람과 별과 시 | 윤동주
요절한 천재 민족 시인의 유고시집 / 대중성과 문학성을 겸비한 시인 김경주 추천작

101 | 정글북 | 러디어드 키플링
영미권 작품 최초, 최연소 노벨문학상 수상작 / 정글의 생명력을 담은 자연친화적 작품
가의 아버지 존 록우드 키플링이 직접 그린 삽화 및 기타 삽화가들 그림 삽입

102 | 거울나라의 앨리스 | 루이스 캐럴
난센스와 판타지의 대표작 《이상한 나라의 앨리스》 속편
거울 속으로 떠난 앨리스의 두 번째 모험 이야기

103 | 마테오 팔코네(메리메 단편선) | 프로스페르 메리메
프랑스 단편소설의 거장 메리메의 대표 단편선 / 비제의 오페라 〈카르멘〉의 원작

104 | 빨강머리 앤 | 루시 모드 몽고메리
캐나다의 대표적인 소설가 몽고메리의 데뷔작 / 서울시 교육청 선정 청소년 권장도서
KBS TV '책을 말하다' 추천도서 / 일본 후지 TV 애니메이션 〈빨강머리 앤〉 원작

105 | 삶이 그대를 속일지라도(푸시킨 시선집) | 알렉산드르 푸시킨
러시아 리얼리즘 문학의 선구자이자 러시아 국민시인 푸시킨의 대표 시선집

106 | 도련님 | 나쓰메 소세키
일본의 셰익스피어 나쓰메 소세키를 인기 작가 반열에 올린 작품
'책으로 따뜻한 세상 만드는 교사들(책따세)' 권장도서
서울시 교육청 '청소년을 위한 고전 콘서트' 도서 / 서울대학교 지정 수능필독도서

107 | 은하철도의 밤(겐지 단편선) | 미야자와 겐지
일본이 가장 사랑하는 동화작가 미야자와 겐지의 대표 단편선
일본 후지 TV 애니메이션 〈은하철도 999〉의 모티브

108 | 자기만의 방 | 버지니아 울프
20세기 페미니즘 비평의 선구자 버지니아 울프의 수필집
국립중앙도서관 선정 권장도서 / 서강대학교 권장도서 100선

109 | 플랜더스의 개(위다 단편선) | 위다(매리 루이스 드 라 라메)
멜로 드라마풍의 작품으로 유명한 영국의 아동문학가
서울시 교육청 선정 청소년 권장도서 / 일본 후지 TV 애니메이션 〈플랜더스의 개〉 원작

110 | 크리스마스 캐럴 | 찰스 디킨스

셰익스피어와 함께 영국을 대표하는 작가 찰스 디킨스의 중편소설
'책으로 따뜻한 세상 만드는 교사들(책따세)' 권장도서

111 | 탈무드

5000년에 걸친 유대인의 지혜가 담긴 책 / 서울대학교 지정 수능필독도서
포스코 교육재단 선정 초등학교 필독도서 / 경북교육청 선정 청소년 권장도서
백인제기념도서관 교양도서

112 | 호두까기 인형 | 에른스트 호프만

1892년 차이코프스키 발레 호두까기인형의 원작소설
2018 디즈니 애니메이션 호두까기 인형과 4개의 왕국의 원작소설

113 114 | 곰돌이 푸 1~2 | 앨런 알렉산더 밀른

영화 〈곰돌이 푸 다시만나 행복해〉 원작

115 | 인형의 집 | 헨릭 입센

여성 평등을 그린 선구자적인 작품 / 페미니즘 희곡의 대명사 / 노벨연구소 선정 세계 100대 문학

116 | 에이번리의 앤 | 루시 모드 몽고메리

《빨강 머리 앤》 그 두 번째 이야기

117 | 걸리버 여행기 | 조너선 스위프트

조지 오웰(《동물농장》, 《1984》의 작가)이 극찬한 최고의 풍자문학

118 | 비밀의 화원 | 프랜시스 호지슨 버넷

《소공자》, 《소공녀 세라》를 쓴 프랜시스 호지슨 버넷의 최대 걸작

119 | 작은 아씨들 1 | 루이자 메이 올컷

〈타임〉지 선정 세계 100대 소설 / 영화 〈작은 아씨들〉 원작

120 | 작은 아씨들 2 | 루이자 메이 올컷

〈타임〉지 선정 세계 100대 소설 / 영화 〈작은 아씨들〉 원작

*** 더클래식 세계문학 컬렉션은 계속 출간될 예정입니다.**